DUMONT NOIR

Die Originalausgabe erschien unter dem Titel
Laidlaw *bei Hodder and Stoughton Limited, London*

Die Deutsche Bibliothek – CIP-Einheitsaufnahme
William McIlvanney:
Laidlaw / William McIlvanney.
Ute Tanner (Übers.). – Köln : DuMont, 1999
(DuMont Noir; Bd. 15) Einheitssacht.:
Laidlaw <dt.>
ISBN 3-7701-5020-1

Laidlaw *erschien erstmals unter dem Titel*
Im Grunde ein ganz armer Hund
im Rowohlt Taschenbuch Verlag, Reinbek bei Hamburg 1979

Erste Auflage 1999

Umschlag- und Reihengestaltung: Groothuis & Consorten
Gesetzt aus der Elzevir und der Antique Olive
Gedruckt auf säurefreiem und chlorfrei gebleichtem Papier
Satz: Greiner & Reichel, Köln
Druck und Verarbeitung: Clausen & Bosse, Leck

Printed in Germany
ISBN 3-7701-5020-1

William McIlvanney

Laidlaw

DuMont Noir 15

Mit einem Nachwort
von Martin Compart

Aus dem Englischen übersetzt
von Ute Tanner

Die Hauptpersonen

Tommy Bryson	ist homosexuell und will es nicht wahrhaben. Der Versuch eines »Gegenbeweises« mit
Jennifer Lawson	mißlingt total und endet mit dem Tod des Mädchens.
Bud Lawson,	ihr Vater, schmiedet gegen Unbekannt Rachepläne und wird damit zum Gegenspieler von
Detective Inspector Laidlaw,	der nach Ansicht mancher Leute zu sensibel für seinen Beruf, tatsächlich aber wegen ebendieser Eigenschaft ein guter Polizist ist.

Detective Inspector Ernest Milligan
Detective Constable Brian Harkness
Harry Rayburn
Sarah Stanley
Matt Mason
John Rhodes
Alan McInnes
Minty McGregor
Lennie
werden in der Folge aktiv oder passiv, freiwillig oder unfreiwillig in den Ablauf der sich immer mehr verwirrenden Ereignisse einbezogen. Die Eskalation ist nicht mehr aufzuhalten.

1

Es ist etwas Sonderbares um das Laufen. Dieses Geräusch, das sind deine Füße, die auf das Pflaster treffen. Die Lichter vorüberfahrender Autos stechen dir in die Augen. Deine Arme heben sich unregelmäßig, kommen aus dem Nichts, haben nichts mit dir, haben nichts miteinander zu tun. Die Hände Ertrinkender. Dabei hat das alles keine Bedeutung mehr für dich. Es ist wie bei einem Verkehrsunfall, der Fahrer ist tot, das Autoradio dudelt ihm immer noch was vor.

Eine Stimme unter einer Mütze fragt: »Wo brennt's denn, Junge?«

Es ist etwas Gefährliches um das Laufen. Du trägst es vor dir her wie eine Warntafel: Achtung, Panik! Wie das Neonschild, auf dem es flimmert: Schuld. Geh langsam, das ist ungefährlich. Einen gemächlichen Gang kannst du dir vornehmen wie eine Maske. Laß dir Zeit. Wer sich Zeit läßt, ist normal.

Daß es so plötzlich gekommen ist, ohne Warnung, das ist das Sonderbarste. Du trägst denselben Anzug, den Schlips, den du sorgfältig ausgesucht hast. Beim Fahrgeldherausgeben im Bus hat es eine Verwechslung gegeben; noch vor einer halben Stunde hast du gelacht. Dann sind deine Hände zum Hinterhalt geworden. Sie haben dich verraten. Wie rasch das ging. Deine Hände, die eine Tasse zum Mund führen, die Geldstücke halten, die winken konnten, sind unvermutet ein Aufruhr geworden, ein kurzer Sturm der Wut. Und das läßt dich nun nie mehr los.

Alles hat seinen Sinn geändert, hat keinen Sinn mehr oder zuviel, über allem liegt Geheimnis. Dein Körper ist dir fremd geworden. Häßliche Hände. In dir ist alles voller Verstecke, voll dunkler Winkel. Aus welchen Löchern kamen die Kreaturen, die dich benutzten? Du kennst dich nicht mehr aus in dir.

Aber wo kennst du dich überhaupt noch aus? Nicht einmal hier, wo du unter Leuten bist wie ein richtiger Mensch. Du siehst das, was die Leute für dein Abbild halten, in dem gesprenkelten Glas. Schwarzes Haar hat er und braune Augen und einen Mund, der nicht schreit. Seine Häßlichkeit reizt dich. Da ist eine grüne Flasche, was darin steckt, sieht aus wie ein Farn. Eine Nase mit grotesk geweiteten Nasenlöchern. Auf der schwarzen Fläche sind trübe Streifen, getrocknete Spuren von einem feuchten Tuch. Eine Männerstimme. »Ich hab echt Schiß vor der Alten, Junge.« Er spricht dorthin, wo du stehen müßtest. »Bin seit gestern früh auf Tour. Gestern abend 'nen alten Kumpel getroffen, nach der Arbeit. Mann, und dann haben wir einen draufgemacht bei ihm auf der Bude, meine Fresse. Hab ihm geholfen, über seine Frau wegzukommen. Ja, vor zehn Jahren isse gestorben.« Er trinkt. »Am besten geh ich jetzt raus und laß mich übermangeln. Da hab ich 'ne gute Ausrede.«

Um solche Dinge hast du dir auch mal Sorgen gemacht. Du hast geweint, als du eine Vase zerbrochen hattest, die das Lieblingsstück deiner Mutter war. Die Scherben hast du in einem Schrank versteckt. Du hast dir Gedanken darüber gemacht, daß du zu spät gekommen bist, daß du jemanden gekränkt, daß du etwas Falsches gesagt hast. Aber die Zeit kommt nicht wieder.

Alles hat sich geändert. Lauf durch die Stadt, so lange du willst, sie wird dich nicht erkennen. Ruf jeden Stadtteil bei seinem Namen, er wird nicht antworten. St. George's Cross, das sind nur Autos, die ein Ziel für ihre Insassen ersinnen. Sie geben die Richtung an, nicht die Leute, die in ihnen sitzen. Buchanan Street: eine Rolltreppe mit Fremden darauf. George Square. Hier müßtest du dich auskennen. Wie oft hast du hier auf die Busse gewartet, die die ganze Nacht über fahren? Der Square lehnt dich ab. Deine Vergangenheit bedeutet nichts. Selbst der schwarze Mann auf dem schwarzen Pferd ist aus einem anderen Land, aus einer anderen Zeit. Sir John Moore. »Sie begruben ihn heimlich im Dunkel der Nacht.« Wer hat dir gesagt, wie er heißt? Ein Englischlehrer, der immer müde war. Johnson der Gähner. Aber wenn er nicht gähnte, hat er dir ganz interessante Dinge beigebracht. Nur die Wahrheit, die hat er dir nicht beigebracht. Die Wahrheit – das ist jetzt.

Du bist ein Ungeheuer. Wie hast du dich so lange vor dir selbst verstecken können? Es war ein bißchen wie ein Zauberkunststück. Lächeln, Nicken, Messer, Gabeln, Zum-Bus-Gehen, Zeitung-Umblättern – das alles hast du durch die Luft gewirbelt wie ein Jongleur, zwanzig Jahre lang, damit das Leben unscharf wird und dein wahres Selbst sich dahinter verstecken kann. Aber eines Tages ist es hervorgekommen und hat sich vorgestellt. Ich bin du.

George Square hat nichts mit dir zu schaffen. Es gehört den drei Jungen, die auf einer Banklehne entlangbalancieren. Den Leuten, die in der Schlange vor der Bushaltestelle warten, um heimzufahren. Du kannst nie mehr heimfahren.

Du kannst nur weitergehen, abgelehnt von Straßen, Plätzen, Gebäuden – außer von den Abbruchhäusern. Sie sind eine große Finsternis, die alten Kummer und tiefen Zorn bergen. Gefängnisse der Vergangenheit. Gespenster sind ihnen willkommen.

Feucht schlägt es dir aus dem Eingang entgegen. Die Dunkelheit ist tröstlich. Du tastest dich durch Gerüche. Das leise Huschen – das müssen Ratten sein. Da ist eine Treppe, die gefährlich wäre für jemanden, der noch etwas zu verlieren hat. Oben ist eine Tür kaputt. Aber mit einem tüchtigen Ruck kriegst du sie zu. Schwaches Licht kommt von der Straße herein. Sehr leer das Zimmer. Putz von der Decke auf dem Fußboden.

Komisch, wie wenig Blut da ist. Nur ein paar dunkle Flecken auf der Hose. Du kannst dir einbilden, daß es überhaupt nicht passiert ist. Aber es ist passiert. Du bist hier. Die Leiche war wie Aussatz; jetzt bist du der Aussätzige, lebende Ansteckung, zusammengekauert, sich in der Hocke vor und zurück wiegend.

Die Einsamkeit hast du dir selbst geschaffen. Die Kälte? Genau richtig. Von jetzt ab wirst du allein sein. Du hast es verdient. Die Stadt draußen haßt dich. Vielleicht hat sie dich schon immer ausgeschlossen. Sie war ihrer selbst stets so sicher, sie ist so voller Menschen, die Türen nicht behutsam aufmachen, deren Gang forsch und selbstbewußt ist. Es ist eine harte Stadt. Jetzt hat sich all ihr Haß gegen dich gewandt. Eine Meute zorniger Gesichter sieht dich an, geballte Wut ist auf dich gerichtet. Du hast keine Chance.

Es hilft nichts. Bleib hier sitzen und werde, was du bist. Stell dich dir selbst, dem gerechten Haß der anderen. Da ist niemand in dieser Stadt, der versteht, was du getan hast, es mit dir trägt. Nein, niemand.

2

Laidlaw saß an seinem Schreibtisch und kämpfte mit einer seiner schwarzen Stimmungen. Hin und wieder ertappte er sich dabei, wie er Buße dafür tat, er selbst zu sein. Wenn ihn diese Stimmung überfiel, gab es kein Entrinnen. Er konnte sich keinen Erfolg, keine Lebensform, keinen Traum erfüllter Wünsche vorstellen, über den er sich in so einer Stunde hätte freuen können.

Was gestern nacht und heute morgen passiert war, hatte die Sache nicht besser gemacht. Bob Lilley und die anderen schoben noch Wache in Dumfries. Verläßlichen Hinweisen nachgehend, waren sie dem Wagen von Glasgow aus gefolgt, der sie auf verschlungenen Pfaden bis nach Dumfries gelockt hatte. Und dort stand, soweit er wußte, die verdammte Karre immer noch, auf dem unbebauten Grundstück neben der Kneipe. Getan hatte sich nichts. Statt eine Einbrecherbande auf frischer Tat zu ertappen, hatten sie drei Stunden lang Däumchen gedreht. Schließlich hatte er die anderen ihrem Schicksal überlassen und war ins Büro zurückgefahren.

Schon immer hatte er an diesen periodisch wiederkehrenden Stimmungen gelitten. Selbst als Kind hatten sie ihn geplagt, in der entsprechenden kindlichen Art. Er erinnerte sich, daß ihn in manchen Nächten die Furcht vor der Dunkelheit ins Elternschlafzimmer getrieben hatte. Später waren es Fledermäuse und Bären gewesen, die ihn geängstigt hatten, Wölfe, die sich auf der Tapete tummelten. Am schlimmsten waren die Spinnen gewesen, große, haarige Biester mit mehr Beinen als eine Revuegirl-Truppe.

Inzwischen waren die Ungeheuer nicht mehr so ausgefallen, gleichzeitig aber fiel es schwerer, sich ihnen zu entziehen. Er trank zuviel, nicht zum Vergnügen, sondern mit grimmiger Entschlossenheit. Seine Ehe war ein Labyrinth, zu dem der Plan noch nicht gezeichnet war, eine weglose Wüste aus Gewohnheit und Kränkung und Verrat, die Ena und er getrennt durchwanderten, sich nur gelegentlich in den Kindern begegnend. Er war Polizist, Detective Inspector genauer gesagt, und fragte sich immer häufiger, wie er eigentlich dazu gekommen war. Und er war fast vierzig.

Er betrachtete das Durcheinander auf seinem Schreibtisch. Es war, als sei dies auf der einsamen Insel seiner Gefühle alles, was ihm der Zufall als Arbeitsmaterial gelassen hatte: die beiden schwarzen gebundenen Bücher des schottischen Straf- und Verkehrsrechts, der rote MacDonald mit Präzedenzfällen, das blaue Buch mit den erhobenen Anklagen, die Telex-Akte über britische Kriminalfälle, die

Mappe mit den laufenden Berichten. Und aus so einem tristen Haufen sollte man nun seine Erfüllung improvisieren …

Wie ordentlich sah dagegen Bob Lilleys Schreibtisch auf der anderen Zimmerseite aus. Bedeutete Ordnungsliebe Zufriedenheit? Er warf einen Blick auf das Wandbrett: Dienstschichten, Rundschreiben, ein Foto des »Leichenbestatters« (ein Schwindler, der Laidlaw sympathisch war), Überstundenabgeltung, eine Liste von Namen für ein Abteilungstanzvergnügen.

Schuldbewußtsein, das war das entscheidende Stichwort für seine schwarzen Stunden, überlegte er, und wieder überraschte ihn diese Einsicht. Von seinen Eltern hatte er das Bedürfnis, ständig in der Asche seiner Vergangenheit zu wühlen, gewiß nicht. Sie hatten sich redlich Mühe gegeben, einen zufriedenen Menschen aus ihm zu machen. Aber vielleicht wurden einem als Schotten die Gewissensbisse schon in die Wiege gelegt, bekam man von Geburt an einen kräftigen Schuß Calvin mit, so daß ein Großteil der in das Leben investierten Energie sich in Schuldbewußtsein niederschlug. Bei ihm jedenfalls war es so.

Wieder einmal wurde ihm sein Charakter als quälendes Paradox bewußt. Er war ein im Grund seines Wesens gewalttätiger Mann, der Gewalttätigkeit haßte, ein Mensch, der viel von Treue hielt und selbst untreu war, ein Tatmensch, der sich nach Gefühl sehnte. Er war versucht, jenes Schreibtischfach zu öffnen, in dem er Kierkegaard, Camus und Unamuno aufbewahrte wie eine geheime Schnapsflasche. Statt dessen atmete er geräuschvoll aus und ordnete die Papiere auf seinem Schreibtisch. Es half nichts, er würde mit dem Paradox weiterleben müssen.

Er arbeitete sich gerade durch die neuesten Akten, als das Telefon läutete. Er sah es einen Augenblick an, als könne er es mit seinem Blick niederzwingen. Dann griff – viel zu schnell für seinen Geschmack – seine Hand zum Hörer.

»Ja. Laidlaw.« Hart und voller Festigkeit klang seine Stimme. Ihr Besitzer konnte sich nicht genug darüber wundern.

»Bert Malleson. Du hast mich gebeten, daß ich Bescheid sage, wenn irgendwas Interessantes anliegt. Ich habe Bud Lawson hier.«

»Bud Lawson?«

»Schwere Körperverletzung, erinnerst du dich? Ist jetzt schon eine Weile her. In der City, damals war die Central Division zuständig. Aber unser Dezernat war mit eingeschaltet. In dem Durchgang zwischen Buchanan Street und Queen Street Station. Das Opfer wäre beinah draufgegangen. Der Verdacht fiel auf Bud Lawson. Es konnte nichts bewiesen werden, aber es gab da eine Querverbindung. Irgendeine alte Feindschaft.«

»Hm.«

»Und jetzt ist er hier. Kommt mir ein bißchen komisch vor. Meldet seine Tochter als vermißt. Weil sie gestern abend nicht vom Tanzen zurückgekommen ist. Aber es ist erst ein paar Stunden her. Deshalb find ich's komisch. Vielleicht willst du mal mit ihm reden.«

Laidlaw zögerte. Er war müde. Bald war sein Nachtdienst zu Ende. Es war Sonntag. Er freute sich darauf, sich in diesen Sonntag hineinzulegen wie in ein Dampfbad und sein Ego zu kratzen, wo es juckte. Aber er hatte Verständnis für Sergeant Mallesons Zweifel. Polizisten neigen dazu, in ihrem Eifer den Wald vor Bäumen nicht zu sehen. Aber trotzdem – vielleicht war wirklich was dran.

»Schön, ich red mal mit ihm.«

»Ich lasse ihn raufbringen.«

Laidlaw legte auf und wartete. Als er den Aufzug kommen

hörte, stand er auf, stellte Bob Lilleys Stuhl vor seinen eigenen Schreibtisch und setzte sich wieder. Stimmen näherten sich, die eine hektisch, die andere besänftigend, reuegeschüttelter Büßer und abgeklärter Priester. Was sie sagten, konnte er nicht verstehen. Er würde es noch früh genug erfahren. Es klopfte. Er wartete die unvermeidliche Pause ab. Was dachten die sich eigentlich dabei – daß er jetzt schnell die Pornobilder verschwinden ließ? Die Tür ging auf, Roberts führte den Mann herein.

Laidlaw erhob sich. Er erinnerte sich an Bud Lawson. So ein Gesicht vergißt man nicht. Im Zorn gehörte es auf eine mittelalterliche Kirchenfassade. Laidlaw hatte ihn in Zorn und Empörung erlebt; her mit eurem Beweismaterial, hatte er ihnen entgegengeschleudert, als habe er vor, es mit bloßen Fäusten anzugehen. Aber jetzt war er nicht zornig – oder zumindest soweit frei von Zorn, wie ihm das überhaupt möglich war. Mit anderen Worten: Sein Zorn hatte sich verlagert, er war unterwegs wie eine Wagenladung Eisen, und Lawson war auf der Suche nach einem geeigneten Empfänger. Unter der Jacke trug er ein Hemd mit offenem Kragen, ein Rangers-Fußballschal quoll aus dem Revers.

Ein Vergeltungsfanatiker, dachte Laidlaw. An allem, was geschah, waren andere schuld, und er war der Mann, es ihnen heimzuzahlen. Bestimmt, überlegte Laidlaw, ist sein Zorn nicht auf Menschen beschränkt. Er konnte sich vorstellen, daß er Krawatten zerfetzte, die sich beim Binden als widerspenstig erwiesen, daß er geplatzte Zahnpastatuben in Grund und Boden stampfte. Sein Gesicht sah aus wie ein Streitgespräch, bei dem man mit Sicherheit den kürzeren zieht.

»Setzen Sie sich, Mr. Lawson«, sagte Laidlaw.

Er setzte sich nicht, er ließ sich fallen, die geballten Hände, zwei mittlere Megalithen, auf die Knie gelegt. Aber die Augen waren voller Unruhe. Sie versuchten, fand Laidlaw, den vielen Möglichkeiten, die dem Mann durch den Kopf gingen, auf der Spur zu bleiben. In diesem Augenblick war Laidlaw davon überzeugt, daß Bud Lawson echt in Sorge war. Erst jetzt setzte er sich bewußt mit dem von Sergeant Malleson angedeuteten Verdacht auseinander, nur um ihn sofort zu verwerfen.

Als er sich darüber klargeworden war, spürte Laidlaw eine rasche Regung des Mitgefühls für Bud Lawson. Er erinnerte sich daran, wie sie ihn damals durch die Mangel gedreht hatten, und es tat ihm leid. Schön – Bud Lawson lag permanent mit der Welt in Fehde, aber wer weiß, was ihn dazu trieb. Es gab mit Sicherheit Schlimmere. Und an seiner Tochter hing er offenbar wirklich.

Laidlaw setzte sich an seinen Schreibtisch und zog sich den Notizblock näher heran.

»Schießen Sie los, Mr. Lawson.«

»Ist ja vielleicht gar nichts dran.«

Laidlaw sah ihn wartend an.

»Ich weiß einfach nicht, was los ist. Nur meine Alte, die Sadie, die macht einen ganz irr mit ihrem Gejammer. Das ist nämlich noch nie passiert. So spät ist's noch nie geworden.«

Laidlaw sah auf die Uhr. Es war halb sechs. »Ihre Tochter ist nicht nach Hause gekommen?«

»Genau.« Der Mann sah aus, als sei ihm das eben erst so richtig aufgegangen. »Jedenfalls nicht, wo ich von zu Hause weg bin.«

Laidlaw sah, daß eine neue Angst sich zu den anderen Ängsten in Lawsons Augen gesellte – die Angst, daß er sich hier lächerlich machte, während seine Tochter womöglich inzwischen daheim im Bett lag.

»Wie lange ist das jetzt her?«

»Zwei Stunden vielleicht.«

»Da haben Sie aber lange gebraucht, um herzufinden.«

»Ich hab sie gesucht. Bin 'n bißchen mit meiner alten Mühle rumgefahren.«

»Wo?«

»Überall. In der ganzen Stadt. Wie blöd bin ich rumgesaust. Und wie ich dann sowieso in der City war, ist mir der Laden hier eingefallen.« Er sagte es wie eine Herausforderung. »Und da bin ich eben hergekommen.«

Laidlaw überlegte, daß ein gestohlenes Fahrrad zum Beispiel ein sehr viel konkreterer Fall gewesen wäre. Nicht einen Polizisten brauchte er jetzt, sondern ein Beruhigungsmittel. Laidlaw wußte, daß er mit seinen nächsten Worten bestenfalls Erste Hilfe leisten konnte.

»Am besten erzählen Sie mir die Geschichte jetzt mal von Anfang an.«

Die Ratlosigkeit des Mannes schlug sich gefiltert auf Laidlaws Block nieder.

Jennifer Lawson (18), 24 Ardmore Crescent, Drumchapel. Verläßt das Haus am Samstag, dem 19., um 19 Uhr. Kleidung: Jeansanzug, gelbe Schuhe mit Keilsohlen, rotes T-Shirt mit einer gelben Sonne auf der Vorderseite; sie hat eine braune Umhängetasche bei sich. 1,70 m groß, schlank, schulterlanges schwarzes Haar, Muttermal an der linken Schläfe. (»Das weiß ich, weil, wie sie klein war, da hat sie sich gegrämt deswegen. Die Jungs würden sie nicht ansehen, hat sie gemeint. Na, Sie wissen ja, wie sie sind, die Mädels.«) Beruf: Verkäuferin (bei Treron). Als Ziel angegeben: Poppies Disco.

Es sah schön übersichtlich aus auf dem Papier. Auf Bud Lawsons Gesicht war es ein einziges Chaos. Aber Laidlaw hatte getan, was er konnte. Er hatte zugehört. Als Profi.

»Tja, Mr. Lawson, vorläufig können wir noch nichts unternehmen. Die Beschreibung haben wir jetzt. Mal sehen, was sich ergibt.«

»Was denn – das ist alles?«

»Um einen nationalen Notstand auszurufen, ist es noch ein bißchen früh.«

»Aber – meine Kleine is weg.«

»Das wissen wir noch nicht, Mr. Lawson. Haben Sie Telefon?«

»Nee.«

»Vielleicht hat sie den letzten Bus verpaßt und konnte Sie nicht benachrichtigen. Vielleicht hat sie bei Bekannten übernachtet.«

»Das sollse mal versuchen!«

»Sie ist ein erwachsener Mensch, Mr. Lawson.«

»Da lachen ja die Hühner. Ganze achtzehn isse. Wann die erwachsen is, bestimm ich. Das is ja der Krampf heute, alle tanzen die den Alten auf der Nase rum. Aber nich bei mir. Was is, warum machense nichts?«

Laidlaw schwieg.

»Na ja, hätt ich mir denken können. Weil ich's bin, nich? Wenn's wer anderer gewesen wär, da wärense ganz schön gehüpft.«

Laidlaw schüttelte den Kopf. Sein Mitgefühl erschöpfte sich allmählich.

»Ich laß mich nich bescheißen. Ich will was sehn für mein Geld. Hamse gehört? Tunse endlich was!« Seine Stimme hatte sich gehoben. »Scheißwelt. Da kümmert sich keiner um dich. Keiner.«

»Moment mal.« Laidlaw hob die Hand, die Räder standen still. Er lehnte sich über den Schreibtisch zu Lawson hinüber. »Ich bin

Polizist, Mr. Lawson, kein Reklamationsbüro. Von mir aus schreiben Sie Ihre Lebensphilosophie auf eine Postkarte und schicken Sie den Wisch, an wen Sie wollen, aber mich verschonen Sie bitte damit.«

Das Schweigen war eine Konfrontation.

»Ich kann ja verstehen, daß Sie sich Sorgen machen«, setzte Laidlaw neu an. »Aber Sie werden vorläufig damit leben müssen. Es ist durchaus möglich, daß sie heute früh nach Hause kommt. Ich würde Ihnen raten, heimzufahren und erst einmal abzuwarten.«

Bud Lawson stand auf. Er wollte zur Tür, drehte sich aber in die falsche Richtung. Eine Sekunde lang wirkte er seltsam verletzlich, und Laidlaw meinte, durch den Spalt der Unsicherheit in der Rüstung einen anderen Menschen schimmern zu sehen. Er dachte an seine eigenen Gefühle der Verunsicherung, mit denen er sich noch vor wenigen Minuten herumgeschlagen hatte. Schildkröten brauchen ihren Panzer, weil ihr Fleisch so weich ist. Der Mann tat ihm leid.

»Kommen Sie, ich zeige Ihnen, wie man aus diesem Laden wieder hinausfindet.« Er hatte die Seite vom Block gerissen, hielt sie noch in der Hand. »Das ist nämlich ganz schön knifflig. Das reinste Kreuzworträtsel.«

An der Tür fiel Laidlaw ein, daß Bob eine Kassette auf dem Schreibtisch liegen hatte, die in Kürze als Beweismaterial in einem Prozeß vorgelegt werden sollte. Er schloß das Büro ab und deponierte den Schlüssel über der Tür.

Bud Lawson ließ sich führen. Sie gingen die drei Treppen hinunter. Als sie am Tisch des Diensthabenden vorbeikamen, merkte Laidlaw, daß der Sergeant ihn ansah, aber er reagierte nicht. Die Morgenluft war frisch. Mußte eigentlich ein schöner Tag werden.

»Jetzt hören Sie mal zu, Mr. Lawson.« Laidlaw tippte ihm auf den Arm. »Machen Sie sich nicht unnötig verrückt. Warten Sie erst mal ab. Am gescheitesten ist es, wenn Sie jetzt Ihrer Frau beistehen, die ist doch sicher schon ganz krank vor Sorge.«

»Blech«, sagte Bud Lawson und ging zu seinem 70er Triumph, ein Mammut mit Fußballschal.

Laidlaw hätte ihn am liebsten zurückgerufen und seine letzten Worte anders formuliert, mit den Händen an Lawsons Jackenaufschlägen zum Beispiel. Aber dann ließ er ihn doch laufen. Er dachte an das, was er unter Bud Lawsons Panzerung gesehen hatte. Es war, als habe er ihn erst jetzt richtig kennengelernt. Eine neue Bekanntschaft durfte man nicht gleich wieder verderben. Er atmete tief ein, genoß die ausnahmsweise nicht von Abgasen und Fabrikrauch verpestete Luft und ging wieder hinein.

»Fehlanzeige, Jack?« fragte der Sergeant. »Hätte ich dir gleich sagen können. Mit der Sache wär ich schon allein zurechtgekommen. Warum willst du bloß manchmal alles selber machen?«

»Wenn du den Kontakt mit der Basis verlierst, Bert, ist der Ofen aus«, sagte Laidlaw.

»Und du meinst, das ist bei dir der Fall?«

Laidlaw antwortete nicht. Er lehnte am Schreibtisch und kritzelte auf seinem Zettel herum, als Milligan hereinkam, ein wandelndes Scheunentor. Neuerdings hatte er sich die Haare wachsen lassen, um liberale Gesinnung zu demonstrieren. Dadurch wirkte sein ergrauender Kopf überlebensgroß, wie ein Denkmal. Laidlaw besann sich darauf, daß er den Kerl nicht leiden konnte. Laidlaws Zweifel an der eigenen Arbeit hatten sich in letzter Zeit hauptsächlich an Milligan entzündet. Nach der erzwungenen Zusammenarbeit mit dem Kollegen hatte er sich gefragt, ob es überhaupt möglich ist, Polizist zu sein, ohne zum Faschisten zu werden. Er machte sich schmal und verbarrikadierte sich, so gut er konnte, aber einem Milligan entkam man nicht. Er war ein Mann mit Herdentrieb.

»Herrlicher Morgen«, sagte Milligan. »Herr-li-cher Mor-gen! Ich komme mir vor wie St. Georg. Mann, was würde ich diesen Drachen heute vermöbeln. War das nicht eben Bud Lawson da draußen? Was hat er denn angestellt?«

»Seine Tochter ist nicht nach Hause gekommen.«

»Kann ich ihr nicht verdenken. Bei dem Vater ... Wenn sie ihm nachschlägt, hat sie wahrscheinlich heute nacht ihren Freund vertrimmt. Und wie geht's so bei euch, verehrter Exkollege? Bin nur mal eben vorbeigekommen, falls ihr Trost und Rat braucht.«

Laidlaw schrieb weiter. Milligan legte ihm eine Hand auf die Schulter.

»Was ist los, Jack? Du siehst aus, als ob dir was weh tut.«

»Ein akuter Anfall von Milligan-Fieber.«

»Haha.« Milligan lachte nachsichtig. »Das Magengeschwür läßt grüßen. Ich fühl mich eben wohl in meiner Haut. Was dagegen?«

»Nein. Aber können Sie vielleicht Ihr sonniges Gemüt irgendwo anders abreagieren?«

Milligan lachte wieder. »Jack, Sie angejahrter Teenager! Manchmal verspüre ich einen unwiderstehlichen Drang, Ihr Gesicht umzubauen.«

»Dagegen sollten Sie was tun.« Laidlaw sah nicht auf. »So was nennt man einen Todeswunsch.«

Er faltete den Zettel zusammen und schob ihn in die Brusttasche. »Wenn was über ein junges Mädchen bei euch eingeht, will ich sofort Bescheid haben.«

»Persönlicher Service, Jack? Eine Herzenssache vielleicht ...«

Der Sergeant grinste. Laidlaw verzog keine Miene.

»Ja. Ich kenne den Vater.«

3

Seine Hände, von den Lichtern erhellt, an denen er vorüberfuhr, hoben und senkten sich hilflos auf dem Lenkrad. Es waren riesige Pranken, die dreißig Jahre lang auf der Werft Nieten eingeschlagen hatten. Hilflosigkeit war ihnen fremd. Und im Augenblick signalisierten sie eine Wut, die, da ihr das Ziel fehlte, allumfassend war. Bud Lawson war wütend über Laidlaw, die Polizei, seine Tochter, seine Frau, ja auf die ganze Stadt.

Er haßte die Strecke, die er fahren mußte, um heimzukommen: über die Schnellstraße zur Clyde Tunnel Junction, rechts abbiegen nach Anniesland, links abbiegen auf die Great Western Road. Die erste Hälfte des Weges erinnerte ihn zu sehr an das, was der Stadt, wie er sie gekannt hatte, angetan worden war. Schnellstraßenwindungen hatten seine, Bud Lawsons, Vergangenheit verdrängt. Es war, als habe man einem Menschen statt der Gedärme Plastikschläuche eingesetzt. Er dachte an Gorbals, die menschenwimmelnden Mietshäuser, den Krach, das Gefühl, den Nachbarn am Kopf kratzen zu können, wenn man die Beine zu weit ausstreckte. Für ihn war es ein verlorenes Paradies. Er wünschte sich dorthin zurück, als könnte das Jennifers Verschwinden wieder in Ordnung bringen.

Daß es etwas Ernstes war, stand für ihn schon deshalb fest, weil sie sich nicht getraut hätte, ihm so etwas anzutun, wenn es sich hätte vermeiden lassen. Sie kannte die Regeln und hatte bisher nur einmal versucht, sie zu brechen, damals, als sie mit dem Katholiken gegangen war. Na, das hatte er schnell abgestellt. Vergessen hatte er es nicht, und Vergeben war ein Fremdwort für ihn. Seine Gedanken liefen auf Schienen und kannten nur eine Strecke. Wer da nicht mitfuhr, gehörte nicht zu seinem Leben.

Es war diese Unbeweglichkeit, die ihn jetzt gefangenhielt. In gewissem Sinne hatte er Jennifer schon verloren. Selbst wenn sie heute noch auftauchte, hatte sie aus seiner Sicht schon genug getan, um die Beziehung zwischen ihnen zu zerstören. Mit einer Art brutaler Sentimentalität dachte er an frühere Begebenheiten, als sie noch so gewesen war, wie er sie sich wünschte. Er dachte daran, wie sie zum erstenmal mit ihr an der See gewesen waren. Da war sie drei gewesen. Der Sand war ihr unheimlich gewesen, sie hatte die Füße weggezogen und geweint. Er dachte an jenes Weihnachten, als er ihr ein Fahrrad gekauft hatte. Sie fiel darüber, als sie auf die von Sadie gebastelte Flickenpuppe zulief. Er dachte daran, wie sie angefangen hatte zu arbeiten. Und wie oft er abends gewartet hatte, bis sie daheim war.

Die Goodyear-Reifenfabrik lag hinter ihm, und die dreistöckigen grauen Wohnblöcke von Drumchapel tauchten vor ihm auf. Ein Zuhause war das nicht mehr für ihn. Er hielt an, stieg aus und schloß den Wagen ab.

Sadie saß am Kamin. Sie trug den Hausmantel aus dem Klubkatalog seiner Schwester Maggie. An ihr wirkten die Blumen auf dem Stoff welk. Sie sah zu ihm auf, wie sie es immer tat, ein bißchen von der Seite, als ließe seine breite Gestalt ihr nur gerade so viel Platz, daß sie sich am äußersten Rand des Zimmers herumdrücken konnte. Ihre bloße Gegenwart war eine Entschuldigung, und das nervte ihn.

»Was gehört, Bud?« fragte sie.

Er starrte auf das Tablettdeckchen, das er über dem Kaminsims angebracht hatte, King Billy auf dem sich bäumenden Roß.

»Ich war bei der Polizei.«

»Och nee, Bud! Is nich wahr!«

»Was hätt ich denn tun soll'n, verdammich? Meine Kleine is weg.«

»Was haben sie gesagt?«

Er setzte sich und starrte ins Feuer. »Ehrlich, ich hoff jetzt nur, daß ihr wirklich was passiert is.« Er sah auf die Uhr. Es war Viertel vor sieben. »Weil, wenn ihr bis jetzt noch nichts passiert is, dann passiert ihr was, wenn ich sie zwischen die Finger kriege.«

»Sag nicht so was, Bud.«

»Halt's Maul, Weib.«

Das schäbige Zimmer war von seinem Schweigen erfüllt. Er nahm den Schal ab und warf ihn auf den Sessel hinter sich. Sadie schaukelte hin und her, wiegte ihren Jammer. Er schaute sie an. Sie sah so zerknittert aus, daß sich ein Verdacht in ihm zu regen begann.

»Du weißt doch nich was, was ich nich weiß?«

»Was meinste damit?«

»Weißte ganz genau. So was hatse noch nie gemacht. Sie hat doch nich was vor, wovon ich nichts ahne?«

»Bud, wie kannste so was denken! Ich würd dir doch nichts verheimlichen.«

»Haste schon mal versucht. Damals, als sie mit dem Katholischen gegangen is. Bis ich das abgestellt hab.«

»Das hab ich erst gehört, als du's rausgekriegt hattest.«

»Ja, das haste erzählt. Und daran hältste dich. Aber wenn ich rauskrieg, daß ihr zwei unter einer Decke steckt, könnt ihr euch gratulieren. Ich warn euch.«

Er starrte sie an, und ihre dürre Unterwürfigkeit gab ihm einen Stich. Ein Kind – mehr hatte sie nicht zustande gebracht. Und vier Fehlgeburten, kleine Bündel aus Blut und Knochen, die von ihr nicht genug mitgekriegt hatten, um sie zu lebendigen Menschen werden zu lassen. Es war nicht genug Platz in ihr für ein zweites Kind.

Als sie merkte, daß er sie beobachtete, nebelte sie sich mit Worten ein. »Willste 'n Tee, während wir warten? Ich mach dir 'ne Tasse, ja?«

Da er nicht nein sagte, ging sie in die Küche.

Ein ratloser Zorn wühlte in ihm. Normalerweise ging er mit dem Kopf durch jede Wand, die sich drohend vor ihm aufbaute. Aber das hier war etwas anderes. Mit einer Nebelwand kann man nicht kämpfen. Und deshalb nahm seine Wut allmählich zerstörerische Ausmaße an.

Sadie hatte das Feuer im Kamin am Brennen gehalten. Jetzt sank es in sich zusammen. Er griff sich das Schüreisen und hielt dann mitten in der Bewegung inne. Jennifer hatte sie ständig geplagt, sie sollten sich eine Gasheizung zulegen. Aber ihm war Kohle lieber. Und nach diesem belanglosen Gedanken versank alles um ihn, und er war allein mit seiner Wut.

Als er daraus wieder auftauchte, starrte er das Schüreisen an, das seine Hände zu einem großen U gebogen hatten. U wie Untergang. Für Unbekannt.

4

Der Junge hatte geschlafen. Allein diese erstaunliche Tatsache brachte ihn wieder in seinen Körper zurück. Es war ein trostloser Aufenthaltsort. Als er erwachte, lag er unbequem an der Wand, wo er in seiner Erschöpfung gelandet war. Das Bewußtsein war plötzlich erloschen, wie eine Glühbirne. Jetzt war – ebenso plötzlich – der Strom zurückgekehrt. Er war noch immer er selbst.

Die grindige Wand, an der sein Kopf lehnte, schien gegen ihn zu drücken, als sei sie am Einfallen. Er hatte das Gefühl, an sie gefesselt zu sein; es schien unmöglich, je wieder aufzustehen und etwas zu tun. Die Ungeheuerlichkeit seiner Tat hatte sich im Laufe der Nacht zu einer Realität verfestigt, der er nicht entkommen konnte.

Und doch hatte er sie im Grunde noch nicht wirklich akzeptiert. Ihm war eigentlich nicht, als habe er selbst etwas getan. Eher, als sei er Zeuge eines Unglücks geworden, mit dem er selbst nichts zu schaffen hatte, einer Explosion etwa. Er sah ihren Körper, die seltsam angewinkelten Beine, den absurd abgeknickten Kopf, als habe die Druckwelle sie achtlos beiseite geschleudert. Sie tat ihm leid.

Aber die Frage, weshalb sie dort lag, ließ ihn nicht los. Etwas war geschehen, woran er nur einen bestimmten Anteil gehabt hatte. Aber was? Er wußte es nicht. Er wußte, daß er in einem fremden Zimmer lag, daß er schmutzig war und sehr fror. Es schien unmöglich, von hier aus zu dem zu gelangen, was geschehen war. Aber er mußte es versuchen.

Es half nichts, die Augen zu schließen und den Kopf in den Sand zu stecken. Das schreckliche Fieber war ausgebrannt. Vorbei war das Wohlgefühl, sich vom Schuldbewußtsein überwältigen zu lassen. Er hatte gemeint, darin zu ertrinken; statt dessen hatte es ihn hier an Land gespült. Er mußte weiterleben und versuchen, sich in dem, was geschehen war, einzurichten.

Er versuchte aufzustehen. Ja, es ging. Der Schmerz in seinen Beinen signalisierte, daß es wieder möglich war, etwas zu tun. Er sah, wie seine Hände mechanisch die Hosen abstaubten. Er setzte sich in Bewegung. Die Treppe kam ihm so unbekannt vor, daß er das Gefühl hatte, ein Haus zu verlassen, ohne je darin gewesen zu sein. Bei dem kaputten Geländer war Vorsicht geboten. Licht fiel durch die Wellblechplatten vor der Haustür, die er aufgedrückt hatte, um hineinzukommen. Sie gaben nach, als er die Hand dagegenlegte, und er sah hinaus.

Die Straße war leer. Er verließ das Haus. Die Sonne brachte ihn vorübergehend aus dem Konzept. Ratlos stand er auf dem leeren Gehsteig, ein Teil des Staubs und der Stille. Die Entscheidung, ob er nach rechts oder nach links gehen sollte, fiel ihm schwer. Er ging nach rechts. Nach wenigen Metern kam er zu einer Kreuzung. Und dann erkannte er, wo er sich befand.

Gegenüber war Glasgow Green, etwa hundert Meter rechts floß der Clyde. Das waren greifbare Orte, an denen man gefunden werden konnte. Die Erkenntnis erschreckte ihn, und die Angst setzte ihm ein Ziel. Er überquerte die Straße.

Vor dem Green stand ein Telefonhäuschen, und er ging hinein. Die Tür fiel hinter ihm zu und drängte ihn in die enge Zelle. Er hob den Hörer ab und hielt ihn ans Ohr. Das Telefon funktionierte. Er legte wieder auf. Das Wort ›Cumbie‹ prangte in schwarzer Schrift auf dem Metallkästchen, in das man die Münzen warf. Darüber stand ›Blackie‹! War das der Name einer Bande? Oder einfach ein Spitzname? Er nahm Kleingeld aus der Tasche und legte es auf den schmalen schwarzen Sims. Er griff wieder nach dem Hörer und wählte eine Nummer, die er nicht erst aus seinem Gedächtnis hervorzukramen brauchte. Als er es anschlagen hörte, war er erstaunt, daß er etwas Positives zustande gebracht hatte. Beklommen und geduldig wartete er, in der Stille der Stadt gefangen, während am anderen Ende der Leitung das Läuten des Telefons seine Isolation zu durchdringen versuchte.

5

Das Zimmer war ein permanenter Katzenjammer. Wenn Harry Rayburn darin aufwachte, stand er immer wieder vor der Notwendigkeit, sich über seine eigene Person Klarheit zu verschaffen. In diesem Zimmer verbrachte er den größten Teil seiner Zeit, wenn er daheim war; es war mit den Überbleibseln vergangener Lebensabschnitte dekoriert. Die beiden Beardley-Drucke schienen sich unbehaglich neben den gerahmten Boxerfotos zu fühlen, von denen das größte Marcel Cerdan zeigte. Der überdimensionierte, üppig gemusterte Lampenschirm war ein seltsamer Gegensatz zu dem asketischen Weiß der Wände und gab dem Zimmer den Anstrich eines kalvinistischen Bordells. Das Rundbett war ihm entsetzlich und zwang ihn, jeden Abend in seiner eigenen Scham zu versinken. Sein Morgenrock war ein Kimono.

Mehr als einmal hatte er hier gelegen und über seine Anmaßung gelacht. Was war doch diese Bude für ein Sammelsurium von psychologischem Ballast! Aber heute früh kam er nicht dazu, jene Distanz zu seinen Selbstfindungsversuchen zu erreichen. Das Telefon holte ihn aus dem Bett. Er zog automatisch den Kimono über und stolperte in einer Verwirrung, die halb dem Kater, halb seiner Natur zuzuschreiben war, zum Apparat. Es war ihm im Augenblick fast unangenehm, in diesem Aufzug zum Telefon zu gehen. Während er abhob, fuhr er sich mit der Hand durch die Haare.

»Hallo?«

»Harry? Hier Tommy. Tommy Bryson.«

Der Name durchfuhr ihn wie eine Lanze.

»Tomm! Wo bist du? Willst du heraufkommen?« Das klingt merkwürdig, dachte er, es sei denn, dieses Zimmer, das Schlafzimmer, war damit gemeint. Er mühte sich wieder, sein Haar in Ordnung zu bringen.

»Ich kann nicht, Harry.«

Die Art, wie er den Namen aussprach, rief in Harry widerstreitende Gefühle hervor. Es war eine Bitte, und danach hatte Harry sich gesehnt, aber es schwang so viel Leid mit, daß er Angst vor dem hatte, was jetzt kommen mußte. Er wartete.

»Es ist was passiert, Harry. Etwas Schreckliches.«

»Sag mir's, Tommy.«

»Ich brauche deine Hilfe. Ich habe ein Mädchen umgebracht.«

Die Worte dehnten sich zwischen ihnen wie eine dürre Steppe.

»Tommy«, sagte Harry.

Einer horchte hoffnungslos auf das Schweigen des anderen.

»Tommy.«

Der Name erstarb zwischen ihnen. Verblüfft merkte Harry, daß seine Stimme wußte, was sie zu sagen hatte.

»Was kann ich für dich tun?«

»Bring mir Papier und Bleistift. Ich muß es aufschreiben. Ich muß wissen, was passiert ist.«

Es war herzzerreißend. Als verlangte jemand, der Kehlkopfkrebs im letzten Stadium hat, nach Lutschpastillen.

»Aber da ist noch etwas, das geht vor. Würdest du bitte zu meiner Mutter gehen? Die Adresse weißt du noch?«

»Die weiß ich.«

»Erzähl ihr irgendwas. Denk dir was aus. Ich will nicht, daß sie zur Polizei geht. Auf keinen Fall will ich das.«

»Du könntest herkommen, Tommy. Hier suchen sie dich bestimmt nicht.«

»Nein, das kann ich nicht«, sagte Tommy. »Das geht nicht, nein.«

»Wo steckst du denn?«

Die Pause war Selbsttäuschung, als habe er noch die Wahl, ob er ihm vertrauen konnte oder nicht; aber es war schon entschieden.

»In der Bridgegate. Querstraße vom Jocelyn Square. Abrißhaus. Im oberen Stockwerk. *Alice's Restaurant*. Vor der Haustür sind Wellblechplatten, ich hab sie aufgebrochen. Komm später. Wenn's ruhig geworden ist. Aber geh gleich zu meiner Mutter, auf der Stelle.«

»Tommy«, setzte Harry an.

»Wirst du's tun?«

»Ja.«

»In Ordnung.«

»Ich liebe dich, Tommy. Vergiß das nicht.«

Doch die Leitung war schon tot. Erst als er es ausgesprochen hatte, begriff Harry, wie wahr das war. Während er den Hörer auflegte, wurde ihm klar, daß dieses Gespräch ein Ende, eine Art Ziel bezeichnet hatte. Jetzt war Schluß mit der Ausrede, daß es im Grunde genommen gar nichts ausgemacht hatte, Tommy zwei Wochen lang nicht mehr zu sehen. Mit allen Ausreden, die sein Haus dekorierten, war Schluß – oder zumindest mit den Zwängen, die sie auf ihn ausgeübt hatten. Sollte er noch einmal in eine dieser Rollen schlüpfen, dann nur, um Tommy zu helfen.

Er erinnerte sich daran, was er bei ihrem letzten Gespräch zu Tommy gesagt hatte: »Du bist entsetzt darüber, zu entdecken, daß du schwul bist. Ich *weiß*, daß ich ein Homosexueller bin.« Aber wenn er auch sich selbst gegenüber seine Homosexualität schon lange zugab, so geschah es nur deshalb, um sich wirksamer vor anderen schützen zu können. Er hatte sein Leben damit zugebracht, sich Ausgleichseigenschaften zuzulegen, die nicht in seiner

Natur lagen, die ihm aber das Überleben ermöglichten. Auf Grund seiner eigenen harten Erfahrungen verzieh er Tommy sofort, was immer er auch getan haben mochte. Für Rayburn stand fest, daß es nur recht und billig war, wenn ein anderer für Tommy als Sündenbock herhielt.

6

Sonntag im Park. Es war ein angenehmer Tag. Stumpf leuchtete eine Glasgower Sonne, ein Auge mit grauem Star. Die Parkbesucher taten, als sei es warm, übten sich in jener notwendigen schottischen Wettersparsamkeit, die jeden schönen Tag hortet, in der Hoffnung, irgendwann einmal genug für einen Sommer zusammenzubekommen.

Man hatte fast den Eindruck, als versuchten die vielen Menschen, zu einem subjektiven Glauben an die Wärme zu gelangen, in der Hoffnung, sich gegenseitig davon zu überzeugen. Der Vater, der im Gras lag und mit seinen Blicken einen unsichtbaren Zaun um seine Kinder zog, trug ein offenes Hemd und ließ seine Gänsehaut von der Sonne bescheinen. Zwei Mädchen, denen drei Jungen schöntaten, brachten es fertig, windgezaust und nicht verfroren auszusehen. Ein alter Mann auf einer Bank hatte die obersten beiden Mantelknöpfe geöffnet, eine Hitzewelle schien sich anzukündigen. Irgendwo spielte ein Transistorradio, Strandstimmung heraufbeschwörend. Die Spaziergänger schritten ohne Eile dahin, als sei die Luft warm und schwer.

Doch am überzeugendsten wirkten die Kinder. Im Hinundherlaufen und Erforschen des Buschwerks schufen sie sich jene Versunkenheit, die immer ein Klima für sich ist. Und es war eines der Kinder, das in dem Gaukelspiel von Wärme auf die verborgene Realität stieß.

Der etwa Elfjährige mit dem Wuschelhaar war allein. Schon seit geraumer Zeit pirschte er mit geheimnisvoller Miene durch den Park, ohne auf seine Umwelt zu achten, mit jenem verschlossenen Gesichtsausdruck, den Kinder haben, wenn sie durch ihre eigene Phantasiewelt schweifen. Er teilte die Zweige von Sträuchern, umkreiste Bäume. Beim Herumstöbern in einer dichten Buschgruppe hielt er plötzlich inne. Sein Kopf ruckte hoch, der Mund öffnete sich weit. Er sah aus, als sei ihm der Tag in der Kehle stekkengeblieben.

Dann fand er die Stimme wieder. »Mister!« schrie er. »Heh Mister! Mister! … Mister!«

Der Mann im offenen Hemd kam angerannt, andere folgten. Die Stimmen sammelten sich und flatterten auseinander wie Möwen. Der Park wurde zu einem Strudel, die Büsche zu seinem Mittelpunkt, der die einen anzog, die anderen abstieß, während sie ihre Kinder scheuchten.

Der Lärm steigerte sich, schwappte aus dem Park heraus. Die unartikulierten Laute der Panik und des Entsetzens wurden in sachliche Fachsprache übersetzt.

7

»Das kleine Mädchen hieß Margaret. Sie war zwölf Jahre und hatte keine Geschwister und wohnte allein bei Mammy und Daddy. Eines Abends wollte ihr Vater ins Kino gehen. Ihre Mutter war einverstanden. Aber es war ein Film nur für Erwachsene, so daß Margaret nicht mitgehen konnte. Also, fanden die Eltern, brauchte sie einen Babysitter. Na, da kamen sie bei Margaret schön an. ›Ich bin schon zwölf‹, sagte sie. ›Ich bin kein Baby mehr. Ich komme schon allein zurecht.‹ Aber ihre Mutter bestand darauf: Ein Babysitter mußte her. Ein paar Häuser weiter wohnte Anne, sie war neunzehn und paßte gern auf Margaret auf. Und Margarets Mutter wußte zufällig, daß Anne heute abend nichts Besonderes vorhatte. Und Margarets Vater sagte, daß es sowieso verboten ist, ein kleines Mädchen in Margarets Alter allein im Haus zu lassen. Aber Margaret ließ nicht locker, sie zog eine richtige Show ab, wie unser Jack, wenn er anfängt, auf Stuhlbeinen herumzubeißen. Ja, und dann gingen die Eltern eben. Margaret saß am Feuer und sah fern. Sie hatte das Haus für sich. Und sie dachte: ›Super. Jetzt bin ich richtig erwachsen.‹ Aber plötzlich –« er schnalzte mit den Fingern – »ging das Licht aus. Die Heizschlangen im Kamin wurden kalt. Die Mattscheibe wurde schwarz. Tiefe Finsternis. Es war wie Blindwerden. Margaret hatte große Angst.«

Laidlaw kostete die Pause aus. Sie alle liebten diesen Augenblick, das dem Spiel seinen Namen gegeben hatte: »Was geschah dann?« Er hatte die Geschichte bewußt begonnen, hatte sie um sich herumgebaut wie einen Bunker, in den er sich vor Enas Attacken verkriechen konnte. Diese Angriffe hatten in letzter Zeit ihre moralische Grundlage verloren. Vorher war sie es gewesen, die die Kinder verschont hatte. Jetzt herrschte totaler Krieg. Sie ließ gern ihre Munition an den Kindern abprallen, um mit den Querschlägern ihn zu treffen. »Kein Wunder, daß du gestern nacht einen Alptraum hattest, Jack«, sagte sie etwa. »Dein Daddy war ja nicht da, um dich zu beschützen.« Die Wut, die ihn bei diesem Kindesmißbrauch erfaßte, ängstigte ihn.

Während er die kleinen Gesichter beobachtete, war die Wut entschärft. Moya, mit ihren zehn Jahren die Älteste, betrachtete die Anteilnahme der anderen beiden ein bißchen von oben herab. Aber im Schutz dieser Reserve knobelte sie eifrig an einer möglichen

Aufklärung. Sandra, ein Jahr jünger, brannte sichtlich darauf, die Lösung vor ihrer älteren Schwester zu finden. Jack, der Sechsjährige, war ausschließlich damit beschäftigt, sich in Margarets beklemmende Lage hineinzuversetzen.

»Was geschah dann?« fragte der Kleine.

»Margaret saß ganz still. Sie konnte sich nicht rühren vor Angst. Dann hörte sie, wie sich der Knauf der Hintertür drehte. Irgend jemand – irgend etwas – machte sich daran zu schaffen. Vor … zurück. Und sie wußte nicht mehr, ob die Hintertür abgeschlossen war oder nicht. Sie hätte sehr gern geschrien. Aber dann hätten die da draußen sie gehört. Sie stand auf und stieß gegen einen Stuhl. Au, das tat weh. Aber sie gab keinen Mucks von sich. Sie tastete sich vor bis zum Wohnzimmer. Da war es leider genauso dunkel. Selbst die Straßenlaternen waren ausgegangen. Kohlrabenschwarz war es. Und dann hörte sie, wie sich ganz leise die Briefschlitz-Klappe hob. Sie sah förmlich zwei Augen durch den Schlitz starren. Zwei Augen? Vielleicht drei. Oder – warum nicht gar neun? Und dann schrie sie.«

Das Telefon läutete. Ena meldete sich. Hoffentlich nicht für mich, dachte Laidlaw. Es war für ihn.

»Was geschah dann?« fragte er die Kinder und ging nach nebenan.

Es war der Leiter der Kriminalabteilung; im Kelvingrove Park war eine Mädchenleiche gefunden worden. Milligan von der Central Division würde die Ermittlungen leiten, Laidlaw sollte Hilfestellung geben. Seine erste Sorge war Enas unvermeidliche Reaktion. Er hatte sich nicht getäuscht: Sie war in der Küche. Er machte die Tür zu, damit die Kinder nichts hörten. Wegen der Auflösung der Geschichte vertröstete er sie auf später.

»Ein Mord«, sagte er zu seiner Frau.

Ena hielt mit dem Gemüseputzen für den Montagseintopf inne und starrte auf das Streifenglas des Büfetts.

»Ich wünsche mir einmal einen gemütlichen Sonntag ohne Störungen«, sagte sie.

»Ich weiß.«

»Gar nichts weißt du. Ist mir doch egal, ob da jemand ermordet worden ist. Meine Kinder brauchen den Vater.«

»Also, hör mal«, sagte Laidlaw. »Damit darfst du mir nun wirklich nicht kommen. Meine Beziehung zu den Kindern kannst du nicht erschüttern, und das weißt du auch ganz genau.«

»Ach, wirklich? ›Ich weiß‹, sagst du. Weißt du denn wirklich, was das für mich bedeutet? Für die ganze Familie? Wie oft kommt das vor ... Was uns damit angetan wird, das ist auch ein Verbrechen, ehrlich. Aber du sagst bloß: ›Ich weiß ...‹« Ena fuchtelte mit dem Messer in der Luft herum.

»Ja, ich weiß. Und im übrigen kenne ich den Unterschied zwischen *Hedda Gabler* und *East Lynne*, dieser viktorianischen Schnulze. Und du spielst *East Lynne*, mein Schatz. Du willst so leben, als ob die übrige Welt nur ein notwendiges Übel ist. Ein Mensch ist tot, verdammt noch mal. Dir mag das lästig sein. Aber für den Betreffenden ist es eine gottverdammte Tragödie.«

Er merkte, daß er angefangen hatte zu brüllen.

»Fluch nicht. Die Kinder hören dich.«

»Scheiß drauf. An ein paar Kraftausdrücken gehen die nicht ein. Aber deine Gleichgültigkeit anderen Menschen gegenüber – von den Kindern mal abgesehen –, die könnte lebensgefährlich für sie werden.«

Er gab den Kindern im Hinausgehen eilige Küsse, die wie Knuffe waren. Gesprochen wurde nichts mehr. Noch im Wagen waren seine Nerven zum Zerreißen gespannt. Es wurde immer schlimmer. Sie trugen ihre Streitigkeiten jetzt in Kürzeln aus. Die Toleranz, die sie füreinander empfunden hatten, war fast restlos aufgebraucht. Als er jetzt allein im Wagen saß, gestand er sich ein, wie unfair der Vorwurf auf beiden Seiten gewesen war. Im Lauf der Jahre hatten sie es zu einer brutalen Offenheit gebracht, weil beide begriffen hatten, daß der andere für das stand, was eine Verständigung unmöglich machte. Es brauchte nur eine Bemerkung am Horizont aufzutauchen, schon wußte der andere, daß sie nur der Vorreiter für ein ganzes Wolkenfeld unannehmbarer Ansichten war.

Sich selbst gegenüber konnte Laidlaw durchaus zugeben, daß oberflächlich gesehen sein Zorn in keinem Verhältnis zu dem Geschehenen stand, doch er kannte die Größe der wirklichen Bedrohung, auf die er reagiert hatte. Deshalb fühlte er sich auch so unbehaglich bei den Bekannten, mit denen sie verkehrten. Jenseits der abgegrenzten Felder, die sie im Gespräch beackerten, der Gärten der Freundschaft, der Laubengänge der Klischees, der in ordentlichen Beeten angelegten Vorurteile lag eine wüste Halde des Schweigens, in der die Dinge, die sie nichts angingen, moderten wie Müll auf der Kippe.

Gelegentlich sahen sie wohl mal auf der Straße eine jener seltsamen Gestalten, die durch das Schweigen flirrten, oder sie hörten in einer Schlagzeile ein Echo der unheimlichen Laute, die durch die wüste Leere geisterten. Doch die Tür, die von dort zu ihnen führte, war fest geschlossen. Laidlaw brachte es nicht fertig, diese Tür geschlossen zu halten. Die Realität stieß sie immer wieder mit einem kräftigen Fußtritt auf.

Wie heute. Die Fahrt von Simshill im Vorort Cathcart zum Kelvingrove Park – das war die Distanz zwischen Schein und Wirklichkeit. Er stellte den Wagen im Park ab. Von hier oben konnte er die ganze Szene mit einem Blick erfassen. Das Bild war alles andere als erfreulich.

Es war wie bei Filmaufnahmen. Der Polizeikordon zog sich halbkreisförmig am Fluß entlang. Innerhalb der Kette gingen die Beamten ihren Pflichten nach, Maden auf der Leiche eines Mordes. Zwei hatten Hunde mit. Einer machte Fotos. Ein Mann und ein kleiner Junge wurden offenbar gerade vernommen. Die Sicherheitskräfte bewegten sich wie bizarre Techniker auf der Suche nach dem Leck in der Gasleitung.

Doch nicht sie waren das Bizarrste an der Szene, sondern die Leute jenseits der Absperrung. Laidlaw beschlich ein beklemmendes Gefühl, als er sie ansah. Sie vermittelten jenen seltsamen Eindruck der Einigkeit, den er schon häufig bei solchen Menschenansammlungen beobachtet hatte: Hälse recken sich, Köpfe werden zusammengesteckt – eine Hydra spricht mit sich selbst. Ein Vater trug ein kleines Mädchen auf der Schulter, das seine Achselhöhlen als Steigbügel benutzte. Ein kleiner Junge nuckelte an einem Lutscher. Laidlaw hatte für so etwas noch nie Verständnis gehabt. Helfen konnten sie ja doch nicht. Sie waren nur Voyeure der Katastrophe.

Weil er sich nicht länger als eben nötig unter ihnen aufhalten wollte, drängte er sich grob zu dem Polizisten an der Absperrung durch. Dann drehte er sich um und rief: »Einlaß nur gegen Vorzeigen der Eintrittskarten!«

»Ist was nicht in Ordnung, Sir?« fragte der Polizist.

»Schauen Sie sich die Leute an. Was soll das Gedränge? Ein Knüller, so 'n totes Mädchen … Ganz schön pervers, wer so was fertigbringt … So geht das jetzt wahrscheinlich bei denen im Kopf herum.«

»Sie sind einfach neugierig, Sir.«

»Kann man wohl sagen.«

»Im Grunde sind sie gar nicht so übel.«

»Soso, ein Bulle Marke Menschenfreund … Trotzdem – lassen Sie die Meute auf keinen Fall mit ihr allein. Die nehmen sonst einen Zehennagel mit heim, für die lieben Kleinen.«

»Ist das nicht ein bißchen zynisch, Sir?«

»Mir brauchen Sie das nicht zu erzählen. Erzählen Sie's der Toten.«

Er ging zu ihr hinüber. Sie war bläulich angelaufen, wohl von der Kälte, und teilweise mit Laub bedeckt, wie eine obszöne Parodie der Geschichte, die wir den Kindern erzählen: vom Tod unter dem Stachelbeerstrauch … Ihre Beine wirkten auf schreckliche Weise preisgegeben. Die Druckstellen an Schenkeln, Gesicht und Bauch waren tiefdunkel, die linke Brust wie verkohlt, Asche eines verheerenden Feuers. Unwillkürlich mußte Laidlaw an Moya denken. Er erinnerte sich, wie er sie das erste Mal gesehen hatte, noch verunstaltet von ihrer Geburt. Man tut sich schwer damit, diese Welt zu betreten. Und schwer damit, sie wieder zu verlassen. Ein Polizist legte den Mantel über sie.

»Oho, da ist ja Interpol!«

Laidlaw sah auf und ließ seinen Blick an Milligan vorbeigehen.

»Jetzt wird die Lösung bestimmt nicht mehr lange auf sich warten lassen«, stieß Milligan nach.

»Wir haben den BH gefunden, Sir.«

Der junge Polizeibeamte streckte ihn Milligan hin. Er war gelb, mit weißer Spitze.

»Donnerwetter, das war ja die reinste Schnitzeljagd«, freute sich Milligan. »Wenn der Bursche so weitermacht, führt er uns geradewegs auf seine Spur.«

»Das ist alles, bis auf den Slip«, sagte der Polizist.

Laidlaw sah zu, wie der junge Beamte den BH neben die braune Umhängetasche, die gelben Schuhe mit den Keilsohlen, das rote T-Shirt, den Jeansanzug legte. Ja. Nur eines war noch zu prüfen. Er fürchtete sich davor, denn er wußte, was er finden würde. Er beugte sich über das Mädchen und zog den Mantel weg. Ihr Kopf war in einem eigenartigen Winkel zur Seite geneigt, als horche sie. Behutsam strich er ihr das Haar aus der Stirn. Es war spröde; sicher nicht vom Haarspray, dachte Laidlaw, wahrscheinlich gefrorener Schweiß und Staub. An der linken Schläfe saß das Muttermal, das ihr Kummer gemacht hatte, weil sie gedacht hatte, die Jungen würden sie deswegen nicht ansehen. Er richtete sich auf.

»Ich glaube, ich weiß, wer es ist«, sagte er zu Milligan. »Sie wohnt in Drumchapel. Ardmore Crescent.«

Der junge Polizeibeamte betrachtete ihn voller Ehrfurcht. Aus so harmlosen Anlässen können Legenden entstehen.

»Bud Lawsons Tochter.« Milligan war sofort im Bilde. »Natürlich. Sie war nicht heimgekommen.«

»Ich bin mit dem Wagen hier«, sagte Laidlaw. »Ich hole ihn her.«

»McKendrick, Sie fahren mit«, bestimmte Milligan. Und, zu Laidlaw gewandt: »Für den Fall, daß Sie vergessen sollten, uns was zu erzählen.«

»Mir macht es nichts aus, Ihnen was zu erzählen«, gab Laidlaw zurück. »Weil Sie sowieso nichts kapieren. Und kann man vielleicht ein bißchen Dampf dahintermachen, sie aus der Sonne herauszuschaffen?«

»Ich höre immer Sonne«, sagte Milligan.

»Schafft sie weg von hier, mehr verlange ich ja gar nicht.«

»Das sollten Sie eigentlich besser wissen, Detective Inspector Laidlaw.«

Eine befehlsgewohnte hallende Stimme. Laidlaw wandte sich um und erkannte den Staatsanwalt hinter seiner üblichen Zigarrenrauchwolke, mit der er sich gegen den Duft der bösen weiten Welt abzuschirmen pflegte.

Heute gewährte er dem Park Audienz.

»Der Arzt kann jeden Augenblick hier sein. Vorher wird sie nicht weggeschafft. Es wundert mich, daß Ihr reicher Erfahrungsschatz Sie das noch nicht gelehrt hat.«

Milligan freute sich über den Rüffel. »Bis der Tod amtlich festgestellt ist, kommt ein Transport nicht in Frage. Und inzwischen dürfte sie wohl hier kaum allzuviel auszustehen haben.«

»Nein, zu ihrem Glück ist sie ja tot.« Laidlaw sah zu der Menge hinüber. »Ich möchte nur nicht, daß ihr Vater eine Eintrittskarte erstehen muß, um die Leiche zu sehen. Ich bringe ihn ins Leichenschauhaus.«

McKendrick fand den Wortwechsel gut. Beim Anblick des Mädchens war ihm ganz elend geworden, und Laidlaw hatte ihm aus der Seele gesprochen. Er hatte gehört, wie Milligan Laidlaw verächtlich als Amateur bezeichnet hatte, und freute sich, daß das offensichtlich eine Verleumdung war. Im Wagen hätte er sich gern mit Laidlaw unterhalten, achtete aber sein Schweigen, bis der Ältere es von sich aus brach.

»Wie heißen Sie?« fragte Laidlaw.

»McKendrick.«

»Mit Vornamen.«

»Ian.«

»Na schön, Ian, Sie können nachher im Wagen warten. Es liegt bei Ihnen.«

McKendrick dachte an Milligan.

»Ich würde gern mit hineinkommen, wenn Sie nichts dagegen haben.«

»Wie Sie wollen. Es ist kein Spaß, traurige Nachrichten zu überbringen. Diesmal könnten wir es Ihnen noch ersparen.«

»Früher oder später muß ich mich ja doch daran gewöhnen«, meinte McKendrick. »Es ist sehr nett von Ihnen, nur ... Na ja, ich muß mich eben dran gewöhnen.«

»Wahrscheinlich haben Sie recht, Ian. Gewöhnen Sie sich nur nicht zu sehr daran. Ich kenne Leute, denen macht so etwas überhaupt nichts mehr aus. Die liefern Leichen an wie Schlachtfleisch.«

Drumchapel verschlang sie wie Flugsand.

»Reizende Gegend«, sagte Laidlaw.

»Ja, hier wohnen wahrscheinlich ganz schön miese Leute.«

»Das hab ich nicht gemeint. Die Leute finde ich sogar recht eindrucksvoll. Nein, mies ist nur die Gegend. Obermies sogar. An allen vier Ecken Glasgows haben sie diese Wohnstädte hochgezogen, Drum und Easterhouse und Pollok und Castlemilk. Europas größtes Neubaugebiet. Und was sieht man hier? Häuser, nichts als Häuser. Müllkippen aus Beton, auf denen die Leute abgeladen werden wie Küchenabfälle. Gefängnisarchitektur. Die Glasgower müssen doch nette Zeitgenossen sein, sonst hätten sie hier schon vor Jahren alles in Schutt und Asche gelegt.«

Laidlaw erkannte Bud Lawsons Wagen. Sie stellten sich dahinter und gingen die Stufen hinauf zum Eingang. Die Lawsons wohnten unten rechts. Laidlaw klingelte, aber es rührte sich nichts. Er warf McKendrick einen kurzen Blick zu, drückte noch einmal auf den Klingelknopf und hatte schon die Hand gehoben, um zu klopfen, als die Tür sich öffnete.

»Tut mir leid, haben Sie geklingelt? Die Türglocke ist kaputt, sie schnurrt nur noch so 'n bißchen. Ich wollte schon die ganze Zeit ...«

Und dann sah sie McKendricks Uniform. Sie war klein, und ihr Gesicht wirkte älter als ihr Körper, der an ihr zu hängen schien wie ein Kleid, das ihr nicht gehörte. Zuerst hatte sie sich mit überraschender Intensität auf die Türglocke konzentriert und dann ebenso ausschließlich auf McKendrick umgeschaltet. Laidlaw hatte diese willkürlich wechselnde Perspektive schon häufiger beobachtet, und zwar immer bei Menschen, die von ihrer Umwelt unter Druck gesetzt worden waren. Sie wirkten, als habe die Härte ihrer Erfahrung sie derart betäubt, daß sie ihr restliches Leben gleichsam in permanentem Schock verbrachten.

An den Augen der Frau sah man jetzt, daß sie begriffen hatte, weshalb sie gekommen waren. Sie brauchten nichts zu sagen. Sie wußte das Schlimmste, weil sie es stets erwartete.

»O du mein Gott«, sagte sie. »Ich hab's gewußt, ich hab's gewußt, ich hab's gewußt. O du mein Gott. Was ist mit ihr passiert?«

»Mrs. Lawson?« fragte Laidlaw.

»O du mein Gott. Es ist was Schreckliches passiert.«

»Weib! Komm weg da!«

Bud Lawson schob sich zwischen sie. Hinter ihm hörte man noch immer ihr Jammern, aber so, als sei eine Tür zugefallen.

»Was ist?«

»Dürfen wir hereinkommen, Mr. Lawson?« fragte Laidlaw.

McKendrick machte die Tür zu, und sie zogen alle miteinander verlegen ins Wohnzimmer. Mrs. Lawson schien vor ihnen herzuwehen wie ein Blatt im Wind. Sie landete ziellos an dem altmodischen, verschrammten Büfett, kopfschüttelnd eine Porzellanfigur betrachtend, eine alte Frau auf einer Bank. Bud Lawson war mitten im Zimmer stehengeblieben.

»Es tut mir leid, Mr. Lawson«, sagte Laidlaw. »Es tut mir aufrichtig leid. Mrs. Lawson sollte sich setzen, meine ich.«

»Jetzt sagen Sie's schon.«

»Es handelt sich um Jennifer. Wir fürchten, daß wir sie gefunden haben. Es tut mir leid. Aber wenn sie es ist ... ist sie tot.«

Mrs. Lawsons Stimme hob und senkte sich in einem Ton, der McKendrick durch und durch ging. In Bud Lawsons Gesicht spielte sich nichts weiter ab, außer daß sich in seiner rechten Wange ein Knoten bildete, weil er die Zähne zusammenbiß. Er drehte seinen Kopf ein bißchen von der Stelle weg, an der seine Frau stand.

»Wie isses denn passiert?« fragte er.

Laidlaw schüttelte den Kopf und trat an Mrs. Lawson heran. Widerstandslos ließ sie sich in einen Sessel setzen. Sie weinte. Laidlaw ließ seine Hand auf ihrer Schulter liegen.

»Wie isses denn passiert?«

»Nein, Mr. Lawson«, sagte Laidlaw. »Zunächst müssen Sie die Tote identifizieren. Falls es Jennifer ist. Dann können Sie Ihrer Frau die Einzelheiten erzählen. Ich informiere Sie unterwegs.«

Bud Lawson griff sich seine Jacke von einem Sessel und zog sie an. Dann wandte er sich zum Gehen.

»Wollen Sie nicht eine Nachbarin holen?« fragte Laidlaw. »Für Ihre Frau.«

Bud Lawson sah ihn an, als hätte er chinesisch gesprochen. Laidlaw nickte McKendrick zu. Der ging über den Flur zu der Wohnung gegenüber. Die Frau sagte ihrer Familie Bescheid und kam sofort mit. Sie setzte sich auf die Lehne von Mrs. Lawsons Sessel und legte den Arm um sie. »Sadie«, sagte sie. »Sadie, Sadie, o Sadie …«

McKendrick schob sich auf den Rücksitz. Er betrachtete Bud Lawsons zerklüfteten Nacken wie die Oberfläche eines fremden Planeten.

8

Der High Court von Glasgow am Jocelyn Square ist ein imposantes Gebäude mit säulengeschmücktem Portal, zu dem breite Stufen hinaufführen, und Seitengängen, über denen die Worte »South Court« und »North Court« in Stein gemeißelt sind. Das Gerichtsgebäude gemahnt vage an klassische Architektur und stellt damit die Gedankenverbindung zu der langen und respekteinflößenden Tradition der Justiz her. Zur Rechten des Gerichts fließt der Clyde, durch den die Stadt wurde, was sie ist, gezähmt unter Brücken hindurch.

Das Gericht steht vor dem Glasgow Green wie eine Warnung. Das Green selbst ist jetzt durch Zaun und Tor geschützt, ein braver Blumenkasten, wo einst Wildnis war. Aus dieser grünen Wurzel wuchsen meilenweit die Steinwüsten, nördlich bis nach Drumchapel, Maryhill, Springburn, Balornock und Easterhouse, südlich über den Fluß hinweg nach Pollok, Castlemilk, Rutherglen und Cambuslang; in ihnen setzt sich die Konfrontation zwischen Natur und Gesetz, dem Green und dem Gericht fort.

Neben dem Gerichtsgebäude steht ein kleines, einstöckiges

Haus wie ein unbedeutender Zuschauer unauffällig an der Ecke. Die unteren Teile der Mauern sind aus altem, verwittertem Stein, die oberen Teile aus rotem Backstein. Es sieht aus, als habe ein Arbeiter Gamaschen angezogen. Über der Tür steht, diskret wie ein Augenzwinkern, das Wort ›Leichenschauhaus‹.

Das Leichenschauhaus der Polizei ist gewissermaßen der Lieferanteneingang des Gerichts. Hier werden die Leichen, Rohstoffe der Justiz, angeliefert, Niederschläge außergewöhnlicher Erfahrungen, Legierungen aus Furcht und Haß und Zorn und Liebe und Bosheit und Verwirrung, die vom Gericht für das allgemeine Verständnis aufbereitet werden. Durch die Doppeltüren aus Glas kommen jene, die ihren Kummer abholen wollen. Was sie mitnehmen, sind die Abfälle des Todes, das Private, die unwesentliche Einzigartigkeit der Persönlichkeit, all das, wofür sonst niemand mehr Verwendung hat. Das Gericht behält nur das, worauf es ankommt, das, was aus einer Person einen Fall gemacht hat.

Wer hierher kommt, wird nachdrücklich daran erinnert, daß oberstes Gesetz die Dinge sind, dem die Menschen sich unterzuordnen haben. Es war ein Gedanke, der Laidlaw immer wieder von neuem anwiderte. Sie standen in der gebohnerten Eingangshalle. Da wollte ein Mann sich seine tote Tochter ansehen, und sie mußten klingeln, mußten um eine Audienz ersuchen. Laidlaws Finger auf dem bronzenen Klingelknopf erzeugte einen mißtönenden Laut, der ihn vor eine fruchtlose Alternative stellte: sich den Luxus des Mitgefühls zu leisten oder zu versteinern. Der Mann in Hemdsärmeln und Weste, der zur Tür kam, erkannte ihn und schloß die innere Glastür auf, um Bud Lawson den Weg in seinen Jammer und Laidlaw den Weg in sein Dilemma freizugeben.

Laidlaw ließ Bud Lawson mit McKendrick im Wartezimmer

zurück und sah zunächst einmal allein nach dem Rechten. In dem langgezogenen Raum arbeitete der Angestellte vor den rechteckigen Türen der Kühlschränke, in denen drei Leichen aufbewahrt werden konnten. Er nickte Laidlaw freundlich zu.

Der nackte Mädchenkörper lag auf einem Stahltisch mit hochgezogenen Kanten. Der Mann wusch ihn gerade, das Wasser floß an den Rinnen der Tischkante hinunter. Laidlaw stellte sich neben ihn. Er registrierte erneut das Muttermal, als habe er gehofft, es sei Make-up, das beim Waschen abgehen würde. Er dachte an Mrs. Lawson. Der Mann war sehr flink, er hatte offensichtlich Übung im Leichenwaschen. Laidlaw fiel ein, daß er Alec hieß und gern kegelte.

»Hübsches Kind«, sagte Alec.

»Ich habe einen Mann mitgebracht, der wahrscheinlich der Vater ist.«

»Gleich fertig«, sagte Alec. »Lassen Sie mir noch ein, zwei Minuten zum Anziehen. Die hat's ganz schön erwischt, was? Hat man schon eine Ahnung, wer's war?«

»Jemand, der sich Samstag nacht in Glasgow aufgehalten hat.«

»Ich hab Verwandte in Edinburgh besucht«, sagte Alec. »Mich können Sie von der Liste streichen.«

Sie lachten nicht. Es gab keinen Zusammenhang zwischen ihrem Gesichtsausdruck und ihren Worten, leeren Hüllen in diesem Gespräch, das keine Unterhaltung war.

»Sagen Sie uns Bescheid, wenn Sie soweit sind«, bat Laidlaw.

Im Wartezimmer folgte Bud Lawson noch immer dem erbarmungslosen Lauf seiner eigenen Gedanken, wie einem Protestmarsch, den niemand zu unterbrechen wagt. Vorhin im Wagen hatte er sich kurz über Laidlaws Haltung ereifert, über dessen

Bemerkung, er solle sich nicht unnötig verrückt machen. Aber jetzt war vor dem, was sich in Bud Lawson abspielte, selbst Laidlaw bedeutungslos geworden. Er ging einen einsamen Weg.

Als Alec hereinkam, führte Laidlaw Bud Lawson zu der Toten. Sie lag auf einem fahrbaren weißen Metallgestell, zum Neutrum geworden durch die Laidlaw vertraute weiße Umhüllung. Sie war schon ein für die Gerichte zusammengeschnürtes Päckchen.

Laidlaw stellte Bud Lawson ans Kopfende. Auf der anderen Seite stand Alec. Selbst der Kopf war fest verpackt, das war so üblich, weil gerade der Kopf bei einer Autopsie häufig eröffnet werden mußte. Der einzige bewegliche Teil des Mumientuches war eine dreieckige Klappe über dem Gesicht. Diese Klappe öffnete Alec jetzt – wie ein Guckloch in den Tod.

Das Gesicht war sehr friedlich, die Binde unter dem Kinn hielt den Mund sanft geschlossen. Ihre Jugend wirkte erschütternd. In der weißen Umhüllung sah sie aus wie eine Nonne wider Willen.

Bud Lawson stöhnte und knickte zusammen. Laidlaw packte zu, wurde aber sofort abgeschüttelt. Bud Lawson richtete sich auf und sah seine Tochter an. In seinen Augen tat sich nichts. Laidlaw, der hier schon so viele Reaktionen auf ein und denselben Tatbestand miterlebt hatte, berührte diese Nichtreaktion ganz seltsam. Es war, als sei in dem Mann ebensowenig Leben wie in dem weißen Bündel auf dem Wagen. Bud Lawson sah seine tote Tochter an, sah Alec an und nickte einmal. Und das war's.

Laidlaw war froh, als die Formalitäten erledigt waren und sie draußen auf der Straße standen.

»Wir brauchen ein Foto«, sagte er.

»Wie?«

»Von Jennifer.«

»Sprechense mit meiner Frau.« Bud Lawson sah auf den vorbeirollenden Verkehr.

»Würden Sie jetzt mit uns zum Revier kommen?«

»Wozu?«

»Es könnten sich Fragen ergeben.«

»Gehnse mir los mit Ihren Fragen. Wennse was zu fragen haben, kommense zu mir nach Haus.«

»Dann fahren wir Sie jetzt mit dem Wagen heim.«

»Ich scheiß auf euren Wagen.«

Bud Lawson ging davon. Laidlaw und McKendrick mußten allein in der Central Division Meldung machen. Laidlaw vergewisserte sich, daß er heute nicht mehr gebraucht wurde, übergab Milligan die Notizen, die er am Vormittag gemacht hatte, und verabredete sich für den nächsten Morgen um neun mit ihm zur Autopsie. Er rief den Commander an und erstattete kurz Bericht. Der war damit einverstanden, daß Laidlaw Feierabend machte. »Es war ein langes Dienstwochenende für Sie. Übrigens lasse ich mir heute Harkness, den neuen Detective Constable, kommen, um ihn einzuweisen. Er wird mit Ihnen zusammenarbeiten.«

Auf der Heimfahrt verstaute Laidlaw die Ereignisse des Tages in der Gepäckaufbewahrung seines Gedächtnisses. Morgen war Zeit genug, sie wieder abzuholen. Er mußte sich ausruhen, sich gründlich ausschlafen. Aber ein Bild ließ sich nicht beiseite schieben, verfolgte ihn beharrlich: Bud Lawsons leeres Gesicht, als er davongegangen war, seinen eigenen zwanghaften Gedanken folgend wie unhörbaren Flöten. Wohin mochten sie ihn führen?

9

Bud Lawson stand am Fenster und sah auf die Duke Street hinaus. Wie oft hatte sich Jennifer, von *Fraoli's Café* kommend, diesem Fenster genähert? Sie war immer gern zu Buds Schwester Maggie Grierson und ihrem Mann Wullie gegangen. Und im Verlauf dieser Besuche war sie herangewachsen, ihr Haar war nachgedunkelt, sie hatte die Schulbrille abgelegt, hatte ihre Lieblings-Popgruppe gewechselt (›Öfter als ich mein Hemd‹, sagte Wullie), hatte einen Busen und einen Hang zu Geheimnissen bekommen. Am liebsten würde sie hier wohnen, das hatte sie oft genug gesagt. »Hier ist das echte Glasgow«, hatte Maggie ihr versichert. Daß sie jetzt nicht mehr dazugehörte, war nicht faßbar.

Im Zimmer saß Maggie Grierson und betrachtete ihren Bruder unter Tränen. Sie wußte genau, was er sah. In der kahlen Duke Street war sie seit fast vierzig Jahren daheim, und sie konnte sich nicht vorstellen, jemals von hier wegzuziehen. Für sie hatte sich hier der Charakter des alten Glasgow erhalten, die Straßen waren nicht einfach Verkehrsadern, sondern waren zum Wohnen da. Sie kannte viele Mieter in den dreistöckigen Wohnblöcken. Sie wußte, wer stets und ständig beim Buchmacher herumhing, wer sich in der *Ballochmyle Bar* vollaufen ließ, wer in *Mulholland's-Molkereiprodukte* Schulden machte. Die Läden ihrer Straße waren ihr so vertraut geworden wie ihre eigene Wohnung.

Aber jetzt waren das alles Erinnerungen. Ihr schien, als würde von jetzt ab hier immer alles geschlossen sein, wie heute; ein ewiger Sonntag. Sie sah, wie Bud zur Gateside Street hinüberblickte. Hinter den tristen Häusern war der Spielplatz, auf dem sich Jennifer immer so gern aufgehalten hatte. An einem Sommerabend war sie höchstpersönlich von dort zur *Bristol Bar* gelaufen, wo Wullie sein

Bier trank. »Zeit zum Heimgehen, Onkel Wullie«, hatte sie zu ihm gesagt. Da mußte sie etwa neun gewesen sein. Noch wochenlang hatten die Männer Wullie damit aufgezogen.

Sie war hier wie zu Hause gewesen. Von einer Woche auf die andere hatten sie sich auf ihre Besuche gefreut, und sie ließ keine Woche aus. Das Erwachsenwerden hatte sie ihnen nicht entfremdet.

Bei dem Gedanken daran, was Jennifer ihnen bedeutet hatte, was sie sich für die Nichte erhofft hatten, kamen Maggie keine Äußerlichkeiten zu Hilfe, an denen sie ihre Gefühle hätte festmachen können. Da draußen gab es nur das Obstgeschäft mit den vorgelegten Läden, vor dem Jennifer oft gestanden hatte, und die Bäckerei gegenüber, wo sie gern morgens frische Brötchen geholt hatte, wenn sie über Nacht geblieben war. Da gab es nur den Weg in die Cumbernauld Road hinauf zur Alexandra Parade und zum Park, in dem sie oft spazierengegangen waren. Da gab es nur die wenigen persönlichen Dinge, die Maggie aufbewahrt hatte, wie das Riechsalz, das Jennifer ihr als Siebenjährige geschenkt hatte, weil sie dachte, es sei Parfum.

Darüber hinaus gab es nur Maggies Vertrauen zu Jennifer. Daß sie sonst niemandem – außer Wullie und sich selbst – die Größe des Verlustes begreiflich machen konnte, war von beißender Bitterkeit. Sie fing wieder an zu weinen. Nicht einmal Jennifers Vater hatte gewußt, was er an ihr hatte. Maggie betrachtete ihren jüngeren Bruder ohne Versöhnlichkeit. Bud war ein gemeiner Kerl. Noch bei der Atemspende würde er einem vorrechnen, wieviel Luft man ihm schuldete. Wullie hatte er nie so recht akzeptiert, weil er katholisch getauft war, obgleich Wullie, seit er aus der Schule gekommen war, keine Kirche mehr von innen gesehen hatte. Als Bud heute früh wegen Jennifer zu ihnen gekommen war, hatte er sich aufgeführt wie ein Gestapo-Mann beim Verhör. Nach der Sache mit Tommy, dem Katholischen, hatte Jennifer nicht mehr bei ihnen übernachten dürfen, sie hätten ja die Nichte decken können. Und wahrhaftig, sie hätten es getan! Als er ihnen heute nachmittag gesagt hatte, was geschehen war, hatte es sich angehört, als habe ihm Jennifer eine persönliche Kränkung zugefügt, indem sie sich hatte ermorden lassen. Noch immer wirkte er weniger traurig als wütend.

Wullie trat ein. Bud wandte sich um. Maggie begriff, daß Wullie sie nicht ansah, weil er seinen Schmerz nicht noch vertiefen wollte, indem er den ihren teilte. Was war er doch zeit seines Lebens für ein anständiger Mensch gewesen. Und was war ihm jetzt noch geblieben? Wieder einmal tat es ihr bitter leid, daß sie ihm keine Kinder geschenkt hatte.

»Hast du mit Alec gesprochen?« fragte sie.

»Hab ich. Feiner Kerl, der Alec. Ich meine, er kennt dich doch überhaupt nicht, Bud, aber er sagt, er bringt dich nach Hause und holt unterwegs noch andere ab. Wir nehmen dann den Bus. Er wartet auf dich.«

Bud ging wortlos hinaus. Maggie und Wullie brauchten über eine halbe Stunde, um sich fertigzumachen. Hilf- und ziellos gingen sie in dem unwiderruflich leeren Zimmer herum.

»Na ja«, sagte sie, »dann wollen wir mal.«

Sie gingen zum George Square. Als Wullie beim Fahrer zahlte, sah sie, daß nur noch hinten Sitzplätze frei waren. Aber da stand vorn ein Fahrgast auf. »Kommen Sie, setzen Sie sich hierher mit Ihrem Mann.« Er selbst ging nach hinten. Wahrscheinlich hatte er gesehen, daß sie geweint hatte. Es war seine Art, ihr sein Mitgefühl zu zeigen.

Das Haus nahm sie mit gemurmelten Begrüßungen in der Diele

und leise zuklappenden Türen in seine Düsternis auf. Sie waren nicht die ersten. Da sie keine Form für ihre Gefühle finden konnten, waren Zufälligkeiten zum Ritual geworden. Weil Bud Lawson beim Eintreten der ersten Besucher in der Küche gewesen war, hatte sich die Männergesellschaft dort versammelt, der sich jetzt auch Wullie anschloß.

Maggie wurde ins Wohnzimmer geführt, wo Sadie bei den Frauen saß. Sanftes Seufzen und Kopfschütteln umgab sie, ein Trost, der pflichtschuldig gespendet wurde, obgleich sie nicht in der Lage war, ihn entgegenzunehmen. Die Klischees gingen auf Zehenspitzen. »O mein Gott, ist das nicht schrecklich?« – »Einfach nicht zu fassen.« – »Was ist nur aus der Welt geworden!« – »Ich mach uns eine Tasse Tee.« Sadie saß regungslos und ließ die Tränen rinnen; sobald jemand ihr Gesichtsfeld kreuzte, brachte sie ein besänftigendes Lächeln zustande. Es war etwas Seltsames, was sich da in dem zerstörten Gesicht vollzog, dieses wahllos verschenkte Lächeln, als bitte ein Unfallopfer den Verkehr um Verzeihung, der die Schuld an dem Unglück trug. Maggie sah darin zum Teil eine Verdammung ihres Bruders.

In der Küche, bei den Männern, unter denen nur hier und da eine der Frauen auftauchte, um gleich wieder zu verschwinden, ging es anders zu. Während die Frauen lernten, damit zu leben, bäumten sich die Männer dagegen auf. Bei ihnen war es unruhig. Einer schaute immer aus dem Fenster oder drehte einen der Wasserhähne an der Spüle fester oder machte sich an seiner Tasse zu schaffen. Wullie fühlte sich unbehaglich. Er empfand vage, daß dies hier nichts mehr mit Jennifer zu tun hatte. Es hatte nur etwas zu tun mit Bud und mit Airchie Stanley, der neben ihm saß und sich an Buds Schweigen mästete.

Jemand hatte eine Flasche Whisky hervorgeholt. Irgendwie unpassend, fand Wullie. Nur – was wäre passend gewesen? Sie hatten nur zwei Gläser gefunden. Die anderen tranken aus Tassen. Langsam wirkte der Whisky auf die Stimmung der Gruppe, bis sich die Wut artikulierte. Zuerst äußerte sie sich nur vereinzelt.

»Mit solchen Typen müßte kurzer Prozeß gemacht werden«, sagte einer.

Nicken. Das Schweigen drückte erschreckende Einhelligkeit aus.

»Hat die arme Kleine je einem Menschen etwas zuleide getan?«

Nein, nie, sagte das Schweigen.

»Und selbst wenn sie ihn kriegen, sieht schon irgendein Doktor drauf, daß sie ihn bloß einlochen.«

Die Sache der Gerechten feierte Triumphe. Es waren harte Männer. Gewalttätigkeit gehörte für viele zum täglichen Leben. Manch einer erzählte gern davon, wie er einen Safeknacker kennengelernt oder sich mit einem bekannten Verbrecher unterhalten hatte. Aber es gab da Unterschiede. Verbrechen war nicht gleich Verbrechen. Und wer sich zum Beispiel an einem Kind verging oder ein Mädchen mißbrauchte, wurde in Gedanken entmannt, zum Ding gemacht.

Für Mitleid war in der Küche kein Platz mehr. Sie redeten, bis die Menschlichkeit auf der Strecke blieb, wurden zu Vigilanten, alle miteinander.

»Ich wünsch mir bloß eines«, sagte Bud Lawson. Seit über einer Stunde machte er zum erstenmal wieder den Mund auf. In seinen Augen stand keine Spur von Tränen. Sie waren klar und leer. »Daß ich ihn in die Finger krieg.« Die Tasse, die er zwischen den Händen drehte, wirkte wie ein Fingerhut. »Fünf Minuten bloß. Nicht länger. Mehr wünsch ich mir nicht, das würd mir genügen fürs ganze Leben.«

Liebend gern hätten sie ihm alle diesen Wunsch erfüllt. Und Airchie Stanley dachte bei sich, daß sich das vielleicht würde machen lassen.

Im Wohnzimmer saßen die Frauen noch immer schützend um Sadie herum, für die es nichts zu tun gab.

10

Harkness war froh über die Unterbrechung. Der Sonntag hatte langsam, aber sicher angefangen, ihn zu nerven. Mary hatte ihn, da er an diesem Wochenende Bereitschaftsdienst hatte und erreichbar bleiben mußte, zu sich nach Hause eingeladen. Daß ihn ein Besuch bei einer Weihnachtskarten-Idylle erwartete, davon hatte sie nichts gesagt.

Beim Mittagessen hatte er das Gefühl gehabt, Konversation mit Knallbonbons zu machen. Ihre Eltern redeten in Schlagworten. »Zu viele Menschen beten heutzutage den Mammon an.« – »Was man nie gehabt hat, vermißt man auch nicht.« Und dann kam Harkness' Lieblingsspruch: »Hilf dir selbst, dann hilft dir Gott.« Diese Sentenz hatte er schon lange nicht mehr gehört, und als Marys Mutter sie von sich gab, verspürte er einen freudigen kleinen Stich, als hätte er einen Stör aus dem Clyde gefischt.

Sie schienen – vielleicht gerade deshalb, weil sie Besuch hatten – entschlossen, sämtliche Weltprobleme anzugehen, und schossen eines nach dem anderen mit einem Schrothagel von Vorurteilen ab. Vandalismus: »Verwöhnte Gören sind das.« Afrikaner: »Die bekommen mehr Macht, als ihnen guttut.« Gewerkschaften: »Die ganze Gesellschaft machen die kaputt.« Unermüdlich reichten sie sich während der Mahlzeit die vorgefertigten Klischees wie Pfeffer und Salz. Harkness stopfte sich den Mund mit Nahrung.

Nach dem Essen verschwand Marys Mutter in der Küche, um abzuwaschen und die Wäsche einzuweichen. Waschen durfte man am Sonntag nicht, aber Einweichen war erlaubt. Offenbar hatte sie auf dem Berg Sinai das Kleingedruckte besonders aufmerksam gelesen. Marys Vater vertiefte sich in die Zeitung. Harkness bekam das Haus gezeigt.

Es ließ sich sicher darin leben, aber Harkness hatte nun mal was gegen gewaltsam zu Schmuckkästen hochstilisierte Behausungen. Die ganze Szenerie, die Unterhaltung, die sich um sich selbst drehte, die Räume, die an eine Zeitschrift für schöneres Wohnen erinnerten, das alles ließ in ihm das Gefühl aufkommen, in anderer Leute Halluzinationen gefangen zu sein. Und da Mary sich zimperlich seinen suchenden Händen entzog, hatte er nicht einmal den Trost, sich an etwas Greifbarem festhalten zu können. Inzwischen war es soweit, daß er am liebsten aus dem Fenster gesprungen wäre. Aber da läutete das Telefon.

Marys Mutter hob sofort ab. Hatte sie vielleicht unten in der Diele gelauert, falls Mary um Hilfe schrie? Es war Harkness' Vater, der aus Fenwick anrief.

Nichts war besser dazu geeignet, Harkness wieder in die Wirklichkeit zurückzuholen, als die rauhe Stimme, die so vorsichtig über die Leitung kam. Sein Vater war für gewöhnlich ein sehr offener Mensch, aber am Telefon gebärdete er sich wie ein Mann von der Abwehr. Fernsprecher waren ihm suspekt, und nur unter Protest hatte er seinem Sohn gestattet, sich so einen verdächtigen Apparat ins Haus stellen zu lassen. Wenn man überdies berücksichtigte, daß er die Entscheidung des Juniors, zur Polizei zu gehen, zutiefst mißbilligte, war es verständlich, daß er ihm nur äußerst widerstrebend ausrichtete, er werde im Büro gebraucht.

Einen Jubelruf unterdrückend, brachte Harkness bei Marys Eltern Dank und Bedauern zum Ausdruck und versprach, nach Möglichkeit hinterher noch einmal vorbeizuschauen. Wenigstens begleitete Marys Mutter sie nicht zur Tür.

Sein Wagen war vorteilhaft geparkt, er stand auf der Kilmarnock Road in Richtung Stadt. Was mochte wohl im Revier los sein? Hoffentlich etwas Wichtiges. Es war sein erstes Wochenende bei der Kriminalabteilung, er hätte es bedauert, wenn sie ihn nicht angefordert hätten. Sein Jahr als Detective Constable unter Milligan in der Central Division war interessant gewesen, aber Harkness wollte mehr. Wie dieses Mehr aussehen sollte, wußte er selbst nicht recht, aber er hatte sich um den Posten bei der Kriminalabteilung beworben in der Hoffnung, es vielleicht dort zu finden.

Sein Vater war von diesem Schritt nicht erbaut gewesen; er bedeutete, daß sein Sohn fester denn je entschlossen war, bei der Polizei zu bleiben. Harkness senior war in den dreißiger Jahren aus der Schule gekommen und hatte erst nach dem Krieg eine feste Anstellung gefunden. Er erinnerte sich noch gut, wie die Polizisten mit den Streikenden und Hungermarsch-Teilnehmern Westschottlands umgesprungen waren. Sein Haß auf die Bullen kam von Herzen, und er konnte seinem Sohn nicht verzeihen, daß er zu ihnen übergelaufen war. Da sie nur zu zweit im Haus waren, stritten sie sich unablässig.

Aber jetzt, im Dienst, plagten den Sohn keine Zweifel. Er war sechsundzwanzig Jahre alt, körperlich fit und selbstsicher. Er war voll einsatzbereit, alle Kolben arbeiteten auf Hochtouren. Erst als er im Zimmer des Commander stand, begann der Motor zu spucken.

»Harkness«, sagte der Commander und verstummte. Es klang wie eine Klassifizierung, als sei er der erste, der ihn mit diesem Namen belegte, und als wollte er ihm Zeit geben, sich daran zu gewöhnen. Er blätterte in irgendwelchen Akten. Harkness sah, wie aus dem Foto auf dem Schreibtisch die Frau und die beiden Jungen dem Commander beruhigend zulächelten. Der Commander legte die Akten weg.

»Es liegt ein Mord an. Im Kelvingrove Park. Dort wurde heute die Leiche eines jungen Mädchens gefunden. Mißbraucht und dann ermordet.«

Die Worte kamen ruckartig herausgerattert, wie aus einem Fernschreiber; er schien jede Meldung vor der endgültigen Freigabe noch einmal zu überprüfen.

»Sie sind ein junger Mann, Harkness.«

Das war richtig. Er hielt einen Augenblick inne, schien aber dann zu dem Schluß zu kommen, daß sich dagegen wirklich nichts sagen ließ.

»Jung, aber schon mit Erfahrung.«

»Danke, Sir.«

Harkness fand sich selber albern, aber irgendwie hatte er das Bedürfnis, sich bemerkbar zu machen. Der Commander schien ein Selbstgespräch zu führen.

»Sie werden den Fall zusammen mit Detective Inspector Laidlaw bearbeiten. Er ist einer unserer wenigen konventionellen Mitarbeiter. Davon haben Sie vielleicht schon gehört.«

»Er soll sehr gut sein, Sir.«

»Er kann sehr gut sein. Natürlich nicht so gut, wie er sich einbildet. Sie treten morgen Ihren Dienst bei ihm an.«

»Ja, Sir. Danke.«

Harkness wartete. Der Chef stand auf und ging ein paar Schritte auf und ab. Rede Napoleons an seine Truppen.

»Dazu möchte ich Ihnen noch ein paar Worte sagen. Sie werden mit Detective Inspector Laidlaw zusammenarbeiten. Lassen Sie mich erklären, was das bedeutet. Was das bedeuten könnte, falls er seine Methoden nicht seit letzter Woche geändert hat. Was durchaus denkbar ist.«

Harkness begann, Interesse an der Sache zu gewinnen.

»Er wird seinen eigenen Weg gehen. ›Freiberuflern‹ nennt er das. Eine ausgefallene Wendung für eine sehr einfache Sache. Sie werden feststellen, daß Detective Inspector Laidlaw eine Schwäche für ausgefallene Wendungen hat. Sehen Sie zu, daß Sie sich davon nicht anstecken lassen. Es geht schlicht und einfach darum, daß er – und in diesem Falle Sie mit ihm – sich von den Hauptermittlungen separieren wird.«

Der Chef hielt inne und sah aus dem Fenster, als müsse er sich davon überzeugen, daß die Stadt sich anständig benahm.

»Es ist ein übles Verbrechen. Bis zum Zeitpunkt der Tat hat es möglicherweise keinerlei Kontakt zwischen Mörder und Opfer gegeben. Das erschwert die Lösung. Doch die Zeit drängt. Es ist überdies ein sensationelles Verbrechen. Die Presse wird sich darauf stürzen. In der Bevölkerung wird es Unruhe geben. Ein derart unberechenbarer Täter könnte jederzeit wieder zuschlagen. Wir stehen unter Zugzwang. Deshalb habe ich Anweisung gegeben, Laidlaw einige Tage gewähren zu lassen. In Maßen, versteht sich. Und damit kommen wir zu Ihnen. Sie sind für die Verbindung zwischen Detective Inspector Laidlaw und der von Detective Inspector Milligan geleiteten Hauptermittlung verantwortlich. Laidlaw taucht in solchen Situationen gern in der Stadt unter. Wie nennt er das doch gleich: ›den Reisenden spielen‹, glaube ich. Wenn Sie wissen wollen, was das bedeutet, müssen Sie ihn fragen. Ich kann's Ihnen nicht erklären. Ja, also, das ist ja alles soweit ganz gut und recht, nur läßt er uns dann gern in der Luft hängen. Sie werden das verhindern. Sie werden täglich mit Detective Inspector Milligan Fühlung nehmen. Sie werden Informationen an ihn und von ihm übermitteln. Wenn die beiden Ermittlungen sich nicht wechselseitig befruchten, ist das ganze Unternehmen witzlos. Und dazu brauchen die beiden eben Sie. Klar?«

»Ja, Sir«, sagte Harkness.

»Morgen um halb zehn treffen Sie sich mit Laidlaw in der Central Division. Er holt Sie dort unmittelbar nach der Autopsie ab. Und jetzt melden Sie sich bitte gleich bei Detective Inspector Milligan. Ganz wie in alten Zeiten, was? Fragen Sie ihn, ob er irgendwas für Sie hat.«

»In Ordnung, Sir.«

»Alles Gute. Lassen Sie sich nicht von Laidlaws Art abschrekken. Er ist manchmal etwas bissig. Das wäre alles.«

»Danke, Sir.«

»Harkness«, sagte der Commander.

Harkness hatte das Gefühl, abgelegt zu werden wie eine Akte. Ein sonderbares Unbehagen erfaßte ihn, wenn er den Commander so reden hörte, daß er es sich nicht erklären konnte. Erwartungsvoll lächelnd trat er hinaus auf den Gang, bis ihm aufging, daß der Tod eines Mädchens seine Chance war. Sein Lächeln verlosch.

11

Die Bridgegate war menschenleer. Harry Rayburn hatte den Wagen in sicherer Entfernung geparkt und ging den Rest des Weges zu Fuß. Er kam an dem Gebrauchtwarenladen vorbei und an *Alice's Restaurant*, einer abgewirtschafteten Pinte, für die der Name Restaurant viel zu anspruchsvoll war. Das Haus mit den Wellblechplatten vor dem Eingang war Nummer 17. Er blieb stehen und warf einen kurzen Blick zurück und dann einen nach vorn. *The Old Ship Bank* an der Ecke Jocelyn Square war geschlossen wie alle anderen Pubs.

Das Wellblech war aufgebrochen, wie Tommy gesagt hatte. Aber die Tür, die so lange in einer Stellung verwittert war, bewegte sich nur widerwillig. Er hatte Mühe, die Reisetasche durch den Spalt zu zwängen.

Im Flur war es dunkel. Sollte er Tommys Namen rufen? Aber nach einigem Nachdenken kam er darauf, daß er oben sein mußte. Die letzten Treppenstufen bewältigte er mit äußerster Vorsicht, sie waren ganz morsch. Auf das Geländer war kein Verlaß. Im trüben Licht erkannte er, daß eine der beiden Wohnungstüren dicht mit Spinnweben überzogen war. Also mußte es die andere sein.

Er stieß sie auf. Von der kleinen Diele gingen drei Türen ab, die eine, auf die er beim Hineinkommen sah, war vermutlich eine Schranktür, die beiden anderen lagen einander gegenüber. Er zögerte, öffnete die Tür zur Linken und blickte in einen leeren Raum. Er machte die Tür wieder zu, ging über die Diele und öffnete die andere.

Er sah Tommy sofort – nicht isoliert, sondern als Teil einer umfassenderen Szene, aus der er seine Bedeutung bezog und der er gleichzeitig erst ihren Sinn gab. Er hatte sich in eine Ecke gedrückt und sah über die Schulter zu ihm herüber. Rayburn bemerkte die schmutzige Wand, an der er lehnte. Die noch sichtbaren Tapetenschichten waren wie die Kapitulation vor dem Versuch, Blöße zu bedecken. Er registrierte den leeren Kamin, den Rest eines Chintzvorhangs am Fenster – Flagge besiegter Bürgerlichkeit. Im Mittelpunkt dieser kleinen Ruine der Domestizität, ihr Zerstörer und ihr Opfer zugleich, stand Jimmy. Menschen wie ihn lehnte die Welt der Wohlanständigkeit ab, und so hatte auch er sie ablehnen müssen, um seinen Weg gehen zu können. Er war dort angekommen, wo er innerlich wahrscheinlich schon immer gewesen war.

Sie sahen sich an. Rayburn machte eine Bewegung auf ihn zu, und Tommy hob die Hand.

»Faß mich nicht an, Harry. Das ist ganz wichtig. Versuch nicht, mich anzufassen.«

Rayburn ließ die Reisetasche mitten im Zimmer stehen wie einen Köder und zog sich bis an die Tür zurück. Tommy blickte auf die Tasche.

»Hast du die Schreibsachen mitgebracht?«

»Ja, sie sind da drin. Auch Lebensmittel und Decken. Und Kerzen und Streichhölzer. Aber willst du nicht doch mitkommen? Wir könnten gleich gehen.«

»Warst du bei meiner Mutter?«

»Ja.«

»Was hast du ihr gesagt?«

»Daß du Schwierigkeiten mit der Polizei hast und deshalb nicht heimkommen kannst. Warum, das habe ich ihr nicht verraten. Soviel aber mußte sie wissen. Ich habe sie nämlich gebeten zu sagen, daß du vor zwei Wochen nach London gefahren bist, falls jemand fragt. Das geht alles in Ordnung.«

Rayburn dachte an die kleine grauhaarige Frau, mit der er heute früh gesprochen hatte – blitzblank und hart wie Stahl. Wichtig war ihr nur gewesen, ob es Tommy gutging. Bestimmt wußte sie, daß etwas Schwerwiegendes passiert war, aber sie hatte ohne Zögern die Rolle akzeptiert, die er ihr zugedacht hatte.

»Wer war es, Tommy?«

Tommy schüttelte den Kopf.

»Das Mädchen, von dem du mir erzählt hast?«

Tommy nickte. Die rechte Hand hatte er in die Tasche gesteckt. Als er sie jetzt hervorzog und rieb, sah Rayburn, daß er einen Slip umklammerte. Es klebte Blut daran.

»Tommy, ich kann dir helfen. Ich kann dich von hier fortschaffen.« Er begann, sich ihm wieder zu nähern. »Laß mich doch ...«

Tommy duckte sich.

»Ich will nicht, daß mich jemand anfaßt«, schrie er. »Ich will nicht reden. Ich will nicht, daß sonst jemand herkommt.«

Rayburn sah ihn an. Tommys totale Isolation war für ihn zu einer Verpflichtung geworden. Der Freund stand für all das, was Rayburn von sich selbst hatte abwenden können.

»Ich komme wieder, Tommy. Ich weiß schon, wo ich Hilfe holen kann. Erinnerst du dich an Matt Mason? Ich habe dir von ihm erzählt. Der kennt sich aus. Matt Mason wird uns helfen.« Er wandte sich zur Tür.

»Komm morgen wieder, Harry. Bitte.«

Rayburn nickte und ging hinaus. Wenn es ihm nicht gelang, Tommy hier sicher herauszuholen, hatte das Leben keinen Sinn mehr für ihn.

12

Der Mann sprang zurück auf den Gehsteig, während der Wagen einen Schlenker machte, um ihm auszuweichen. Er schickte ihm empörte Blicke nach.

»Haarscharf daneben«, sagte Milligan. »So kommen Sie nie zu einer Beförderung, mein Junge. Das war Barney Aird. Sie hätten ihn über den Haufen fahren sollen. Verbrechensvorbeugung nennt man so etwas.«

»Mir wird die Teilnahme fehlen, mit der Sie an Ihre Arbeit herangehen«, sagte Harkness.

Milligan betrachtete die vorüberziehende Szene mit heiterer Bosheit.

»Keine Angst«, sagte er. »Sie kommen schon auf Ihre Kosten. Wenn Sie mit Laidlaw arbeiten, müssen Sie sich Gummistiefel zulegen. Um durch die Tränenfluten zu waten. Er hält Verbrecher für unterprivilegiert. Der Mann ist kein Kriminalbeamter, er ist der reinste Betriebsrat für diese Brüder. Ihnen steht ein großes Erlebnis bevor.«

Milligan begann vor sich hin zu summen: *»Robin Hood, Robin Hood, riding through the glen.«* Harkness begriff, daß Milligan ihm noch nicht verziehen hatte, daß er sich zur Kriminalabteilung hatte versetzen lassen.

»Er soll ein guter Mann sein«, sagte Harkness.

»Ein guter Mann? Vielleicht. Möglicherweise sogar tierlieb. Aber kein guter Polizist.«

Harkness schaltete vor einer Ampel herunter.

»Wieso nicht?«

»Er weiß nicht, auf welcher Seite er steht. Sitzt zwischen sämtlichen Stühlen. Nicht sehr klug, so etwas.«

»Sie glauben also an die Freund-Feind-Theorie?«

»Die andere Seite jedenfalls ist doch wohl dieser Ansicht, oder? Ich wäre schön blöd, wenn ich mich nicht darauf einstellen würde. Bei diesem Spiel auch noch die andere Wange hinzuhalten bedeutet, daß man sich über kurz oder lang ein neues Gesicht schneidern lassen muß.«

Harkness lachte. Er fand Milligan immer amüsant.

»Laidlaw scheint bis jetzt überlebt zu haben.«

»Abwarten. Er ist ein Spätentwickler. Seine Vorstellungen sind noch nicht aus den Kinderschuhen heraus. Entweder wird er irgendwann mal erwachsen, oder er schmeißt die Brocken hin. Eine dritte Möglichkeit gibt's nicht. Geht uns allen so. Wenn man hier anfängt, will man allen eine Chance geben und muß dafür nur Frechheiten einstecken. Aber man lernt dazu. Bei Laidlaw dauert's nur ein bißchen länger.«

»Unter den Gaunern gibt's aber auch so 'ne und solche.«

»Zugegeben. Aber ich rede von den *richtigen* Ganoven. Um mit denen fertig zu werden, braucht man Profis. Laidlaw ist Amateur.«

»Und was ist ein Profi?«

»Heilige Unschuld! Wie lange waren Sie bei mir? Über ein Jahr, stimmt's? Sind Sie so schwer von Begriff? Ein Profi *weiß*, was er ist. Ich habe mit Dieben und Schwindlern und Zuhältern und Mördern nichts, aber auch gar nichts gemein. Dabei geht es ums Überleben. Was würde wohl in einem Krieg passieren, wenn wir nicht unterschiedliche Uniformen tragen würden? Wir wüßten nicht mehr, wer gegen wen kämpft. Und so macht es Laidlaw. Er rennt mit einem deutschen Stahlhelm und in einer Black-Watch-Uniformjacke im Niemandsland herum.«

Sie waren inzwischen in den Ardmore Crescent eingebogen.

»Worum's bei dem Job geht, das hat er noch gar nicht richtig erfaßt. Bei uns geht's darum, die Gauner festzunageln. Und zwar mit vollem Einsatz. Wenn sich dir was in den Weg stellt, mußt du dreinschlagen, egal, ob's eine Tür ist oder eine Visage. Da drüben ist Nummer 24. Passen Sie schön auf, wie's gemacht wird. Sie können sich Notizen machen, wenn Sie wollen. Könnte sein, daß Ihnen die noch mal zupaß kommen in Ihrem neuen Job.«

Während Harkness anhielt, stieg Milligan schon aus, und Harkness folgte ihm zur Tür. Ein älterer Mann öffnete ihnen. Milligan klappte die Brieftasche auf und zeigte seinen Ausweis.

Es war eine Eintrittskarte zu einer mittelalterlichen Enklave im Neubauviertel Drumchapel. Einlaß für zwei Personen ins Gruselkabinett. Draußen die schmucklose Modernität freudloser Straßen, stillschweigendes Symbol für die Dürftigkeit unseres Lebens; hinter dieser Tür eine düstere Umkehrung dieses Prinzips, ein Sinn für die innere Distanz, die der Kummer schafft, für die manische Architektur des Herzens, die in einem Sozialbau gespenstische Zinnen und Türme und schaurige Geheimgemächer errichten kann.

In der Diele hingen tiefe Schatten; sie schien größer, als sie war. Durch die halb geöffnete Tür sah man im Wohnzimmer eine einsame Wandleuchte brennen. Die gedämpften Stimmen klangen nach Verschwörung. Die Küchentür war geschlossen. Dahinter kam das undeutliche Geraune der in ihrer Hilflosigkeit gefangenen Männer hervor.

»Ich möchte die Eltern der Verstorbenen sprechen«, sagte Milligan.

Harkness schien es, als seien Worte hier ein unbekanntes Verständigungsmittel.

»Die sind fix und fertig, Sir«, sagte der Alte. »Die Sadie besonders. Aus der kriegen Sie kein vernünftiges Wort raus. Scheußlich, was die durchgemacht haben. Ich bin ja man bloß 'n Nachbar.«

»Trotzdem – ich möchte sie sprechen«, erklärte Milligan.

Seine Stimme war wie ein Akt willkürlicher Zerstörung. Er sah den Alten an, als überlege er ernsthaft, ob er ihn verhaften sollte.

»Was ist denn, Charlie? Was ist los?«

Es war eine jüngere Frau, die ihnen winkte, leiser zu sprechen.

Aus Rücksicht auf ihre Gefühle senkte Milligan seine Stimme zu einem dumpfen Dröhnen.

»Hier ist ein Mord geschehen«, erklärte er. »Die Ermittlungen gehen vor. Wo ist Mr. Lawson?«

»Die Männer sind alle in der Küche«, gab die Frau Bescheid.

»Bud ist mal 'n bißchen Luft schnappen gegangen«, setzte der Alte hinzu.

Aber Milligan hatte schon die Tür aufgemacht. Zigarettenrauch hing dicht im Raum, wie Bühnennebel. In dem Gewaber saßen drei Männer.

»Mr. Lawson?« fragte Milligan.

Schweigen.

»Einer von uns hat mit Bud 'ne Runde um den Block gemacht.«

»Airchie Stanley.«

»Wann kommt er wieder?«

»Keine Ahnung.«

Milligan machte die Tür wieder zu.

»Dann muß es eben doch Mrs. Lawson sein«, sagte er.

»Ach je«, seufzte die Frau. »Warten Sie 'ne Minute.«

Sie ging ins Wohnzimmer und ließ die Tür offen. Diese Tür, die sie von einer ihnen unzugänglichen Dimension des Kummers trennte, war wie ein Schleier, der sich gehoben hatte. Ein Raum voller weiblicher Wesen, die sich dem Geschäft des Trauerns verschrieben haben. Harkness sah, wie die Jüngere den Kreis durchbrach und zu der kleinen Frau am Kamin herantrat. Das wunde Gesicht hob sich in leerer Verständnislosigkeit. Dann fing sie wieder an zu weinen, als sei das ihre einzige Antwort auf alle Fragen. Einige Frauen rückten näher an sie heran, bildeten eine Front gegen die Männer. Harkness schlug das Gewissen.

Aber Milligan wartete gelassen ab – und bekam seinen Willen. Was dann folgte, war quälend für Harkness. Sie wurden in ein Zimmer geführt, in dem offenbar das Mädchen geschlafen und David Essex Altäre errichtet hatte. Die Jüngere setzte sich neben Mrs. Lawson.

Milligan bewegte sich gewissenhaft in der schon toten Vergangenheit hin und her, als pflüge er einen Friedhof um, während Mrs. Lawson sich immer wieder von einzelnen Knochen ablenken ließ, die von der Pflugschar aufgeworfen wurden. Dem, was sie Laidlaw erzählt hatte, konnte sie nur hinzufügen, daß Jennifer zusammen mit einer gewissen Sarah Stanley in die Diskothek gegangen war. Sarah war im Wohnzimmer, sie kam mit ihrer Mutter herüber. Jennifer sei mit einem Mann weggegangen, den sie nicht gesehen hatte, erklärte Sarah. Er habe draußen gewartet, während Jennifer sich von ihr verabschiedete. Milligan stellte geduldig weiter seine Fragen, aber mehr erfuhren sie nicht.

Sie verließen das Haus mit zwei Fotos. Im Wagen reichte Milligan eines davon Harkness.

»Für Laidlaw«, sagte er. »Als Gegenleistung für seine Informationen.«

Harkness warf einen Blick auf das Bild. Das Mädchen stand auf der Straße, es war hübsch, und es lachte.

»Ziemlich unerfreulich da drin«, meinte er.

»Wir haben die Fotos«, sagte Milligan. »Das andere geht uns nichts an. Wir schauen auf dem Rückweg noch mal in unserem Einsatzwagen am Tatort vorbei, und dann machen wir Schluß für heute. In dieser Nacht passiert nichts weiter. Selbst Mörder müssen mal ins Bett.«

Milligan lachte. Harkness startete den Wagen.

»Wo wohl Bud Lawson ist?« meinte er.

»Im Pub«, erklärte Milligan überzeugt. »Der säuft sich jetzt einen an.«

13

Der Mann an der Theke hatte sich langsam vollaufen lassen, doch dann machte er seinen Zustand sehr plötzlich und unübersehbar publik. Er stieß sich an der Theke ab wie von einem Steg, schien einen Augenblick Wasser zu treten, den Blick auf ferne Horizonte gerichtet, dann ging er daran, der Welt seine Rechnung zu präsentieren.

Die Bar des *Lorne Hotel* war belebt. Er begann, sich ziellos verschiedenen Tischen zu nähern, bald vage in westlicher Richtung schwankend, dann wieder abdrehend. Seine schlurfende Beinarbeit war eine listige Illusion. Er umzingelte gewissermaßen sämtliche Gäste gleichzeitig. In unbestimmten Drohgebärden mit den Armen fuchtelnd, brabbelte er vor sich hin.

»Hoho! Mächtig aufgeblasene Bande, kommt euch wer weiß wie wichtig vor. Hab ich dafür den Krieg überlebt? Deshalb nicht, bestimmt nicht. Vor, zurück, vor, zurück, vor, zurück. Blitzartig. Huff, huff. Huff, huff.«

Es war ein nasaler Laut, wie ihn Amateurboxer ausstoßen, wenn sie im Takt auf den schweren Punchingball eindreschen. Aber im *Lorne Hotel* lief heute kein Amateurturnier.

»Jahaa. Wie isn das? Je mehr daß du weißt, je weniger desto besser isses. Huff, huff.«

Er schlingerte aufs Geratewohl durch den Raum und versuchte an verschiedenen Tischen zu landen. In Hollywoodfilmen gibt es den Zigeunergeiger. Aber nicht in einer Glasgower Pinte. Mit dem Betrunkenen manchmal eigenen Instinkt für ihr Unheil peilte er schließlich einen Tisch an, an dem drei Männer zusammensaßen. Zwei, Bud Lawson und Airchie Stanley, sahen aus, als sei mit ihnen nicht gut Kirschen essen. Bei dem dritten stand das außer Zweifel. Er hatte spärliches Haar und Augen, die kalt blickten wie Kiesel. Über die linke Wange lief eine dicke Narbe, die unter seinem Kinn verschwand. Ihn suchte der Betrunkene sich aus.

»Hoho! Schaut euch mal den Typen an. Ich hab noch nie nich 'ne Niederlage einstecken müssen. Wo ich hinhau, da wächst kein Gras mehr. Auf, du halbe Portion.«

Der Mann mit der Narbe stand auf. Der Barkeeper erschien neben dem Betrunkenen und packte ihn am Arm.

»Belästigt dieser Mann Sie, Sir?« fragte er den Mann mit der Narbe.

»Das könnte man schon so nennen – wenn er bei euch nicht als Komiker engagiert ist.«

»Kommen Sie, Sir. Sie müssen sich hier anständig benehmen.«

Der Betrunkene wehrte sich.

»Ab mit dir, Kleiner«, sagte der Mann mit der Narbe. »Du solltest schon längst an der Matratze horchen.«

Eine klare Sekunde lang bekam der Betrunkene den Mann mit der Narbe scharf in den Blick. Dann glitt er vernünftigerweise in seine Trunkenheit zurück und ließ sich, unterwegs einen Tisch zum Fight herausfordernd und mit dem Teppich redend, ganz brav hinausführen. Am Ende der Sauchiehall Street fiel er hin und blieb liegen, als sei er am Rand der Welt gelandet und habe Angst, herunterzufallen.

»Wahrscheinlich meint er jetzt noch, der Rausschmiß wäre das Schlimmste, was ihm hätte passieren können«, sagte der Mann mit der Narbe und setzte sich wieder.

»Ja, also, wie ist das nun?« wollte Airchie Stanley wissen.

»Bleib auf dem Teppich. Du hast zu viele Gangsterfilme gesehen.«

»Aber du kennst doch Gott und die Welt. Das weiß ich.«

»Was willste damit sagen?«

»War ja nicht bös gemeint. Ich weiß doch, daß du deine Beziehungen hast.«

»Du weißt überhaupt nichts von mir«, erklärte der Mann mit der Narbe. »Bloß, daß ich deine Cousine geheiratet habe. Und wenn ich dich reden hör, hab ich den Eindruck, ich hätt das lieber bleiben lassen solln.«

Der Ärger des Mannes mit der Narbe schien unverhältnismäßig groß. Die Narbe war, während er sprach, immer weißer geworden und leuchtete jetzt fahl wie ein Blitz. Bud Lawson saß schweigend zwischen den beiden. Es war Airchie Stanleys Idee gewesen. Jetzt sollte er sehen, wie er klarkam.

»Du schleppst mich hierher«, sagte der Mann, »bloß damit du reden kannst wie 'n amerikanischer Komiker. Was soll'n das?«

»Hab ich dir doch schon verklickert«, sagte Airchie. »Du weißt ja, was mit Buds Tochter passiert is.«

Der Mann nahm einen Schluck Whisky.

»Na ja. Und du hörst doch so einiges. Ich sag ja bloß, wenn du was aufschnappst, wärn wir dir dankbar. Mir wär's lieber, Bud kriegt ihn, als die Polizei. Ist doch unser gutes Recht, was?«

Der Mann strich über seine Narbe.

»Mit demselben Recht kannste dafür dreißig Jahre Knast kriegen.«

»Und wer soll's erfahren?«

»Dreh dich mal um«, sagte der Mann leise.

Airchie wandte rasch den Kopf. Alles, was er sah, waren trinkende und schwatzende Gäste. Er wandte sich wieder dem Mann mit der Narbe zu.

»Da siehste mal, wie du bist«, sagte er. »Suchst dir 'ne vollgepackte Kneipe aus, um 'n Mord auszuhecken. Ein Klugscheißer biste. Du hast so 'n lockeres Mundwerk, mich wundert, daß du noch deine Zähne drin hast. Warum rufst du's nicht gleich in der Central Station über Lautsprecher aus?«

»Hier hört uns doch niemand.«

»Wem haste noch davon erzählt?«

»Keiner Seele, wirklich und wahrhaftig nicht. Den Jungs bei Bud hab ich bloß gesagt, ich geh mit ihm 'n bißchen vor die Tür.«

»Na ja, aber das ist noch das wenigste. Wie soll ich rauskriegen, wer's war und wo er ist? Damit hat die Polizei schon genug zu tun.«

»Deine Beziehungen ...«

»Jetzt hör mal. Du kennst mich. Du hast gesehen, was bei mir drin ist.«

»Du läßt dir die Butter nich vom Brot nehmen«, bestätigte Airchie versöhnlich.

»Genau. Aber du weißt, für wen ich arbeite. Ich bin kein Hosenscheißer, aber daß das 'ne große Sache ist, das seh ich. Und dafür brauch ich grünes Licht von ihm. Er könnte uns drei in 'nen Sack stecken und ersäufen wie Katzen. Dem Boß, dem tritt keiner ungestraft auf die Zehen.«

»Ist schon klar. Ich wollt ja bloß mal fragen.«

»Gut. Jetzt haste gefragt. Und meine Antwort haste auch.«

Airchie leerte sein Glas. Der Mann mit der Narbe beobachtete Bud Lawson, der kein Wort gesagt hatte, nicht mal, als sie einander vorgestellt worden waren. Der Bursche machte Eindruck auf ihn. Regungslos hatte er am Tisch gesessen, stumme, geballte Kraft, eine Sprengladung, die nur auf das Streichholz wartete.

»Kann mir vorstellen, wie Ihnen zumute ist«, sagte der mit der Narbe. »Es ist 'ne verrückte Idee. Aber ich sag Ihnen was. Wenn ich was hör – und die Chancen stehen hundert zu eins –, seh ich zu, daß Sie's erfahren. Mehr ist nicht drin. Und jetzt trennen wir uns lieber, ehe der Typ da noch das Fernsehen holt.«

»Okay, Bud.« Sein Freund war aufgestanden. »Damit sind wir schon zufrieden. Besten Dank. Bis bald. Tschüs.«

»Tschüs«, sagte der Mann. »Sieh zu, daß du beim Rausgehn nicht über dein großes Maul stolperst.«

Bud Lawson hatte sein Glas nicht angerührt. Der Mann griff danach. Irgendwas mußte bei dem Gespräch ja schließlich rausspringen.

14

»Wir alle«, tönte der Pfarrer, »sind schon einmal am Meer gewesen.« Es war nicht gerade ein sensationeller Einstieg. »Das Meer zieht uns an. Und doch denken wir selten genug daran, daß es die Quelle allen Lebens ist. Für uns ist es kaum mehr als eine Annehmlichkeit. Wenn das Wetter es zuläßt – und das, höre ich euch sagen, ist in Schottland selten genug –, packen wir Proviant und Kinder in den Wagen und machen Ausflüge ans Meer. Wir spielen. Wir lachen. Wir bespritzen uns mit Wasser. Wir essen unsere belegten Brote. Und erst wenn Klein Johnny in die Klemme gerät oder vielleicht ein Fremder ertrinkt, besinnen wir uns auf die ehrfurchtgebietende Macht des Meeres. Und in manchen Beziehungen ist es mit Gott genau dasselbe.«

Harkness hatte Mühe, sich auf sich selbst zu besinnen. War er das wirklich, der sich von Marys Mutter mit einem »Täßchen Tee« und selbstgebackenen Plätzchen hatte bewirten lassen? Da saß er nun und aß Plätzchen, während Jennifer Lawsons Foto so schwer auf ihm lastete, als sei es die Tote selbst, während Marys Vater sich am Fernseher die Abendandacht zu Gemüte führte wie den neuesten Heeresbericht.

Das Zimmer war unwirklich wie eine Bühne, auf der alle ihre Rollen kannten. Er beobachtete Marys Vater, suchte nach einer Andeutung von Kritik. Vergeblich. Marys Vater schaute ernsthaft auf die Mattscheibe, als verkünde der Pfarrer ewige Wahrheiten. Marys Vater begann Harkness aufzuregen. Auch Pfarrer, die die Hände um die Knie falteten, regten ihn auf, Pfarrer, die von Gott redeten wie von einem Onkel, die durchblicken ließen, Er sei gar nicht so übel, wenn man Ihn erst mal näher kannte, und Er würde sich – wie auch immer er sich früher aufgeführt hatte – bestimmt in Zukunft bessern. Und Marys Mutter, die Plätzchenbäckerin, regte ihn auf. Und Mary. Alles begann Harkness aufzuregen.

Die Widersprüche zerrten an ihm. Der dienstliche Besuch vorhin war ein Hohn auf seine jetzige Umgebung. Und doch war beides Glasgow. Er mochte die Stadt, aber nie war sie ihm so bewußt geworden wie an diesem Abend. Ihre Kraft erschloß sich ihm in ihren Widersprüchen. Glasgow – das waren selbstgebackene Plätzchen und die tote Jennifer Lawson im Park. Das waren die geschwollene Betulichkeit des Commander und die angedrohte Bissigkeit Laidlaws. Das waren Milligan, gefühllos wie ein wandelnder Zementblock, und Mrs. Lawson, benommen vor Gram. Glasgow, das war die Rechte, die dich niederschlug, und die Linke, die dich aufrichtete, während der Mund abwechselnd Entschuldigungen murmelte und Drohungen ausstieß.

Morgen würde er, zusammen mit Laidlaw, bestimmt Dinge in dieser Stadt zu sehen bekommen, die er noch nie gesehen hatte. Eifersüchtig seiner eigenen Zuneigung zu Glasgow bewußt, sagte er sich, daß das, was er sehen würde, nur ein ganz kleiner Ausschnitt sein konnte.

»Laßt uns heute abend einen Augenblick über dieses große Geheimnis nachdenken, das uns umgibt«, tönte der Pfarrer.

Harkness' Gedanken waren ein sehr weltlicher Kommentar zu den Worten des Seelsorgers. Er betrachtete Marys Vater, der selbstzufrieden auf den Bildschirm glotzte, ihre Mutter, die sich in die *Sunday Post* vertieft hatte, Mary, die ihre Tasche für den morgigen Unterricht packte; alle drei hüteten sie sorgsam ihre Illusionen. Zu seiner eigenen Überraschung ertappte er sich bei dem Gedanken, daß er nicht den Wunsch hatte, an diesen Illusionen teilzuhaben. Er war sich jetzt nicht mehr so sicher, daß er sich mit Mary verloben würde. Das, was draußen passierte und wovon er noch nichts wußte, schien ihm realer als dieses Zimmer.

15

In einem anderen Zimmer genoß Matt Mason den Ausklang eines rundum erfreulichen Sonntags. Vormittags hatte er lange geschlafen, nachmittags hatte er mit Billy Tate zwei Stunden draußen auf dem Boot verbracht. Jetzt hörte er zu, wie sich zwei seiner Gäste in vertrauter Weise scherzhafte Beleidigungen an den Kopf warfen.

»Es fällt mir immer schwer, in dem, was du sagst, deinen Vater wiederzuerkennen«, meinte Roddy Steward. »Dein Bild paßt nicht zu dem Zweizentnerklotz pulsierender Apathie, den ich gekannt und von Herzen gehaßt habe.«

»Zumindest konnte man ihn verstehen«, gab Alice zurück. »Dein Vater hat Englisch gesprochen wie einen Bantu-Dialekt.«

Das Telefon läutete. Während Matt Mason aufstand, zwinkerte er Billy Tate zu.

»Die Runde ist zu Ende, ihr beiden. Zähl du die Punkte, bis ich wieder da bin, Billy.«

Das Telefon stand in der Diele. Er machte die Wohnzimmertür zu.

»Hier Matt Mason.«

»Tag, Matt. Hier Harry.«

Der Name schüttelte Mason wie ein Krampf.

»Ich hab dir doch gesagt, daß du hier nicht anrufen sollst. Was ist los?«

»Ich bin in eine schreckliche Geschichte hineingeraten, Matt. Hast du eine Minute Zeit für mich?«

»Aber wirklich nur eine. Ich habe Gäste.«

Mason setzte auf sein Schweigen, so wie er auf seinen Blick setzte, wenn ihn ein Wermutbruder auf der Straße anbettelte.

»Hör zu. Das Mädchen, das sie heute ermordet aufgefunden haben ... Du bist im Bilde?«

»Bedaure. Von so was lese ich nur die Schlagzeilen.«

»Um Himmels willen, Matt, hör doch zu. Es ist ernst. Heute früh hat man im Kelvingrove Park ein Mädchen gefunden. Ermordet. Der junge Mann, der es getan hat, ist – ein Freund von mir. Ich kenne ihn gut.«

Mason sah aus, als müßte er sich jeden Augenblick in den Hörer hinein übergeben.

»Wie gut kennst du ihn? Sehr gut?«

Eine Pause.

»Sehr gut.«

»Ich glaube, ich weiß, was das in deinem Fall bedeutet«, sagte Mason.

Erinnerungen wehten ihn an wie die Fuselfahne eines Betrunkenen. Er sah sich in der Diele um, registrierte die von der Haushälterin sorgfältig auf einem Tisch ausgebreiteten teuren Mäntel. Die Erinnerungen bedeuteten eine Bedrohung für dieses Haus. Sie gehörten nicht hierher.

»Er ist jetzt erst mal untergetaucht. Ich brauche deine Hilfe. Ich brauche sie dringend.«

Im Wohnzimmer lachte jemand. Mason beschloß, vorsichtig zu sein.

»Ich rufe dich morgen an«, sagte er.

»Aber bestimmt, ja? Ich weiß nämlich nicht, was ich tun soll.«

»Ich rufe dich morgen an.« Mason unterbrach leise mit dem Finger die Verbindung und sagte in die tote Leitung: »In Ordnung. Und schönen Dank für den Anruf.«

Er legte auf und ging zur Tür, von einem Sturm unzusammenhängender Gedanken geschüttelt. Hoffentlich sieht man mir nichts an, dachte er.

»Entschuldigt bitte. Die Bürde des Big Business«, fügte er ironisch hinzu.

Die anderen reagierten kaum. Nur Roddy machte schmale Augen und blickte Matt prüfend an, weil er wissen wollte, ob der Anruf vielleicht seine Dienste erforderte, dann wandte er sich wieder Alice zu.

»Er hätte noch mehr Erfolg gehabt«, sagte sie gerade, »wenn er nicht ausgerechnet zu diesem Zeitpunkt eine Rippenfellentzündung bekommen hätte.«

»Komm, Alice«, meinte Roddy. »Dein Vater hat die Rippenfellentzündung nicht einfach bekommen, er hat sie sich gegriffen. Mit beiden Lungen. Ehe sie wieder wegkonnte.«

Billy lachte. Mason betrachtete die kleine Gruppe. Er war stolz auf sich. Roddy war einer der fähigsten Anwälte in ganz Schottland. Billy Tate war einer der besten Stürmer in der Geschichte des schottischen Fußballs gewesen, ehe er sich zur Ruhe gesetzt und eine Pinte gekauft hatte. Daß solche Leute an einem Sonntag mal eben zu einem Drink bei ihm vorbeikamen, wollte schon was heißen. Die Frauen waren alle drei nicht häßlich, aber Margaret sah bei weitem am besten aus. Mason betrachtete alles, was er gemacht hatte, und siehe, es war sehr gut. Und etwas so Wohlgelungenes sollte er von dem Wind, der ihn eben aus dem Telefon angeweht hatte, einfach umblasen lassen? Nein, diese eine Lücke in seinem Sicherheitssystem mußte abgedichtet werden.

»Wenn ihr beide auf Besuch seid«, sagte er zu Roddy und Alice, »komme ich mir nicht vor wie ein Gastgeber, sondern wie ein Boxpromoter. Schwenk das Handtuch, Billy, ich hole inzwischen frische Drinks.«

Alle lächelten.

16

Ena lag oben im Bett und hörte Laidlaw beim Packen zu. Wie zielstrebig seine Bewegungen waren! Im Hin- und Hergehen steckte er seine Pläne ab. Wie die Schritte eines Wachtpostens auf Streife hörten sie sich an in dem stillen Haus. Es war ein vertrautes Ereignis, und sie wußte, daß es für ihn ein Ritual war. Er packte nicht einen simplen Koffer. Er stellte sein Handwerkszeug zusammen. Fehlte die Zahnbürste, war unter Umständen die Aufklärung eines Verbrechens gefährdet. Hoffentlich dachte er daran, seine Migränetabletten einzustecken.

Wie oft hatte er diesen Koffer schon vollgestopft? Zuerst war es ihr furchtbar gewesen. Jetzt war sie, wenn es geschah, fast erleichtert, was sie nicht daran hinderte, sich nach außen hin lautstark darüber zu beschweren, sofern sie es für richtig hielt. Wenn es das Wort inkompatibel noch nicht gegeben hätte – für sie beide hätte es erfunden werden müssen.

Es lebte sich so schwer mit ihm. Am schwersten zu ertragen war, daß er von den anderen so viel verlangte. Moralische Aggression nannte sie das bei sich. Es war, als habe seine Karriere als Amateurboxer auf sein Privatleben abgefärbt – allerdings nicht körperlich. Sobald er ein Zimmer betrat, mußte sie unwillkürlich denken: Es kämpft in roter Hose … Sie hörte Jackie leise wimmern. Ehe sie aufstehen konnte, kam schon sein Vater die Treppe herauf. Sie rührte sich nicht. Jackie mußte auf die Toilette. Jack brachte ihn hin und wieder zurück in den kleinen Raum neben dem Elternschlafzimmer. Während der Junge wieder ins Bett ging, hörte sie ihn fragen:

»War es ein Ungeheuer, Daddy?«

»Was meinst du, mein Junge?«

»Das Ding an der Tür, als Margaret allein zu Haus war. War es ein Ungeheuer?«

»Keine Spur«, gab Jack ganz ernsthaft zurück. »Es war das Mädchen aus ihrer Straße, das zum Babysitten gekommen war. Margaret ließ sie ein, und dann ging das Licht wieder an, und sie hatten noch einen sehr netten Abend.«

»Sandra hat gesagt, es würde wohl ein Ungeheuer sein.«

»Da hat die Sandra aber mächtig danebengehauen. Ungeheuer gibt es nicht, Jackie.«

»Wirklich nicht?«

»Wirklich nicht.«

»Da bin ich aber froh. Ich mag keine Ungeheuer, Daddy.«

»Sehr vernünftig, mein Junge. Mir wären sie auch nicht sympathisch, wenn es sie gäbe. Aber es gibt sie nicht. Es gibt nur Menschen.«

Ena wußte, für Jackie hatte die Gewißheit in der Stimme seines Vaters die Ungeheuer für diese Nacht wie ein flammendes Schwert aus dem Zimmer vertrieben.

»Gute Nacht, Daddy.«

»Gute Nacht, Jackie.«

Sie hörte Jack wieder hinuntergehen. Einen Augenblick wünschte sie sich, alles möge wieder sein wie früher. Aber seine suchende Intensität, die für sie zuerst seinen Reiz ausgemacht hatte, war jetzt auch das, was sie voneinander trennte, denn er hatte nie aufgehört zu suchen. Sie hatte gedacht, daß sein Weg früher oder später zu einer Endstation führen würde, an der sie ihn in Empfang nehmen konnte. Jetzt war sie davon überzeugt, daß diese Endstation – wenn überhaupt – erst dann erreicht sein würde, wenn man ihm die Augen schloß. Er zergrübelte alles zu Staub und zog dann weiter.

Sie hörte, wie er wieder heraufkam, um sich hinzulegen. Jack Laidlaw, der edle Ritter, dachte sie bitter. Nur daß man bei ihm nie wußte, ob man die Jungfrau oder der Drache war.

17

Die St. Andrew's Church wirkte düster, ein großer, dunkler Block, zugesperrt und mit vorgelegten Läden, wie ein Lagerhaus für eine Ware, die aus der Mode gekommen ist. Wer weiß, ob sie überhaupt noch in Betrieb ist, dachte Harkness. Selbst die Bäume rechts und links schienen auf den ersten Blick tot. Aber als er ihre sich sanft bewegenden Zweige näher ansah, erkannte er das erste Frühlingserwachen, kleine, grüne Knospen.

Er stand gegenüber der Kirche in dem grünen Torweg der Polizeistation, eines roten Backsteinhauses an der Ecke St. Andrew's und Turnbull Street, in dem die Central Division und die Verwaltungszentrale untergebracht waren. Er hatte beschlossen, draußen auf Laidlaw zu warten, weil so schönes Wetter war, ein Vormittag, an dem man am liebsten Urlaub gemacht hätte und ins Blaue gefahren wäre. Kein Tag zum Polizist-Spielen, fand er. Die Luft war eine Generalvollmacht, gültig für alle, zu tun, wozu man Lust hatte.

Er überquerte die Straße und machte in der Sonne einen Rundgang um die Kirche. Als er wieder an seinem Ausgangspunkt angekommen war, sah er zwei Männer, die über die Straße auf ihn zusteuerten. Der eine war groß und kräftig und trug eine Brille. Der andere war klein und untersetzt, er hatte ergrauendes Haar und trug eine Seemannsjacke.

»'tschuldigung, hast du mal 'n Streichholz für uns, Kumpel?« fragte der Kleinere.

Harkness sah, daß unangezündete Zigaretten zwischen ihren Lippen steckten.

»Tut mir leid, ich rauche nicht«, sagte er.

»Sehr vernünftig«, meinte der Große.

Der Kleine nahm die Zigarette aus dem Mund. Seine Hand zitterte.

»Wir kommen nämlich grade von da drüben«, sagte er. »Und jetzt brauchen wir einfach 'ne Lulle.«

»Drüben an der Ecke, am Saltmarket, ist ein Lokal«, sagte Harkness. »Holt euch doch da Streichhölzer.«

»Müssen wir wohl. Wenn wir zusammenlegen, reicht's vielleicht grade für eins.«

Harkness überlegte schon, ob er ihnen Geld für eine Tasse Tee anbieten sollte, aber sie waren schon weitergegangen. Sie hatten nicht betteln wollen, sie gaben sich einfach dem in Glasgow so beliebten Zeitvertreib hin, Wildfremde in ihr Leben einzubeziehen. Harkness hatte der kleine Wortwechsel Spaß gemacht, weil sie ihn nicht als Polizisten erkannt hatten. Das mußte er seinem Vater erzählen, wenn der wieder davon anfing, daß sein Sohn täglich mehr wie ein Bulle wirkte.

Während er sich abwandte, bemerkte er plötzlich an dem ersten Bäumchen rechts von der Kirche eine einzige rote Beere. Seine derzeitige Stimmung nahm das als Symbol: geheimes Wachsen und Werden. Er war sechsundzwanzig und nicht neunzig Jahre alt. Nach Ansicht seines Vaters waren die Weichen ein für allemal gestellt – aber das stimmte ja gar nicht. Die Atmosphäre kritiklosen

Dahinlebens, die ihn gestern in Marys Haus so deprimiert hatte, kam ihm wieder in den Sinn. Er dachte nicht daran, sich in eine bestimmte Schublade einordnen zu lassen. Mit zwanzig hatte er mehrere Monate in Spanien und Frankreich verbracht, und daran mußte er jetzt wieder denken, besonders an die lange, gemächliche Fahrt von Sitges nach Paris.

Es war eine gute Zeit gewesen, ein scheinbar grenzenloses Vorzimmer zu einer Zukunft der unbeschränkten Möglichkeiten. Während er auf dem St. Andrew's Square stand, ergriff ihn wieder jenes Gefühl von damals. Noch standen ihm alle Möglichkeiten offen. Inzwischen würde er seine Pflichten nicht allzu tierisch ernst nehmen. Und dann sah er Laidlaw.

Laidlaw näherte sich von der Turnbull Street her der Polizeistation. Harkness hatte ihn sich schon zeigen lassen, kannte ihn allerdings noch nicht persönlich. Er erkannte die täuschend große Gestalt – täuschend, weil die breiten Schultern ihn kleiner erscheinen ließen, als er wirklich war – und die entschlossenen Züge, die das Gesicht selbst aus dieser Entfernung unverkennbar prägten. Was Harkness auch jetzt wieder am meisten an ihm auffiel, war seine tiefe Konzentration. Ohne ein Problem, mit dem er sich herumschlug, traf man ihn nie an. Wenn ein Boot kam, um ihn von einer einsamen Insel zu retten, würde er wahrscheinlich erst noch etwas Dringendes zu erledigen haben, ehe es ablegen konnte. Es fiel ihm schwer, ihn sich beim gemächlichen Schlendern vorzustellen, immer schien er ein bestimmtes Ziel anzusteuern. Harkness fiel ein, daß eben jetzt er dieses Ziel war. Die Zukunft der unbegrenzten Möglichkeiten mußte wohl erst einmal zurückgestellt werden.

Er überquerte die Straße und blieb vor Laidlaw stehen, direkt vor dem Eingang zur Polizeistation.

»Detective Inspector Laidlaw, Sir? D. C. Harkness. Melde mich zur Stelle.«

»Tag«, sagte Laidlaw. »Strammstehen ist schlecht für den Rükken. Wie heißen Sie mit Vornamen?«

»Brian.«

Sie schüttelten sich die Hand.

»Ich heiße Jack. Sag nicht Sir zu mir. Wenn du mich achten kannst, soll's mich freuen. Auf reine Lippenbekenntnisse lege ich keinen Wert. Hast du gefrühstückt?«

»Ja.«

»Ich nicht. Mal sehen, was sich dagegen tun läßt.«

Sie gingen an der Polizeistation vorbei die St. Andrew's Street hinauf, bogen in den Saltmarket ein und gingen die Trongate hinauf in Richtung Argyle Street. Um das Schweigen zu brechen, erzählte Harkness von den beiden Männern, die ihn um Feuer gebeten hatten.

»Kein Wunder, daß die Typen bei uns schwitzen mußten«, sagte Laidlaw. »Wenn sie nicht gespannt haben, daß du ein Bulle bist, haben sie's nicht anders verdient. Ich hab gerade gedacht, daß der Commander mir ebensogut einen von der Polizeikapelle hätte schicken können, der wäre auch nicht mehr aufgefallen. Wo kaufst du eigentlich deine Klamotten?«

Harkness brauchte einen Augenblick, um den Hieb zu verdauen, der ihm sinnlos einen schönen Augenblick kaputtzumachen schien. Vielleicht weil er den Widerspruch zwischen dem Mann spürte, der ihm das Du angeboten hatte, und dem anderen, der ihm mit seiner ersten persönlichen Bemerkung eine Ohrfeige versetzt hatte, vielleicht aber auch, weil das Hochgefühl, das er vorhin in der Kirche empfunden hatte, noch in ihm nachklang, reagierte Harkness nicht als Polizist, sondern einfach als er selbst.

»Mag sein, daß die Jacke nicht der letzte Schrei ist, aber die Hauptsache ist doch, daß ich sie schnell genug ausziehen kann.«

»Möglich, daß du sie nicht ganz so schnell wieder ankriegst – über den Gipsverbänden …«

»Wenn du die Probe aufs Exempel machen willst, bitte, tu dir keinen Zwang an.«

Sie blieben beide mitten auf der Straße stehen und funkelten sich an. Dann begann Laidlaw zu lachen, und Harkness stimmte fast wider Willen ein.

»Donnerwetter«, sagte Laidlaw. »Das ging aber fix. Innerhalb von fünf Minuten drohst du deinem Vorgesetzten schon mit Handgreiflichkeiten. Na ja, eines muß ich sagen: Streber sind mir ein Greuel. Aufnahmeprüfung bestanden. Setzen.«

Sie bogen in die Fußgängerzone Buchanan Street ein, die sich bereits belebte, und gingen an den Blumentrögen und Bänken vorbei, von denen einige trotz der frühen Stunde schon besetzt waren, zur Gordon Street. Dort setzten sie sich in den *Grill 'n' Griddle*. Sie waren die einzigen Gäste. Laidlaw bestellte Eier, Toast und Kaffee, Harkness nur Kaffee.

»Tut mir leid«, sagte Laidlaw. »Vielleicht hab ich nur die Autopsie ein bißchen abreagieren wollen.«

»Schlimm?«

»Gut ist so was nie. Besonders wenn Milligan dabei ist. Verbale Leichenschändung, was er da treibt.«

»Was hat eigentlich Milligan gegen dich?«

»Nicht halb soviel wie ich gegen ihn.«

Die Kellnerin, eine gutaussehende Frau mit Brille, brachte das Bestellte. Die Brötchen seien noch nicht geliefert worden, entschuldigte sie sich.

Während des Essens fragte Laidlaw: »Hast du was für mich?«

Harkness schob ihm das Foto von Jennifer Lawson hinüber und einen Zettel, auf dem Sarah Stanleys Name, Adresse und Arbeitsstelle standen.

»Als Gegenleistung für die Informationen, die du Milligan gegeben hast. Übrigens habe ich heute früh herausbekommen, wem *Poppies Disco* gehört: einem gewissen Harry Rayburn.«

»Was über ihn bekannt?«

»Bei uns liegt nichts vor.«

»Hast du gestern mit Bud Lawson gesprochen?«

»Nein. Nur mit ihr. Er war ausgegangen.«

Laidlaw aß weiter und betrachtete dabei das Foto.

»Keinen Slip«, sagte er. »Was schließt du daraus?«

»Entweder hat sie keinen angehabt. Oder er hat die Nerven verloren, hat nicht mal gemerkt, daß er ihn eingesteckt hat. Oder aber er ist ein Fetischist.«

Laidlaw nickte. Er kaute noch immer.

»Aus dem Bericht des Pathologen geht hervor, daß die Vagina brutal zerrissen wurde. Keine Spermaspuren. Dafür Spermaspuren im Anus.«

»Keine besonders ausgefallene Spielart.«

»Nein. Aber man könnte es auch so sehen, daß er sie zum Neutrum machen wollte, nicht? Noch was. Das Gewebe im Anusbereich läßt darauf schließen, daß sie bereits tot war, als er dort eindrang. Es war sein zweiter Anlauf.«

Harkness hatte ein flaues Gefühl in der Magengegend. Während sie sich unterhielten, war die Kellnerin nach vorn gegangen, wo eine kleine grauhaarige Frau an der Kasse saß und Zigaretten und Süßigkeiten verkaufte. Sie tauschten Familienerlebnisse aus.

John hatte sich verlobt, und Kay fühlte sich sehr wohl in der Schule, und Michael wünschte sich einen Hund. Ihre Gemeinplätze erschienen ihm so normal, daß er sie förmlich riechen konnte, wie hausgebackenes Brot. Draußen in der frischen Morgenluft gingen Passanten am Fenster vorbei wie lebende Beweise der Alltäglichkeit. Schon hatte das Gespräch der morgendlichen Vision von einer Zukunft der unbegrenzten Möglichkeiten den Glanz genommen.

»Verdammt«, sagte Harkness, »es ist hoffnungslos. Wie sollen wir hier ansetzen? Wie sollen wir eine Verbindung zu dem Burschen herstellen?«

»Die Verbindung ist schon da, weil er zu uns gehört.«

»Besten Dank, aber nicht zu mir.«

»Wieso?« meinte Laidlaw. »Zählst du dich nicht mehr zur Gattung Mensch?«

»Doch. Aber ihn nicht.«

»So einfach liegen die Dinge nicht.«

»Für mich schon.«

»Dann bist du ein Trottel. Demnächst wirst du mir erzählen, daß du an Ungeheuer glaubst. Ich habe einen sechsjährigen Sohn mit demselben Problem.«

»Ja glaubst du denn nicht an sie?«

»Dann müßte ich auch an Feen glauben, und dazu habe ich mich nun doch noch nicht durchringen können.«

»Wie meinst du das?«

Laidlaw hatte aufgegessen. Er nahm einen Schluck Kaffee.

»Ich meine folgendes: Abnormität entsteht durch falsche Wohlanständigkeit. Das eine ist undenkbar ohne das andere. Wir haben es nicht mit Feen und nicht mit Ungeheuern zu tun, sondern einfach mit Menschen. Weißt du, was das Schlimmste an solchen Verbrechen ist? Der Preis, den wir für die Irrealität zahlen, in der zu leben wir uns entschieden haben. Die Angst vor uns selbst.«

Harkness dachte nach. »Und was bedeutet das für uns?«

»Eine Stellvertreterfunktion. Andere Leute können es sich leisten, den Fall mit einem bequemen Etikett zu versehen. ›Es war ein Ungeheuer‹, schreiben sie darauf und vergessen das Ganze möglichst schnell wieder. Wahrscheinlich kann die Gesellschaft es sich gar nicht leisten, anders zu handeln, weil sie sonst nicht mehr funktionieren würde. Sie muß so tun, als seien das gar keine richtigen Menschen, die so was machen. Wir können uns das nicht leisten. Weil wir eine Scheißmaschine sind, die sich vermenschlicht hat. So ist das mit der Polizei.«

Harkness rührte mit dem Löffel nachdenklich in dem braunen Zucker herum.

»Nun mach mal halblang«, sagte er schließlich. »Geh vor die Tür. Es ist ein schöner Frühlingsmorgen. Schau dir die Leute draußen an – was die tun und treiben, unterscheidet sich doch ganz wesentlich von dem, was dieser Typ angestellt hat.«

»Sie bedienen sich einer Sprache«, sagte Laidlaw. »Deine Lebensform ist angelernt wie eine Sprache. Sie ist deine Ausdrucksmöglichkeit. Aber jede Sprache verbirgt ebensoviel wie sie enthüllt. Und es gibt viele Sprachen; alle sind sie menschlich. Dieser Mord ist eine sehr menschliche Botschaft. Nur ist sie kodiert. Wir müssen versuchen, den Code zu knacken. Aber was wir suchen, ist ein Teil von uns. Wer das nicht weiß, braucht gar nicht erst anzufangen.«

»Entschuldige, aber dieser ‹Teil von uns› kotzt mich an.«

»Schon gut«, sagte Laidlaw. »Heul ruhig ein bißchen, wenn du willst. Das klärt den Blick.«

Er zündete sich eine Zigarette an und verstaute Foto und Zettel in der Dienstausweis-Hülle. Harkness sah ihn an.

»Ich habe nicht den Eindruck, daß uns diese Philosophie groß weiterhilft«, meinte er.

Laidlaw lächelte. »Stimmt. Aber sie verhilft uns zu einer wichtigen Erkenntnis. Sie bewahrt uns vor einem in solchen Fällen außerordentlich häufigen Fehlschluß.«

»Nämlich?«

»Daß der Mord der Kulminationspunkt einer abnormen Kette von Ereignissen ist. Aber das ist er nur für das Opfer. Für alle anderen Beteiligten – den Mörder, die Menschen, die eine Beziehung zu ihm haben, die Menschen, die eine Beziehung zu dem Opfer hatten – ist es erst der Beginn der Kette.«

»Und?«

»Und damit endet die erste Lesung. Du hast gefragt, wie wir die Verbindung herstellen können. Das will ich dir sagen. Laß ruhig Milligan und seine Leute das Verbrechen rekonstruieren, wenn sie wollen. Wir dagegen tun etwas sehr Simples. Wir versuchen herauszufinden, wer es war. In seiner Umwelt muß seine Tat Spuren hinterlassen haben. Und nach denen suchen wir. Indem wir uns ein paar Leute vorknöpfen. Mit Harry Rayburn fangen wir an.«

»Wir können ihn ja zunächst mal fragen, ob er einen Mann gesehen hat, der einen Slip in der einen Hand hatte und in der anderen ein Plakat mit der Aufschrift: Ich bin sexuell verunsichert.«

Laidlaw sah ihn an.

»Du kannst es ja mal probieren«, sagte er.

18

Gestern wurde im Gebüsch des Kelvingrove Park die Leiche eines achtzehnjährigen Mädchens gefunden. Nach Angaben der Polizei war das Mädchen, Jennifer Lawson, sexuell mißbraucht worden.

»Es handelt sich um einen besonders brutalen Mord«, erklärte Detective Inspector Ernest Milligan.

Fast hundert Polizisten führten in der Umgebung Ermittlungen durch; in der Nähe des Fundorts wurde ein Wohnwagen als Einsatzzentrale installiert.

Detective Inspector Milligan machte die Bevölkerung der Umgebung darauf aufmerksam, daß es für Frauen gefährlich sein könnte, nach Einbruch der Dunkelheit allein auf die Straße zu gehen, solange der Mörder noch auf freiem Fuß ist.

Die Tote war die einzige Tochter von Mr. und Mrs. William Lawson, 24 Ardmore Crescent, Drumchapel.

Der Tod ist wahrscheinlich durch Erdrosseln eingetreten.

Matt Mason legte den *Glasgow Herald* behutsam aus der Hand. Das Blatt wirkte – zusammen mit den anderen beiden Zeitungen – wie ein Flecken auf dem dunkel glänzenden Holz der Tischplatte, ein Makel auf seinem Leben. *Teenager brutal ermordet. Der Tanz in den Tod. Die Bestie von Kelvingrove Park.* Er schob mit der Gabel ein Stück Speck in den Mund. Es hätte ihn nicht mehr anekeln können, wenn er Rabbi gewesen wäre.

Er stand auf und trat ans Fenster. Es war der einzige Raum im Haus ohne Teppich, weil er in einer Farbbeilage einmal ein Eßzimmer mit Parkettfußboden gesehen hatte, aber seine Schritte waren kaum zu hören. Obgleich er klein war und zu Übergewicht neigte, waren seine Bewegungen leicht und federnd. Roddy Stewart pflegte lachend zu sagen, er könne über Schnee gehen, ohne Spuren zu hinterlassen. Ich bin auf Zehenspitzen aus dem Mutterleib gekommen, sagte Mason.

Er stand am Fenster, klein, untersetzt, das Haar schon merklich gelichtet, und schaute auf einen halben Hektar Gartenland hinaus. Sein Blick ignorierte den schönen Morgen. So ein Tag konnte ihm gestohlen bleiben, den hatte keiner bestellt.

Er beobachtete, wie eine Amsel auf der ausgedehnten Rasenfläche landete, den gelben Schnabel hochgereckt, und dann wieder startete, als lege sie keinen Wert auf seine Gesellschaft. Wahrscheinlich ist sie in dieser Gegend geschlüpft und aufgewachsen, dachte er, eine Bearsden-Amsel. Hochnäsigkeit war hier angeboren. Dabei war Bearsden nur ein zu groß gewordenes Dorf am Rand von Glasgow, aber der Weg aus der Stadt hierher war schwer gewesen. Er konnte sich vorstellen, daß die Babys hier nicht brüllten, wenn der Arzt sie an den Fußgelenken hochhielt und ihnen einen Klaps auf den Hintern gab, sondern nur höflich hüstelten. Einkriegezeck spielten die Kinder wahrscheinlich mit Handschuhen. Er gehörte nicht dazu, aber jetzt war er hier, und sein Haus war genauso groß wie das der anderen. Und hier gedachte er zu bleiben.

Er horchte Mrs. McGarrity nach, die mit dem Hausputz angefangen hatte. Bitter bedachte er, daß dies sonst für ihn die schönste Zeit des Tages war. Er genoß es, morgens hier herunterzukommen, wo auf dem Sideboard die Frühstückssachen auf ihn warteten, die Wärmeplatte, der Kaffee, die Silberschüsseln – wie im Film. Es war sein größter Stolz, hier zu sitzen, allein, wie er es eigentlich immer gewesen war, und sich wieder einmal Größe und Dauerhaftigkeit dessen, was er aus den unausgegorenen Träumen des kleinen Jungen in der Gallowgate gemacht hatte, zu bescheinigen. Zerlumpt, rotznäsig, immer hungrig, hatte er es abgelehnt, sich mit seinem Schicksal abzufinden. Das einzige ihm zugängliche Modell für eine andere Lebensform boten ihm die Zelluloidträume Hollywoods. Aus ihnen hatte er Stück für Stück diesen Teil seines Daseins zusammengebaut wie ein Bühnenbild.

Für seine Nachbarn – da machte er sich nichts vor – besaß seine Vorstellung wenig Glaubwürdigkeit. Er wußte, daß viele ihn für ordinär hielten, für einen Mann, mit dem man nicht verkehrte. Das störte ihn nicht weiter. Im Gegensatz zu jenen, die in diese Lebensform hineingeboren wurden, wußte er, womit man dafür bezahlen mußte: mit Menschenleben. Er wußte das, weil er sich genötigt gesehen hatte, selbst zwei Menschen zu beseitigen. Und er wußte, er würde es wieder tun, wenn sich die Notwendigkeit ergab. In so einer Situation stört man sich nicht allzusehr an anderer Leute Überheblichkeit.

Langsam ging er wieder zurück zu dem großen Magahonitisch und setzte sich – eine Einmannvorstandssitzung. Es mußten gewisse Entscheidungen getroffen werden. Er nahm eine saubere Tasse und goß sich noch Kaffee ein. Harry Rayburn, das war die Vergangenheit. Mason hatte ihn fair behandelt und anständig bezahlt. Jetzt forderte er mehr und drohte Mason in etwas zu verwickeln, was dessen Sicherheit gefährden konnte. Das war unverschämt. Und es war dumm. Er hatte anscheinend vergessen, wen er vor sich hatte. Dummköpfe neigen dazu, mehr als eine Dummheit zu begehen; also war er gefährlich.

Wie jemand, der seine Notizen durchsieht, machte Mason kurz Bestandsaufnahme, als sei dies ein ganz normaler Morgen. Das Haus war inzwischen gut und gern seine vierzigtausend Pfund wert, wenn nicht mehr. Die Hausdame, die bei ihnen wohnte, erledigte alles bis auf die Bedienung des Telefons. Margaret lag noch oben im Bett und bereitete sich wahrscheinlich auf eine ihrer Migränen vor. Ihre anstrengendste Arbeit bestand darin, sich unter eine Trockenhaube zu setzen. Früher hatte ihn ihre Nutzlosigkeit gestört, besonders wenn er an Anne dachte, die gestorben war, als es gerade begann aufwärtszugehen. Aber jetzt war er doch stolz auf sie. Nicht jeder konnte sich eine Frau leisten, deren einziges Talent darin bestand, gut im Bett zu sein. Selbst wenn er wütend auf sie war, konnte er sie noch immer eine Migräne mit Titten nennen. Es waren gute Titten. Dann waren da die Geschäfte. Und Matt und Eric gingen auf eine Privatschule.

Er zog die Summe. Was unter dem Strich herauskam, war himmelweit von Gallowgate entfernt. Dorthin führte kein Weg zurück.

Er nahm noch einen Schluck Kaffee; er war kalt geworden. Die Zeitungen starrten ihn an wie Drohbriefe. Man durfte Drohungen nicht nachgehen, aber man mußte sie ernst nehmen. Wenn Harry Rayburn vernünftig gewesen wäre, hätte er diese Geschichte selber in die Hand genommen. Aber nein, er hatte Mason hineingezogen in sein Spiel. Schönes Spiel! Tennis mit einer Handgranate. Mason wußte noch nicht genau, was er tun würde. Aber er wußte, in wessen Hälfte das Ding liegen würde, wenn es explodierte.

Mason prüfte das Problem leidenschaftslos. Die einzige Verbindung zwischen ihm und Rayburn waren die Summen, die er in *Poppies* investiert hatte. Aber in der *Financial Times* hatte er ja diese Transaktion nicht bekanntgegeben. Die Polizei würde keinen Zusammenhang zwischen ihm und Rayburn nachweisen können. Wenn Harry Mist machte und selbst als Mitschuldiger hoppgenommen wurde – was ging das ihn, Mason, an? Das war Harrys Problem.

Er verließ das Eßzimmer. Obwohl er von seinem sogenannten Arbeitszimmer aus telefonierte, überzeugte er sich erst davon, daß Mrs. McGarrity im ersten Stock herumwirtschaftete, ehe er die Tür schloß. Oben gab es keinen Telefonanschluß. Am anderen Ende der Leitung wurde nach dem zweiten Klingeln abgehoben.

»Hallo!«

»Harry? Matt Mason!«

»Gott, was bin ich froh, daß du dich meldest! Ich schwitze hier Blut und Wasser, das kann ich dir sagen. Ich war schon drauf und dran, dich anzurufen.«

»Quatsch keine Opern. Sag schon, was du von mir willst.«

Mason bemühte sich, Rayburns Schweigen zu deuten. Wenn er in der richtigen Verfassung war, konnte man ihn lenken wie eine Frau, das wußte er aus Erfahrung. Als Rayburn wieder anfing zu sprechen, klang seine Stimme gedämpft. Vielleicht ist das meine Chance, dachte Mason.

»Das habe ich dir schon gestern abend zu erklären versucht. Der Junge, der die Lawson umgebracht hat, ist ein Bekannter von mir.«

»Wer ist es?«

»Du kennst ihn nicht. Es wäre sinnlos, es dir zu sagen.«

»Na fein, dann ist ja alles in Butter. Tschüs.«

»Matt!«

Mason dachte gar nicht daran, aufzulegen.

»Matt, ich weiß, wo er ist. Und ich möchte ihn aus der Stadt herausschaffen.«

»Nur zu. Es gibt doch genug Busse.«

»Komm schon … Wenn du keinen Nerv für Opern hast, dann habe ich schon lange keinen fürs Kabarett.«

Die Positionen waren geklärt. Jetzt bildete das Schweigen eine Brücke. Mason hörte den Anflug unterdrückter Hysterie in Rayburns Stimme. Wenn er ihn zu sehr bedrängte, war nicht abzusehen, wohin die Splitter fliegen mochten.

»Was willst du also?«

»Deine Hilfe.«

»Einfach so.«

»Ich habe lange für dich gearbeitet, Matt.«

»Du hast eine hübsche Abfindung bekommen. Eine komplette Kneipe, um genau zu sein.«

»Ich habe gedacht, daß es um mehr geht als um Geld.«

»Mehr als Geld, das gibt es gar nicht.«

»Ich meine, ich habe gedacht, daß wir Freunde sind.«

»Und ich habe gedacht, daß du Köpfchen hast, Harry. Du redest wie in einem Kitschroman. So was ist nicht mehr in, weißt du ...«

Mason wartete, bereit, umzuschwenken, wenn es nötig war.

»Matt, ich brauche deine Hilfe.«

»Du brauchst nicht *meine* Hilfe. Wenn du deinen Herzensfreund aus Glasgow rausschleusen willst, brauchst du Houdini *und* den Heiligen Geist; einer allein schafft das nie. Um den Burschen zu finden, schauen sie doch in sämtliche Ritzen.«

»So schwer ist es gar nicht, Matt, das weißt du ganz genau. Ich möchte, daß du mir hilfst.«

»Bedaure. Ich hab mit mir selbst genug zu tun.«

Mason versuchte, ohne viel Aufhebens Rayburn die Tür vor der Nase zuzumachen; gleichzeitig wartete er, ob dieser sich dagegenstemmen würde.

»Genau darauf wollte ich hinaus, Matt. Um deinetwillen mußt du mir helfen.«

Masons Schweigen war so tief, daß man eine Leiche darin hätte versenken können.

»Ich hab wohl eine schlechte Verbindung erwischt«, sagte er schließlich.

»Du hast mich schon verstanden, Matt. Siehst du, ich habe ihm so einiges erzählt. Eine ganze Menge sogar. Von deiner Arbeitsweise zum Beispiel. Er weiß mehr über dich als deine Mutter. Es wäre nicht sehr angenehm, wenn die Polizei ihn erwischen würde.«

Ein Schwall von Kraftausdrücken quoll in Mason hoch, aber keiner kam über seine Lippen. Er wußte nicht, ob das, was Rayburn eben gesagt hatte, stimmte, aber im Grunde spielte das auch keine Rolle. Die Bedrohung blieb, auch wenn er sich die Geschichte aus den Fingern gesogen hatte, denn das zeigte nur, daß er vor nichts zurückschreckte. Die Situation mußte entschärft werden – so oder so.

»Tja, das wär's dann wohl«, sagte er. »Warum bittest du, wenn du fordern kannst?«

»Das hast du mir beigebracht, Matt. Versuch's erst im guten, hast du immer gesagt. Hauptsache, du weißt, daß du das schwere Geschütz in Reserve hast.«

War das der richtige Augenblick für nostalgische Erinnerungen? Besten Dank für den Hinweis!

»Du warst ein gelehriger Schüler«, sagte Mason. Er hatte genau den richtigen Ton getroffen, fand er. Bitter, aber resigniert. Damit dürfte er Harry davon überzeugt haben, daß er zwar von der Geschichte nicht erbaut war, sich aber damit abfinden würde. »Es ist am besten, du sagst mir, wer es ist und wo er steckt. Dann werde ich sehen, was sich tun läßt.«

»Ich glaube nicht, Matt, daß das eine sehr gute Idee ist.«

»Eben hast du gesagt, ich hänge in der Sache mit drin. Also mußt du mich auch einweihen.«

»Später, Matt, später.«

»Das verstehe ein anderer ...«

»Es gibt da gewisse Komplikationen.«

Matt begriff, daß sich das Blatt gewendet hatte, daß Rayburn jetzt sämtliche Trümpfe in der Hand hielt. Und daß er sich seiner Macht bewußt war. Lange, beschloß Mason, würde er sich dieser Macht nicht freuen ... Mason bezähmte seine Wut.

»Die Sache ist die: Ich kann ihn ihm Augenblick nicht dazu bewegen, sich vom Fleck zu rühren. Er ist verrückt vor Angst. Ich glaube, für ihn ist nur eines wirklich: der Slip der Kleinen. Er läßt ihn nicht los, nicht einen Augenblick.«

Manche Menschen sind einfach zu zart besaitet zum Morden, dachte Mason. Aber er sagte nichts. Wenn Rayburn alle Karten in der Hand zu haben meinte, sollte er sie gefälligst auch ausspielen.

»Ich werde versuchen, ihn so weit zu bekommen, daß er mitmacht. Aber leicht wird das nicht sein. Und das Schlimme ist, vielleicht bleibt mir gar nicht mehr viel Zeit, bis die Polizei eine Verbindung zwischen mir und ihm hergestellt hat. Deshalb muß ich im Hintergrund bleiben. Und da mußt eben du einspringen, Matt. Du bist meine Versicherung. Und ich natürlich deine. Ich möchte nur, daß du startbereit bist, wenn ich das Zeichen gebe. Um ihn rauszuschaffen. Ich weiß, bei dir ist er gut aufgehoben. Weil ich ja inzwischen damit beschäftigt bin, der Polizei gegenüber in allen Tonarten zu schweigen, nicht wahr, Matt?«

Ganz schön raffiniert, dieses feingesponnene Netz von Druckmitteln, dachte Mason. Aber das war auch das einzige, was er schön an der Sache fand.

»Okay«, sagte er.

»Danke, Matt, ich melde mich wieder.«

Mason stand einen Augenblick ganz still, den Hörer selbstvergessen in der Hand. Dann legte er auf.

Er sah sich um – und sah sich selbst. Wieder zog er die Summe des Erreichten. Diesmal kam unter dem Strich etwas anderes heraus. Ein Toter. So einfach war das.

19

Poppies lag in einem Hof hinter der Buchanan Street, zusammen mit ein, zwei undurchsichtigen Läden und einem namenlosen Antiquariat. Es war Glasgows neuestes Pub mit angeschlossener Diskothek – so neu jedenfalls, daß Harkness den Schuppen nicht kannte. Er kannte *The Griffin* und *Joanna's* in der Bath Street, *Waves* und *Spankies* am Customs House Quay. Das Pub, *The Maverick*, war zur Zeit geschlossen, aber die Tür zu *Poppies* stand offen.

Als sie die Steinstufen hinaufgingen, hörten sie ein summendes Geräusch. Der Innenarchitekt hatte offenbar einen Glücksspieltick gehabt. An den Wänden standen gepolsterte Würfel zum Sitzen, die Schirme der Wandlampen stellten Pokerkarten dar. Der Boden der kleinen Bühne für die Go-go-Girls war das Mosaik eines Roulette-rades, die Bartheke ein riesiger Dominostein, die Doppel-Sechs.

»Die Liebe ist ein Würfelspiel«, zitierte Laidlaw.

Das Summgeräusch kam von einem Staubsauger. Die Frau, die damit herumwerkelte, hatte ihnen den Rücken zugedreht. Sie war ältlich und dick, über die nackten Beine zog sich ein Gewirr blauer Krampfadern, ein Zeichen zu vieler Geburten. Ihr bloßes Da-Sein war ein ironischer Kommentar auf all diesen hochgestochenen Unsinn.

Laidlaw ging zu ihr hinüber und tippte ihr auf die Schulter. Sie ging vor Schreck fast an die Decke. Der Staubsauger, den sie mit einem Tritt ausgeschaltet hatte, verröchelte langsam, wie ein mechanischer Herzanfall.

»Meine Güte, Mann, wenn Sie das noch mal machen, sagen Sie gefälligst vorher meinen Angehörigen Bescheid«, empörte sie sich.

Aber dabei lächelte sie schon wieder, das Gesicht war warm und freundlich wie ein flackerndes Kaminfeuer.

»Tut mir leid«, sagte Laidlaw. »Wir suchen Mr. Rayburn.«

»Ja, der ist da. Wahrscheinlich oben im Büro. Sie, das ist für mich die aufregendste Sache, seit der Storch mich aus dem Teich gefischt hat.«

Sie stiegen die teppichbelegten Stufen zur Bar hinauf. Links führte ein Gang ab. Hinter der dritten Tür, an die sie klopften, rief eine Stimme: »Ja, was gibt's?«

Laidlaw machte auf. Der Raum war mit Teppichboden ausgelegt, anständig möbliert, vor den Fenstern hingen hübsche Vorhänge. Ihnen gegenüber, hinter einem Schreibtisch, saß ein junger Mann in einem Drehstuhl. Er hatte ein blasses Gesicht und fettiges Haar. Eine Lederjacke umschloß ihn wie ein Panzer. Die wadenhohen Stiefel hatte er auf die Schreibtischplatte gelegt. Er säuberte sich mit einem reich verzierten Messer die Fingernägel.

»Was wollen Sie?«

»Wir wollen zu Mr. Rayburn«, sagte Laidlaw.

»Sind Sie angemeldet?«

»Wieso? Sind wir hier beim Zahnarzt?«

Der junge Mann bemühte sich um einen möglichst rüden Gesichtsausdruck.

»Dein Gesicht auf 'nem Geldschrank«, sagte Laidlaw, »und man kann vor Lachen nicht einbrechen.«

Der junge Mann nahm die Füße vom Schreibtisch und stand ohne Eile auf. Das Messer lässig in der Hand, kam er hinter dem Schreibtisch hervor. Laidlaw hielt ihm seinen Dienstausweis unter die Nase.

»Ganz schöner Tiefschlag, was?« meinte er. »Du bist drauf und dran, gleich doppelt reinzufallen, mein Junge. Wenn du nicht aufhörst, Jack the Ripper zu spielen, nehm ich dir den Käsedolch da ab und schieb ihn dir in den Hintern. Und im Krankenwagen leg ich dir dann die eisernen Armbänder an. So, und jetzt sag ihm, er soll aus seinem Schlupfloch herauskommen.«

Der junge Mann legte das Messer auf den Schreibtisch. »Ich soll die Besucher für Harry ein bißchen sieben.« Er redete wie ein Kind, das sich beschwert, weil die andere Seite sich nicht an die Spielregeln gehalten hat. »Manchmal drücken sich hier nämlich ganz schön komische Typen herum.«

»Das sehe ich«, sagte Laidlaw und wartete.

»Harry! Polizei!«

Die Tür zum Nebenzimmer öffnete sich, und Harry Rayburn erschien. Er mochte in den Vierzigern sein, ein breiter, müde aussehender Mann, das schwarzlockige Haar lang und dekorativ graumeliert. Er trug ein knalliges Hemd, die hochgekrempelten Ärmel zeigten eindrucksvoll behaarte Unterarme. Eingeschmolzen hätte die Silberschnalle an seinem Gürtel die Wirtschaft retten können.

»Mr. Rayburn?« Laidlaw zeigte ihm seinen Ausweis. »Ich bin Detective Inspector Laidlaw von der Kriminalpolizei. Das ist Detective Constable Harkness. Wir ermitteln in einer Mordsache.«

Rayburn nickte.

»Was haben wir damit zu tun?«

»Es handelt sich um eine gewisse Jennifer Lawson aus Drumchapel. Sie ist Samstag nacht ermordet worden, und wir nehmen an, daß sie an jenem Abend zum Tanzen hier war. Wenn das stimmt, ist es denkbar, daß sie den Mann hier kennengelernt hat.«

»Wir schauen nur aufs Geld, nicht auf die Gesichter, stimmt's, Harry?«

Laidlaw warf dem jungen Mann einen unfreundlichen Blick zu. Harry Rayburn zog ein verärgertes Gesicht, es wirkte recht eindrucksvoll. »Jetzt reicht's, Lennie. Die arme Kleine ist tot.« Dann, zu Laidlaw gewandt: »Können wir Ihnen irgendwie helfen?«

»Das ist das Mädchen.« Laidlaw reichte ihm das Foto. »Die Chancen stehen eins zu einer Million, aber wir müssen es versuchen.«

Harry Rayburn schüttelte den Kopf.

»Bedaure. Aber diese jungen Mädchen kommen mir immer vor, als wenn sie alle aus einer Form gegossen sind. Hat man eine gesehen, kennt man sie alle.«

Laidlaw reichte das Foto an Lennie weiter, der einen flüchtigen Blick darauf warf und es dann auf den Schreibtisch legte.

»Wie viele Personen beschäftigen Sie abends?«

»Das ist verschieden. Im allgemeinen – tja, sagen wir drei an der Bar ...« Er hatte offensichtlich Schwierigkeiten, seine Leute zusammenzubekommen. »Zwei Go-go-Tänzerinnen, wenn wir Einlagen geben. Zwei Mann an der Tür. Vielleicht außerdem noch zwei Ordner.«

Lennie wurde von einem tonlosen Lachen geschüttelt. »Ordner«, flüsterte er kopfschüttelnd vor sich hin.

»Können Sie mir eine Liste geben?«

Das schien problematisch zu sein. »Nicht aus dem Stegreif. Für einige Jungs ist es nur ein Nebenjob, ganz unregelmäßig, wissen

Sie. Es wird ein bißchen dauern. Der Mann, der sich um all das kümmert, ist nicht da.«

»Sie sind nicht der Pächter, der Laden gehört Ihnen?«

Harry Rayburn lächelte. »Es ist alles bezahlt, jeder Riß an der Decke. Angefangen habe ich vor Jahren mit dem *Maverick*. Jetzt ist die Disko dazugekommen.«

»Na schön, besten Dank für Ihre Hilfe. Ich fürchte, Sie werden noch mehr Besuch bekommen. Meine Kollegen können die Angaben dann abholen.«

Er griff nach dem Foto.

»Sie kennen das Mädchen nicht?« fragte Harkness den jungen Mann.

»Nee«, sagte Lennie. »Scheint 'ne dufte Biene gewesen zu sein. Aber da hätt ich eher aufstehen müssen, was?«

»Und welche Aufgaben hat dieser so überaus sensible Jüngling bei Ihnen, Mr. Rayburn?« erkundigte sich Laidlaw.

»Lennie ist nur vormittags da. Er nimmt die Lieferungen an, Lebensmittel und Getränke und so weiter.«

Rayburn schien seinen Zorn nur noch mit Mühe beherrschen zu können. Als Laidlaw und Harkness die Tür geschlossen hatten, hörten sie, wie sich das Donnerwetter über Lennie entlud.

»Harter Brocken, dieser Harry Rayburn«, meinte Harkness.

»Daß ich nicht lache! Mary Poppins mit behaarter Brust.«

»Wie kommst du darauf?«

»Ich hab gesehen, wie er an der Tür in seine Rolle geschlüpft ist. Er paßt nicht so recht hinein. Vielleicht hat er sie aus einem Lehrbuch. Abbildung 1: Drohendes Verziehen der Oberlippe. Es ist eine Tarnung.«

»Und was hat er zu verbergen?«

»Jetzt sehen wir erst mal, ob wir den Typ auftreiben können, den ich sprechen will, und danach kannst du noch mal hier vorbeigehen, Brian, und sehen, was sich tut.«

»Und was hat er zu verbergen?«

»Wenn du's gefunden hast, sag mir bitte Bescheid«, schoß Laidlaw zurück.

20

Für Harkness war Mittagessen in der City gleichbedeutend mit einem Pub. Auswahl gab es genug. Aber das *Miranda* war ein verstaubtes Restaurant ohne Schanklizenz, in dem er noch nie gewesen war, was er im nachhinein auch nicht bedauerte. Die Gäste waren vorwiegend Frauen mit Einkaufstaschen und einige wenige Geschäftsleute, deren Geschäfte nicht gerade gut zu florieren schienen. Die Kellnerinnen trugen Schwarz mit weißen Krägelchen und Manschetten.

Harkness trank ein Glas öligen Grapefruitsaft und fragte: »Was hast du dir denn dabei gedacht?«

Laidlaw sah von der Suppe auf. Harkness ließ seinen Blick durch das Restaurant wandern.

»Hier sind wohl die Uhren stehengeblieben. Was hast du eigentlich gegen dich?«

»Es gibt Frauen, die nach einem Fünf-Gänge-Schlemmermenü Süßstoff für ihren Kaffee nehmen«, erklärte Laidlaw. »Das hier ist *meine* Alibi-Geste. Das Beste an der Speisekarte ist, daß es keinen Alkohol gibt. Schon was gehört?«

»Bisher noch nicht. Bob Lilley ist mir über den Weg gelaufen. Ich soll dir ausrichten, daß sie die Burschen in Dumfries festgenagelt haben. Rat mal, wie sie's gemacht haben … Sehr schlau. Sie haben den eigenen Wagen stehenlassen, sich zwei andere unter den Nagel gerissen, sind nach England gefahren und haben die Dinger gedreht. Hinterher haben sie sich wieder getroffen, die Sore in den einen Wagen gepackt, den anderen stehenlassen, haben das Zeug nach Dumfries transportiert, noch einmal umgeladen und dann auch den anderen gestohlenen Wagen abgestoßen.«

»Schlicht und ergreifend«, sagte Laidlaw. »Ich wünschte, die Verhältnisse wären hier ebenso klar.«

»Der Vormittag war nicht sehr produktiv, was?«

»Konnte man auch nicht erwarten. Bisher stochern wir ja nur in Pfützen herum.«

»Herausgekommen ist doch dabei rein gar nichts.«

»Das kann man so nicht sagen. Wir müssen uns alle Möglichkeiten offenlassen, dürfen nichts übersehen. Jetzt heißt es einfach weitermarschieren und weiterreden.«

»Und Fragen stellen.«

»Wichtig sind die Fragen, die wir nicht stellen. Die Leute geben keine Antworten, sie verraten sie. Wenn sie glauben, eine Frage zu umgehen, geben sie eine ehrliche Antwort auf eine andere. Unser Problem ist, daß wir noch nicht genug wissen, um durchschauen zu können, was sie sagen. Wir müssen also versuchen, alles im Gedächtnis zu behalten, bis sich eine Art Muster herausschält. Bisher wissen wir nur, daß Harry Rayburn sich zu unpraktisch, zu lässig, zu hart gibt. Kann sein, das bringt uns weiter. Muß aber nicht sein.«

Die Kellnerin brachte Laidlaw sein Roastbeef und Harkness seinen Fisch.

»Was ist Ihr Geheimnis, großer Meister?« fragte Harkness.

»Köpfchen. Also essen wir erst mal.« Er betrachtete sein Fleisch. »Wenn man das so nennen kann.«

Nach zwei Bissen fuhr er fort: »Wir versuchen es mal bei John Rhodes. Das ist ein ehrlicher Gauner. Ein Mord wird ihm nicht schmecken. Möglich, daß er uns für eine Woche seine Augen und Ohren zur Verfügung stellt.«

»Ich habe von ihm gehört.«

»Das will ich hoffen. Kennst du ihn persönlich?«

»Nein.«

»Dann kannst du mal sehen, was ein wirklich harter Brocken ist. Wenn er schlechte Laune hat, muß die Army ausrücken.«

21

»Der Oberbulle hieß Laidlaw«, sagte Lennie. »Der andere war so 'n Typ, der hieß Harkness.«

Matt Mason saß sehr still an seinem Schreibtisch. Nur die rechte Hand bewegte sich, rückte die Kanten der drei Schreibtischkalender zurecht, die keine Eintragungen enthielten, korrigierte die Stellung des Schreibsets, das nie benutzt wurde. Wer ein Gedächtnis hat wie ein Telefonbuch, braucht keine Kalender. Wer einen Scheck mündlich ausstellen oder einen Mann mit einem Kopfnicken feuern kann, braucht weder Füller noch Kugelschreiber. Aber es waren Ausstattungsgegenstände, an denen er Gefallen fand, wie an dem Aktenschrank, in den außer ihm nie jemand hineingesehen hatte, der Hausbar in der Ecke und den Drucken mit Rennszenen an der Wand.

Lennie sah aus dem Fenster. Weil das Büro im Souterrain lag, konnte er auf der West Regent Street nur eine Beinparade erkennen. Er amüsierte sich damit, die Beinpaare auszusuchen, zwischen denen man wahrscheinlich einigen Spaß haben würde. Durch die Wand hörte man im Laden den Lautsprecher seinen Kommentar zum Zwei-Uhr-Rennen in Newmarket raunen.

»Der Laidlaw, das ist auch so ’n Typ«, sagte Mason. »Und was für einer. Mit dem möchte ich mich ungern anlegen. Brisant, der Bursche. Wie hat ihn Harry aufgefaßt?«

»Ziemlich sachte. Schien Schiß zu haben. Aber ich nicht.«

Lennie lachte. Mason verzog keine Miene.

»Sehr clever«, sagte er. »Was hast du gesagt?«

Lennie zuckte die Schultern. Er spürte, daß Masons Stimmung auf der Kippe stand, konnte aber der Versuchung nicht widerstehen, sich ein bißchen aufzuspielen.

»Ist doch nicht mein Bier, daß die Mieze umgelegt wurde. Das hab ich ihm zu verstehen gegeben.«

»Clown!« Das Wort zischte ihm entgegen wie der Strahl eines Schweißbrenners.

»Was ist denn los, Boß?«

»Du bist eine Flasche, das ist los. Wenn dir ein Goliath über den Weg läuft, setzt du dich auf sein Knie. Was für einen Sinn hat es, sich unnötig Ärger einzuhandeln? Mit Ärger machst du dich unbeliebt. Sei nett zu den Leuten, und wenn du dann mal nicht so nett bist, erreichst du gleich viel mehr.«

»Nett zu den Bullen? Sie werden doch nicht weich, Boß?«

Lennies Lachen schlug gegen eine Mauer des Schweigens. Er versuchte es noch einmal. »Hä-hä.« Es war, als klopfe man an die Tür eines leeren Zimmers.

»Soll ich dir das Gegenteil beweisen?« Masons Stimme war sanft wie ein Säuseln.

»Aber wieso denn, ich hab doch nur …«

Mason hob den rechten Zeigefinger. »Mit dem da könnte ich dich zusammenschlagen.«

»Aber hören Sie mal …«

Der Finger senkte sich, richtete sich auf Lennie.

»Nein, hör du mal. Du – bist – ein – dummer – kleiner – Junge. Noch so eine Frechheit, und die Komikerrolle hier wird anderweitig besetzt. Sieh zu, daß du dir irgendwo ein bißchen Grips beschaffst, Junge. Egal wo. Und wenn du ihn stehlen mußt. Ich zahle nicht dafür, daß mir die Leute dumm kommen.«

Lennie blieb stumm stehen und wagte nicht, sich zu rühren. Er wußte, daß er über dem steilen Abgrund von Masons Zorn hing. Mason starrte grübelnd auf die Schreibtischplatte.

»Nichts als Idioten um mich herum«, sagte er. Sein Hauch trübte die Glasplatte. »Was bin ich?«

Lennie schwieg. Er wußte, daß Mitarbeiter für Mason manchmal nur Spiegel waren, in denen er sich betrachtete. Bei Spiegeln gab es keine Widerrede.

»Ich bin legitimer Buchmacher. Ich habe meine Wettbüros. Ich führe meine Geschäfte. Schön und gut. Aber du weißt genausogut wie ich, daß ich auch noch andere Interessen habe. Und wenn wir das wissen, glaubst du wirklich, der CID hätte keine Ahnung davon? Ich habe meine Finger in allen möglichen Dingen. Wenn sie mir einen abschneiden, verliere ich alle, weil dann das Blut sie auf meine Spur führt. Das könnte sehr peinlich werden. Ich habe mich deshalb gegen Unfälle dieser Art sichern müssen. Es gibt Leute, die ein sehr leichtsinniges Leben führen. Die Polizei darfst du nie unterschätzen, Junge. Die ist nicht dumm. Sie wartet nur auf mich. Ich möchte sie gern warten lassen.«

Lennie schwieg.

»Natürlich soll man die Leute auch nicht unterstützen, aber ich will, daß sie höflich abgewimmelt werden. Ich wohne in einem großen, feinen Haus, Junge. Aber es besteht aus hochexplosiven Steinen. Zünde einen an, und der ganze Bau fliegt mir um die Ohren. Fingerspitzengefühl, das ist etwas, was du noch lernen mußt. Deshalb bin ich nicht für Kraftmeierei. Und deshalb ist das Theater um dieses Mädchen auch so lästig. Wir könnten alle hochgehen dabei.«

Mason griff sich eine Zigarette und warf auch Lennie eine zu. Damit, dachte Lennie, habe ich wohl Redeerlaubnis. Aber er hatte keine Ahnung, was er sagen sollte, weil er überhaupt nicht kapierte, wo der Haken war. Mason, fand er, machte sich um nichts und wieder nichts den Kopf heiß.

»Was hat denn die Puppe mit uns zu tun?« fragte er. »Das geht mir einfach nicht ein, Boß.«

Mason rauchte und sah ihn an.

»Wie lange bist du bei Rayburn? Einige Monate, stimmt's? Und wozu bist du da?«

»Um ihn im Auge zu behalten. Ohne daß er's merkt.«

»Kleiner Test«, sagte Mason. »Mal sehen, ob du deinen Job auch ernst nimmst. Hat Harry Rayburn heute vormittag irgend etwas Ungewöhnliches getan?«

Lennie stutzte. »Bißchen nervös ist er mir vorgekommen.«

Mason wartete, und Lennie wußte, er würde sich was einfallen lassen müssen.

»Da war 'ne ganze Kleinigkeit: Ich sollte ihm was zu essen besorgen. Aber dann hat er's sich anders überlegt. ›Laß man sein‹, hat er gesagt. So was hab ich für ihn bisher noch nie machen müssen.«

Mason nickte.

»Das Essen«, sagte er, »war für den Burschen, der die Kleine aus Drumchapel umgebracht hat.«

Mason beobachtete Lennies Augen, in denen sich die Gedanken drängelten wie Fußballzuschauer, die alle gleichzeitig ins Stadion wollen.

»Nee, ehrlich? Sie meinen ...«

Mason nickte wieder und beschloß, den Jungen nicht länger auf die Folter zu spannen.

»Es war Harrys Herzallerliebster, der sie umgebracht hat.«

»Das heißt ...«

»Das heißt, daß er mich gefährdet. Deshalb will ich wissen, wo der Bursche steckt. Rayburn geht bestimmt heute wieder hin, der kann gar nicht anders. Du folgst ihm und sagst mir, wo der Junge ist.«

Lennie, der plötzlich begriff, daß er eine Rolle in einem Drama spielte, von dem er bisher nichts geahnt hatte, bemühte sich um eine dem Stück angemessene Haltung.

»Ich könnte Harry 'n bißchen aufmischen«, sagte er. »Vielleicht krieg ich's so aus ihm raus.«

»Werd endlich erwachsen«, fuhr Mason ihn gereizt an. »Was anderes fällt dir nicht ein, als mit deinem Brieföffner auf die Leute loszugehen, was? Jetzt sperr die Ohren auf. Big Harry darf auf keinen Fall etwas merken. Sonst kannst du dir gratulieren. Wenn er auch nur den Verdacht hat, daß du dich für ihn interessierst, buchst du besser den nächsten Zug zum Mond. Die Sache muß heute im Lauf des Tages über die Bühne gehen. Heute abend will ich wissen, wo der Boy steckt.«

Lennie war von den Aussichten, die sich da auftaten, noch wie gelähmt.

»Und wenn Sie ihn finden«, sagte er, »werden Sie ihn dann ...«

Seine Augen weiteten sich in freudiger Erwartung kommender Gewalttätigkeiten. Orgasmusersatz, dachte Mason.

Er hob beide Hände. »Halt dich erst mal an das, was heute

anliegt, Lennie. Zwei Probleme gleichzeitig sind für deinen Kopf entschieden zuviel. Mach einfach, was ich gesagt habe. Und mach's ordentlich. Wenn du rausgehst, schick Eddie zu mir.«

In dem Wettbüro war viel Betrieb. Das war ein Grund, weshalb Lennie Schwierigkeiten hatte, Eddie aufzuspüren. Der andere Grund lag bei Eddie selbst. In einer Menge tauchte er einfach unter. Er gehörte zu jenen Menschen, bei denen Erfahrungen die Züge nicht ausprägen, sondern zur Anonymität verflachen lassen. Lennie fand ihn nicht; er fand Lennie.

»Alles Trottel, diese Wettheinis«, sagte Eddie nah an Lennies Ohr. »Findest du nicht?«

»Der Boß will dich sprechen«, erklärte Lennie.

Eddie wandte sich um und ging hinaus. Lennie drängte sich durch die Leute im Laden und trat so vorsichtig auf die West Regent Street hinaus, als seien ihm unsichtbare Kameras auf der Spur. Im Büro wartete Eddie geduldig, während Mason die Glasplatte auf seinem Schreibtisch fixierte. Es herrschte eine frostige Stille. Eddie war froh, daß nicht er es war, mit dem sich Masons Gedanken beschäftigten.

»Böse Situation, Eddie. Harry Rayburns Boyfriend hat die Kleine aus Drumchapel umgebracht.«

»Ist das unser Bier?«

»Nein, aber sie könnten auch unsere Fässer abklopfen wollen.«

»Harry Rayburn hat nicht direkt was mit uns zu tun.«

»Nein, aber er *hatte* was mit uns zu tun. Schön, wir haben ihn abgefunden. Aber sein Gedächtnis hat er nicht an der Kasse abgegeben.«

»Glaubst du, Big Harry würde dich verpfeifen? Was der an Mumm hat, geht doch bequem in 'ne Kontaktlinse rein.«

Mason nahm Eddie seine Fragen nicht übel. Sie bedeuteten, daß er Maß nahm, wie es jeder gute Handwerker tut, ehe er seine Arbeit beginnt. Matt Mason schätzte Eddie als einen fähigen Mann, dessen Neugier über den Rahmen seiner Arbeit nicht hinausging. Er erledigte seine Aufgabe so sachlich-nüchtern wie ein Installateur. Eddie war ein zufriedener Mensch, der seine Arbeit tat und sein Gehalt bezog, ein bißchen trank und gern fernsah.

»Das weiß ich nicht. Aber von seinem Freund wäre es denkbar.«

»Weiß er über dich Bescheid?«

»Ich bin mir nicht sicher. Aber mit Bettgeflüster ist das so eine Sache. Wer weiß, was der Typ gesagt hat, während der Boy da halb in seinem Hintern steckte?«

»Riskant«, meinte Eddie.

»Eben. Risiken sind was für unsere Wettheinis. Ich bin Buchmacher. Der Knabe muß aus dem Verkehr gezogen werden.«

Eddie hob die Augenbrauen und senkte sie wieder. Er hatte begriffen.

»Lennie ist dabei, festzustellen, wo er untergetaucht ist. Ich brauche jemanden, der mit dieser Information was anfangen kann.«

Eddie dachte nach.

»So wie ich es sehe«, fuhr Mason fort, »ist das mit der Liebe zu Toten so eine Sache. Wenn der Junge aus dem Weg ist, dürfte Harry uns keine Schwierigkeiten mehr machen. Dann kommt nämlich die Angst wieder. Wir müssen nur sicherstellen, daß niemand uns das Ding anhängen kann. Nicht der CID, nicht Harry Rayburn.«

Eddie wartete auf die Pointe.

»Such dir einen Mann, der einen Menschen umbringen kann, ohne Fragen zu stellen. Und ohne allzu viele Antworten zu kennen.

Er darf vorher keinerlei Kontakt zu uns gehabt haben. Wenn er so was bisher noch nie gemacht hat – um so besser. Und er ist auf sich selbst gestellt.«

Zum erstenmal rührte sich etwas in Eddies sonst so gleichmütigem Gesicht.

»Da kannste suchen«, sagte er.

»Es wird gutes Geld dafür geben. Aber Preisverhandlungen bitte erst, wenn du mit mir gesprochen hast.«

»Ein haariger Auftrag.«

»Ein haariges Problem«, sagte Mason. »Überleg dir's, und sag mir Bescheid. Du kannst ja mal aufschreiben, wer in Frage käme.«

»Da wird mir wohl das Papier ausgehen«, meinte Eddie.

Mason lächelte. Eddie war in Ordnung.

22

»Komm mal einen Augenblick hier herüber«, sagte Laidlaw.

Sie waren am Glasgow Cross. Nachdem sie eine Weile gewartet hatten, gelang es ihnen, über die Straße zum Gehsteig vor dem Krazy House zu gelangen. Laidlaw blieb vor dem kleinen grauen Bauwerk stehen, das – so hatte Harkness es gelernt – an der Stelle stand, wo früher der Tolbooth, das Stadtgefängnis, gewesen war: eine Art Miniturm mit einer kleinen Balustrade am oberen Ende, darüber die Figur eines Einhorns.

»Wie findest du das?« fragte Laidlaw.

Harkness sah ihn verblüfft an.

»Die Inschrift«, erläuterte Laidlaw.

Harkness las die in den Stein gemeißelten Worte: Nemo me impune lacessit. Daß es Latein war, wußte er, aber er konnte es nicht übersetzen.

»Niemand greift mich ungestraft an«, sagte Laidlaw. »Hast du gewußt, daß das hier steht?«

Harkness schüttelte den Kopf.

»Das nenne ich Bürgermut.« Laidlaw lächelte. »Das richtige Motto für Glasgows Herzstück. Pfoten weg, oder es knallt. Oder, höflicher ausgedrückt: Besuchern wird dringend geraten, nicht frech zu werden.«

Die Botschaft gewann an Nachdruck, als sie das Cross hinter sich ließen. An dieser Stelle teilte sich die Trongate in zwei östlich verlaufende Straßen, die Gallowgate im Norden, die London Road im Süden. Das Gefühl der Entscheidungsfreiheit ist eine Illusion. Beide Straßen führen in die gleiche Slumlandschaft, in der hier und da hoffnungsvoll ein paar Neubauten aufragen wie Zierbrunnen in der Wüste.

Sie gingen die London Road entlang und betraten den Bezirk zwischen dieser Straße und der Gallowgate, der sich Calton nennt. Harkness hatte, wie immer, wenn er über das Cross hinaus nach Osten ging, das Gefühl, eine belagerte Stadt zu betreten. Die kleinen Läden und Imbißstuben hatten Maschendraht vor den Fenstern. Einige Pubs zeigten der Straße nackte Mauern, in die in etwa drei Meter Höhe kleine, mit Maschendraht bespannte Fenster eingelassen waren. Düstere Mietskasernen moderten zwischen geräumten Grundstücken. Und auf der Straße meinte er die Opfer zu sehen, die dieser unsichtbare Krieg gefordert hatte.

Laidlaw hatte unterwegs in einigen Pinten nach einem gewissen Wee Eck gefragt.

»Klein-Rhodesien«, sagte er, während sie weitergingen.

»Wie bitte?«

»Die Gegend gehört zum Herrschaftsbereich von John Rhodes.

Eine Art Separatstaat. Er hat die Trennung vollzogen, als Ian Smith an so etwas überhaupt noch nicht dachte.«

»Na, hör mal …«

»Schon gut. Aber ich würde dir nicht raten, in einer dieser Pinten auf seinen Namen zu spucken.«

Die Vorstellung wäre Harkness sehr viel bizarrer vorgekommen, wenn Laidlaw ihm das nicht ausgerechnet hier erzählt hätte. Wenn einer allein durch diese Gegend ging, tat er gut daran, seine Blicke sorgsam im Zaum zu halten.

»Das Gesetz der Angst, ja?« fragte Harkness.

»Nicht unbedingt. Obgleich das eine sehr vernünftige Einstellung ist, wenn man es mit John zu tun hat. Aber die Dinge liegen viel komplizierter. Er hat seine Regeln, das muß man ihm lassen. Fair ist er nicht, aber er hat einen gewissen Sinn für Gerechtigkeit. Als Gauner hätte er es sehr viel weiter bringen können. Aber manche Dinge tut er einfach nicht. Er hat sich deshalb auf einer Ebene der Kriminalität eingependelt, bei der er sich noch den Luxus moralischer Wertungen leisten kann.«

»Was für Regeln sind denn das?«

»Ich habe sie noch nicht ergründen können. Zu hoch für mich. Die kennen nur John und der liebe Gott. Und ich schätze, der liebe Gott weiß auch nicht immer so recht, woran er ist. Der Versuch, ein freundschaftliches Gespräch mit John zu führen, ist wie ein Spaziergang durch ein Minenfeld. Aber soviel weiß ich: Es gibt diese Regeln. Gelegentlich habe ich schon mal was davon mitgekriegt. Zum Beispiel habe ich von einem Naivling gehört, der John frech gekommen ist. Und John hat nichts unternommen.«

»Warum nicht?«

»Der Mann war Zivilist. John weiß, was er seinem Ruf schuldig ist. Und noch etwas: Daheim läßt er die Leute in Ruhe. Frauen und Kinder sind für ihn tabu. Auch über Sex hat er seine eigenen Ansichten. Er ist prüde wie John Knox.«

»Hört sich sehr eindrucksvoll an.«

»Hoffentlich kannst du dich davon persönlich überzeugen. Sturzhelme auf.«

Sie standen vor einem Pub, das von draußen ungefähr so einladend aussah wie eine öffentliche Bedürfnisanstalt. Die kleinen, hoch über Augenhöhe eingelassenen Fenster schienen das Tageslicht zu scheuen. Die Wände waren aus grauem Rauhputz, offensichtlich erst kürzlich renoviert, nicht so sehr zur Verschönerung wie zur Verstärkung der Befestigungsanlagen. Der Name darüber stammte von früher und verkündete in altmodischer Schnörkelschrift: *The Gay Laddie.*

»Ich würde dir dringend raten, aus dem Namen keine falschen Schlüsse zu ziehen«, sagte Laidlaw.

Die Gefahr war nicht groß. Sie betraten nicht einfach eine Kneipe, sondern eine andere Lebensform. Die Straßenlandschaft dort draußen war ihnen nachgekommen und schlug sich in diesem Raum nieder. Rein äußerlich war es ein Relikt der dreißiger Jahre, der Wirtschaftskrisenzeit, die Rasiermesserrowdies und Gangsterkönige hervorgebracht hatten. Beim Inventar war Holz das vorherrschende Material, von der langen, verfleckten Theke bis zu den im Raum verteilten Tischen. Das Kunststoffzeitalter war hier noch nicht ausgebrochen.

Ebenso sachlich wie die Möbel, von kompromißloser Schnörkellosigkeit wie sie, war die Atmosphäre. Harkness, der sie zum erstenmal erlebte, versuchte sie zu definieren. Die Spannung, die in einem entstand, hatte nichts mit potentieller Kriminalität zu tun, mit der Furcht, beraubt oder niedergeschlagen zu werden. Sie war viel unmittelbarer, entsprang der Erkenntnis, daß man von physischem Hochmut so dicht umgeben war, daß man sich vorsehen mußte, um nicht unabsichtlich einem Ego auf die Zehen zu treten. Dieser Raum war das Refugium von Männern, die nicht viel mehr besaßen als ihr Selbstbewußtsein und nicht gedachten, sich das ankratzen zu lassen.

Harkness erinnerte sich jetzt, ähnlich auch in anderen East-End-Kneipen empfunden zu haben, und begriff, woher die Spannung kam. Wer sich hier hereinwagte, hatte sich des Schutzes begeben, den ihm sonst sein sozialer Status gewähren mochte. Hier wurde nur darauf gesehen, wer man selber war.

Daß sie wer waren, bemühten sich gerade drei junge Männer an der Theke zu demonstrieren. Sie trugen karierte Hemden, Jeansjacken, hoch heraufgezogene Hosen und Stiefel mit Gummisohlen. Es schien die Uniform einer Privatarmee zu sein, die zur Zeit *The Gay Laddie* besetzt hielt und jene jugendliche Aggressivität zur Schau trug, die viel von ihrem Schwung darauf verwendet, sich Ärger einzuhandeln. Sie sprachen nicht, sie waren auf Sendung, und es schien, als machten sie sich breiter als notwendig.

Für Harkness waren sie der Mittelpunkt des Pubs. Laidlaw sah sie als Randerscheinungen, als zufällige Touristen. So leichtsinnig wie sie ihre herausfordernde Haltung vor sich hertrugen, hätte man denken können, daß sie mal eben auf einen Sprung vom Mars vorbeigekommen waren. Das Typische an der Pinte waren für ihn die relative Stille, die sie umgab, die wenigen Gäste an den Tischen und der eine Mann, der an der Theke lehnte. Wie er hieß, hatte Laidlaw noch nicht ergründen können, aber er erkannte ihn an der Narbe, die über seine linke Wange bis unters Kinn lief.

Laidlaw ging zum hinteren Teil der Theke, wo sie neben der Tür zum Gastraum einen Knick machte. Der Barkeeper hatte begonnen, ein Glas zu polieren. Er kam langsam auf sie zu, ein dicker, alternder Mann mit kräftigen Unterarmen, die unter aufgerollten Ärmeln hervorsahen.

»War John Rhodes heute schon hier?« fragte Laidlaw leise.

Der Barkeeper wienerte an seinem Glas herum, ohne aufzusehen. »Wer sucht ihn?« fragte er.

»Mach keine Faxen, Charlie«, sagte Laidlaw. »Ich bin nicht hergekommen, um einen schlechten Cowboyfilm zu sehen. Du weißt, wer ich bin.«

»Ich weiß, wer Sie sind. Aber wer sucht ihn?«

Laidlaw schwieg, bis der Mann schließlich aufsah, als wollte er sich vergewissern, daß Laidlaw noch da war.

»Vielleicht verrätst du mir den Code«, sagte Laidlaw. »Dann reden wir weiter.«

»Suchen und suchen ist zweierlei«, sagte Charlie, wieder mit seinem Glas beschäftigt. »Sucht ihn der Laidlaw, oder sucht ihn der Bulle?«

»Schlicht und einfach der Laidlaw. Zu einem Gespräch unter Freunden.«

»Tja, ich glaub, der ist da, Ihr Freund. Was kriegen Sie?«

Laidlaw bestellte für Harkness ein Bier und für sich einen Whisky. Der Mann mit der Narbe ging hinaus. Der Barkeeper deutete mit einer Kopfbewegung in den Gastraum hinüber. Er war leer. Sie setzten sich auf die harten Holzstühle. Laidlaw zwinkerte Harkness zu und sagte mit spöttischer Hochachtung: »Ich glaube fast, der große Mann ist bereit, uns eine Audienz zu gewähren.«

Wenige Minuten später kam der Mann mit der Narbe herein, ein Bier in der Hand, nickte ihnen zu und setzte sich an einen anderen Tisch. Laidlaw machte keinen Versuch, ihn anzusprechen. Dann trat ein weiterer Gast ein. Harkness betrachtete ihn. Er war weder besonders groß noch besonders klein, so um die eins siebzig, schätzte Harkness, und wirkte muskulös, aber nicht sehr schwer. Der Anzug war nicht auffällig, aber gut geschnitten, das Gesicht glatt bis auf einen Strich über der Augenbraue, wo kein Haar wuchs. Das dichte schwarze Haar war in altmodische Wellen gelegt. Er mochte um die Vierzig sein. Harkness zählte alles zusammen und bekam die falsche Summe heraus.

»John kommt gleich«, sagte der Mann mit dem welligen Haar und setzte sich neben den mit der Narbe.

John Rhodes war hochgewachsen und blond. Seine Größe überraschte Harkness, nach dessen Erfahrungen die härtesten Burschen meist klein geraten waren. Vielleicht deshalb, weil Große bereits unverdient so viel Ansehen genossen, daß sie nicht auf jenen totalen Einsatz angewiesen waren, der in der Sicht der Straße die Härte eines Mannes ausmacht. Aber bei John Rhodes versagte jede Theorie. Er war einfach und absolut er selbst.

Die Beachtung, um die sich die drei Halbstarken in der Bar so verzweifelt bemühten, nahm er als sein gutes Recht in Anspruch. Zurückhaltung war der Grundzug seines Wesens. Ein gemessenes Nicken zu Laidlaw hinüber, ein Blick auf Harkness, eine kurze Bewegung, die den beiden anderen galt, zielstrebige, sparsame Bewegungen. Das Gesicht hatte leichte Pockennarben, die Augen waren von freundlichem Blau.

»Tag«, sagte er zu Laidlaw und setzte sich ihnen gegenüber an den Tisch. »Ihr trinkt doch was mit mir.«

»Einen Whisky für mich«, sagte Laidlaw. »Mit Wasser.«

»Für mich nichts weiter, schönen Dank«, erklärte Harkness.

Die blauen Augen sahen aus wie eine Lötlampe, die bereits eingeschaltet ist, aber noch keine Flammen spuckt.

»Ein kleines Bier«, verbesserte Laidlaw. »Er steht nicht auf harte Sachen. Mit ›nichts weiter‹ meint er bloß, daß er beim Bier bleibt.«

»Muß er noch gewickelt werden?« erkundigte sich John Rhodes.

Während der Mann mit dem Wellenhaar durch die Tür der Gaststube zur Theke hinübernickte, begriff Harkness, daß das, was John Rhodes zu Laidlaw gesagt hatte, keine Frage, sondern eine Feststellung gewesen war. Sie waren Besucher in seinem Reich, er bestimmte das Protokoll. Harkness wußte jetzt, daß er und die beiden anderen nur Zeugen bei einer Konfrontation besonderer Art waren. Die Spannung glich der vor einem Wettkampf. Harkness kannte die Spielregeln nicht, aber ihm war klar, daß er Laidlaws Position bereits geschwächt hatte, indem er gegen eine von ihnen verstoßen hatte. Er nahm sich vor, ihn nicht noch einmal in Verlegenheit zu bringen.

Der Barmann brachte die Drinks und schloß im Hinausgehen die Schiebetür. Harkness kam sich umzingelt vor. Sie tranken einen Augenblick schweigend. In John Rhodes' Glas schien Port zu sein.

»Du fragst dich sicher, weshalb wir hier sind«, begann Laidlaw.

»Ich hab mir gedacht, das wirst du mir schon verklickern.«

»Stimmt. Du weißt, daß ein Mädchen umgebracht worden ist.«

»Stand ja in der Zeitung.«

»Also, darum geht's.«

»Nicht schuldig, Euer Ehren.«

Die anderen beiden lachten, und Harkness lächelte. Laidlaw wartete.

»Also, darum geht's.«

»Du wiederholst dich.«

»Nein. Ich bleibe nur bei der Sache, trotz pueriler Unterbrechungen.«

Schweigen. Harkness begriff plötzlich, daß der frostige Kern dieses Schweigens das Wort »pueril« war. Ein Wort, das John Rhodes nicht kannte. Deshalb hatte Laidlaw es gewählt.

»Ich weiß auch so, daß du einen schlauen Kopf hast. Erzähl schon weiter.«

Laidlaw hatte seine Zigaretten herausgeholt, reichte sie herum, fand aber keine Abnehmer. Er zündete sich eine an.

»Wann geht die Hauptvorstellung los?« erkundigte sich John Rhodes.

Die beiden Männer lachten.

»John«, sagte Laidlaw, »ich könnte auf die Faxen verzichten. Besonders vor Publikum.«

»Da hinten ist die Tür«, meine John Rhodes ganz freundlich.

»Weiß ich.«

»Wenn du Kabarett nicht magst, brauchst du nicht in ein Pub zu kommen.«

Sie waren in eine Sackgasse geraten, aber es war keine Bitterkeit spürbar. Laidlaw und John Rhodes saßen da und taxierten einander. Die Kluft war riesig, dachte Harkness, aber der Respekt, den sie voreinander hatten, ist wie ein Brücke. Sie vertraten gegensätzliche Moralbegriffe, aber sie wußten, was sie aneinander hatten. Jeder war auf seine Art gleich stark.

»Ganz nach Wunsch.« Laidlaw leerte sein Glas. »Zweimal mach ich nicht denselben Fehler.«

Ehe er aufstehen konnte, hatte ihm John Rhodes das Glas weggenommen und an den Mann mit dem Wellenhaar weitergereicht.

»Vergiß das Wasser nicht«, sagte er. »Jack Laidlaw, der sensible Typ. Na los, du wolltest mich doch was fragen.«

»Ich wollte dich um einen Gefallen bitten«, bestätigte Laidlaw. »Aber wohlgemerkt, es ist eine Frage. Ich bin nicht gekommen, um zu betteln.«

»Schieß los, Jack«, sagte John Rhodes.

Laidlaw nahm das Foto heraus und reichte es John Rhodes, der es nachdenklich betrachtete und dann leise lächelnd nickte.

»Ich weiß, wem sie ähnlich sieht«, sagte er und gab das Foto seinen beiden Leuten. »Wißt ihr's?« Sie zerbrachen sich sichtlich den Kopf darüber. »Kennt ihr die Kleine von unserer Jeanie?«

»Klar, das ist sie«, sagte der mit dem Wellenhaar.

»Sieht ihr sehr ähnlich«, meinte John Rhodes. »Nur daß Karen helleres Haar hat. Hübsches Ding.«

Der Mann mit der Narbe legte das Foto auf den Tisch neben John Rhodes, und Laidlaw ließ es dort liegen.

»Achtzehn war sie«, sagte er. »Das einzige Kind. Alles, was die Eltern hatten. Und ihr einziger Fehler war, daß sie zum Tanzen gegangen ist. Du hättest sie sehen sollen, als wir sie gefunden haben. Behandelt hat er sie wie eine Kloake. Und dann umgebracht.«

Harkness sah, wie John Rhodes wieder auf das Foto blickte.

»Ich bin gekommen, weil es noch mehr Töchter hier in der Stadt gibt.«

John Rhodes sah langsam auf.

»Wir müssen den Kerl schnappen, so schnell wie möglich. Ich weiß, daß du die Polizei nicht gerade ins Herz geschlossen hast. Aber in diesem Fall kämpfen wir beide auf derselben Seite. Du hörst manches, was wir nicht hören. Ich möchte nur, daß du uns

Bescheid gibst, wenn du irgendwas erfährst, was uns helfen könnte.«

John Rhodes griff noch einmal nach dem Foto.

»Der Haken ist bloß, daß solche Typen bei mir nicht gerade ein und aus gehen.« Er legte das Foto wieder aus der Hand. »Und noch was: Ich hab noch nie in meinem Leben jemanden verpfiffen.«

»Es geht nicht um Bandenkrieg, John, die Dinge liegen hier ganz anders. Und über eines mußt du dir klar sein: Die Polizei wird euch in den nächsten Tagen die Bude einrennen, so lange, bis der Fall aufgeklärt ist. Inzwischen dürfte in der Branche nicht viel laufen.«

»Da springt nichts bei raus für mich.«

»Bis auf die Ehre.«

Sie lächelten beide.

»Die hab ich schon.«

»Das ist kein Dauerbrenner, John. Man muß sie sich täglich neu verdienen.«

John Rhodes gab Laidlaw das Foto zurück.

»Ihr kriegt Bescheid.«

»Ich bin diese Woche im *Burleigh Hotel*«, sagte Laidlaw. »Kann ich euch 'ne Runde spendieren?«

»Nee. Ich muß an meinen Ruf denken.«

Das Gespräch war zu Ende. Harkness kippte seinen Rest Bier hinunter, falls es ein Verstoß gegen die Etikette war, etwas übrigzulassen. Er hatte bereits die Tür zur Gaststube geöffnet und dabei die drei jungen Männer gesehen, die noch immer zu beweisen versuchten, wie groß sie waren, als Laidlaw ihn zurückrief. Sie verließen die Gaststube durch die Tür, die zur Straße führte.

»Ganz schön irre, dieses Gespräch«, meinte Harkness, als sie draußen waren.

»John liebt so was. Es ist wie Fingerhakeln, ohne die Finger zu benutzen. Gewalttätigkeit ist ihm so vertraut, daß er sie jetzt gewissermaßen auf geistiger Ebene betreibt. Wie Joga.«

Sie gingen die Gallowgate hinunter bis zum Cross. Das *Restaurant zum chinesischen Glück* hatte noch nicht auf. Harkness war mit dem Geschehenen noch nicht fertig.

»Tut mir leid, was da am Anfang passiert ist«, sagte er. »Daß ich seine Einladung abgelehnt habe. Du hättest mich vielleicht in die Regeln einweihen sollen.«

»Schwamm drüber. Er hätte sie sowieso umgeschrieben. Ich hab da wohl ein bißchen tief in die Schmalzkiste gegriffen. Aber bei John weiß man nie, woran man ist. Es kann dir passieren, daß du versuchst, ihn bei seinen Gefühlen zu packen, und damit nur seine Rechte aktivierst.«

»Die Sprüche von der Ehre haben mich schon verwundert.«

»Ja, das war ziemlich dick aufgetragen, nicht? Ich bin mir vorgekommen wie ein Pfadfinderführer. Aber er hat's offensichtlich geschluckt. Erstaunlicherweise. Na ja … So, und jetzt auf zu Sarah Stanley, C. C. Harkness.«

»Glaubst du, daß er uns helfen kann?« fragte Harkness.

»Er könnte, wenn er wollte. Niemand hat bessere Informationsquellen als er. Aber wie er sich entscheidet, ist noch völlig offen.«

»Wo ist der Wagen?« fragte Harkness.

»Ich höre immer Wagen«, sagte Laidlaw.

In der Gaststube meinte John Rhodes: »Gar nicht übel, dieser Laidlaw. Für einen Bullen.«

»Ich hab dir von dem Vater erzählt«, sagte der Mann mit der Narbe. »Den dieser Trottel mit ins *Lorene Hotel* gebracht hatte.«

»Ich weiß.«

»Geht uns nichts an, John«, sagte der mit dem welligen Haar.

»Ganz recht«, bestätigte der mit der Narbe.

»Das entscheide ich.«

Sie warteten schweigend.

»Ihr seht zu, daß ihr alles rauskriegt, was es über diese Sache rauszukriegen gibt.«

»John.« Der mit der Narbe schüttelte den Kopf. »Warum?«

»Das entscheide ich hinterher. Und zwar gründlich. Ich will Ergebnisse sehen. Heute noch.«

Sie gingen hinaus. John Rhodes leerte sein Glas, ging zur Bar hinüber und gab es dem Barmann.

»Und die Zeitung, Charlie.«

Mit der Zeitung und einem neuen Drink setzte er sich an einen Tisch. Es war Polizeistunde. Die Bar war leer, bis auf die drei jungen Männer, die angetrunken herumlärmten. Fehlt nur noch, daß sie Schwärmer loslassen, um auf sich aufmerksam zu machen, dachte er. Aber es kümmerte ihn nicht weiter. Junge Burschen waren eben so.

Er las noch einmal den Bericht über Jennifer Lawson. Er haßte solche Dinge. Er haßte Typen, die so etwas taten. Umbringen sollte man sie, wie tollwütige Hunde. Aber wenn sie den Burschen schnappten, würden sie ihn bloß auf ein paar Jahre in den Knast stecken. Oder in eine Anstalt. Klau genug Geld, und sie sperren dich für dreißig Jahre ein. Bring ein Mädchen um, und sie bemühen sich um Verständnis. Er haßte die Verlogenheit dieser Auffassung. Mit Geld konnte man alles kaufen, selbst den Luxus, sich vormachen zu können, daß die Menschen eigentlich nur das Gute wollten und das Böse in der Welt eine Entgleisung war. Er wußte, daß es nicht stimmte, hatte es lernen müssen, um überleben zu können.

Die Wut überfiel ihn, wie immer, unvermittelt, eine instinktive Reaktion, die seine zuverlässigste Entscheidungshilfe war. Wenn ihn die Widersprüche zu überwältigen drohten, war es dieser aufschießende Jähzorn, der ihm half, die Konfrontation herbeizuführen. John Rhodes' Bereitschaft, kompromißlos zu sich selbst zu stehen, machte diese Wutanfälle besonders gefährlich. Allerdings war dies eine Forderung, die er – unausgesprochen – auch an alle anderen stellte. Das, so schien es ihm, wäre wenigstens ehrlich, denn nichts haßte er so sehr wie Heuchelei, wie die Lügen, mit denen sich manche Leute durchs Leben schummelten. Die Lüge, ein harter Bursche zu sein, wenn man es gar nicht war, die Lüge, ein ehrlicher Kerl zu sein, wenn es gar nicht stimmte, die Lüge, an das Gute im Menschen zu glauben, wenn man nicht genötigt war, ihn von seiner schlimmsten Seite kennenzulernen. Die Behandlung dieses Falles durch die Gerichte würde eine Lüge mehr sein. Das durfte man nicht zulassen. Er beschloß, etwas dagegen zu tun.

Charlies letzte Gäste machten Schwierigkeiten. Die drei jungen Burschen hatten noch Bier in ihren Gläsern.

»Los, Jungs«, sagte Charlie. »Raus jetzt. Es ist längst Zeit.«

»Verpiß dich«, sagte der eine. »Du hast uns das Zeug verkauft, nun laß uns auch verdammt noch mal Zeit zum Austrinken.«

»Kannst uns ja einschließen, wenn du willst«, tönte ein anderer. »Wir hüten den Laden für dich.«

Sie lachten alle drei.

»John?« Charlie spielte ihm den Ball zu.

»Nun seid mal vernünftig, Jungs«, sagte er, noch immer den Blick auf die Zeitung gerichtet. »Der Mann muß an seine Lizenz denken. Trinkt schon aus.«

»Oho«, sagte er erste. »Die Stimme seines Herrn! Sie haben's wohl nicht nötig, auszutrinken.«

John Rhodes hob den Kopf und sah sie an. Tagesausflügler, entschied er, wahrscheinlich auf der Suche nach einer Story, die sie den Kumpels daheim mitbringen konnten wie ein Urlaubsfoto. Nach außen hin waren es drei, aber im Grunde genommen zählte nur einer, der Junge, der als erster gesprochen hatte, der in dem grünen Karohemd. Die anderen beiden liefen unter seinem Dampf.

»Ich arbeite hier«, sagte John Rhodes. »Und jetzt zieht Leine.«

Er wandte sich wieder seiner Zeitung zu.

»Halt dein Scheißmaul.«

Sobald der in dem grünen Hemd das gesagt hatte, wußten sie alle, daß es ein verhängnisvoller Fehler gewesen war. Etwa vier Sekunden lang herrschte tiefe Stille. Dann drückte John Rhodes die Zeitung, die er in der Hand gehalten hatte, zu einem Ball zusammen. Das Knistern wirkte wie eine Explosion. Als er die Zeitung zu Boden warf, war es auch mit dem Mut des Trios vorbei.

Der Barmann hatte die Pendeltür festgestellt, um die Gäste hinauszulassen. John Rhodes ging an den drei jungen Burschen vorbei zum Ausgang, schloß die beiden Türflügel mit einem Fußtritt und schob den Riegel vor. Dann wandte er sich um.

»Jetzt habt ihr, was ihr wollt. Jetzt kommt ihr hier vorläufig nicht raus.«

Für Verhandlungen, die ihnen das Gesicht gewahrt hätten, war es jetzt zu spät. Es blieb ihnen nur, sich ihre Angst einzugestehen. Den einen hatte die Szene so geschockt, daß er nach Atem rang.

»Hol einen Mop und einen Eimer Wasser, Charlie. Den Schweinen werd ich's besorgen.«

»Hör mal, John«, sagte Charlie. »Sei doch nicht so zu ihnen ...«

Die unglaubliche Kehrtwendung des Mannes, den sie beleidigt hatten und der jetzt für sie bat, gab ihnen den Rest.

»Bitte, Mister«, flüsterte der eine. Der mit dem grünen Hemd versuchte, es vor sich selbst nicht zuzugeben. Aber als er John Rhodes ansah, wußte er, daß er ganz elend war vor Angst. In dem trüben Licht der kleinen Fenster, das sein Haar mit einem Lichtkreis umgab, und mit den funkelnden blauen Augen sah Rhodes aus wie ein irrer Engel.

»Bitte lassen Sie uns gehen. Wir kommen auch bestimmt nicht wieder«, sagte der in dem grünen Hemd.

Es gab eine Pause, während John Rhodes mit seinem Jähzorn kämpfte. Schließlich war es das rückhaltlose Eingeständnis ihrer Furcht, das ihn bremste.

»Entschuldigt euch bei Charlie«, sagte er.

Es kam im Chor. »Es tut uns leid.«

»Und es tut uns …«, setzte der mit dem grünen Hemd an.

»Bei mir braucht ihr euch nicht zu entschuldigen«, fertigte John Rhodes ihn ab. »Was mich anbelangt, habt ihr nur 'ne Bewährungsfrist.«

Er nickte dem Barkeeper zu, der die Tür wieder aufmachte. Es wäre kaum nötig gewesen, fand er. Sie waren so klein und häßlich vor Angst, daß sie unter der Türritze durchgegangen wären.

23

Als sie sich oben im Bus zwei Plätze suchten, schüttelte Harkness noch immer den Kopf und seufzte leise.

»Du mußt es so sehen«, sagte Laidlaw. »Es gibt Touristen und Reisende. Touristen sausen in einer permanenten Pauschalreise durch ihre eigene Wirklichkeit. Sie ignorieren ihre Slums. Reisende lassen sich mehr Zeit, achten genauer auf Einzelheiten, suchen den Kontakt mit den Eingeborenen. Auch viele Mörder sind – unter anderem – Reisende. Sie haben auf erschreckende Weise ihre Realität erfahren. Ihr Leben hat aufgehört, ein Hobby zu sein. Arme Schweine. Um sie zu erreichen, muß man selber zum Reisenden werden. So eine Fahrt ist eine gute Übung, um aus dem Tourismus auszusteigen. Ein Wagen ist psychologisch steril, ein rollendes Sauerstoffzelt. Ein Bus ist septisch. Du mußt dich den Vorurteilen anderer Leute aussetzen, dem Risiko, daß ein verrückt gewordener Schaffner dich mit seiner Fahrkartenzange totschlägt. Zwei Zwanziger bitte.«

»Haben Sie sich das auch gut überlegt?« fragte der Schaffner. »Noch können Sie wieder raus. Am Ende der Tour machen wir 'ne Teepause. Meist laufe ich davor mindestens einmal Amok.«

Laidlaw und Harkness lachten.

»Schön, dann beantrage ich beim Transportminister 'nen Orden für Sie«, versprach der Schaffner.

Als er fort war, sagte Laidlaw: »Die U-Bahn ist natürlich noch schlimmer. Dort hängst du in einer rüttelnden Röhre an deinem Haltegriff wie eine Laborprobe.«

Harkness schüttelte wieder den Kopf. »Und ich hab mir eingebildet, du siehst einfach gern die Stadt von oben.«

»Das kommt noch hinzu«, meinte Laidlaw. »Ich sitze mit Leidenschaft ganz vorn und spiele Fahrer.«

Er zündete sich eine Zigarette an. »So, jetzt zur Sache. Wir können von zwei Theorien ausgehen. Erstens: Es war ein purer Zufall, schicksalhafte Fügung, wie du es nennen willst. Eine Verbindung zwischen Mörder und Opfer hat es – von Zeit und Ort einmal abgesehen – nicht gegeben. Die Kleine ist einem sexuellen

Amokläufer zum Opfer gefallen. Wenn es sich so abgespielt hat, haben wir sowieso keine Chance. Dann muß Milligan mit seinen Truppen ran. Obgleich man sich meiner Meinung nach, wenn man auf Milligan baut, auch gleich einen Strick nehmen kann.«

Harkness ärgerte der Hieb auf Milligan, aber er sagte nichts.

»Wenn wir beide uns also wirklich irgendwie nützlich machen wollen, müssen wir uns der zweiten Theorie zuwenden – daß eine solche Verbindung sehr wohl besteht. Was dort im Park geschehen ist, kam nicht einfach aus dem Blauen. Es hat Wurzeln, und diese Wurzeln können wir aufspüren. Also gehen wir davon aus.«

»Einverstanden«, sagte Harkness entgegenkommend.

»Wer der Bursche ist, wissen wir nicht, auf der Rille kommen wir also nicht weiter. Das Mädchen kennen wir zwar, aber es verrät uns nichts mehr. Dafür kennen wir aber Leute, die sie gekannt haben. Und wenn eine Verbindung zwischen ihr und dem Täter bestand, muß es jemanden geben, der davon gewußt hat. Wer?«

»Ihre Angehörigen«, sagte Harkness.

»Den Vater hast du gestern abend nicht gesprochen?«

»Nein. Nur die Mutter.«

»Die habe ich gestern auch gesprochen – oder das, was von ihr übriggeblieben ist, nachdem Bud Lawson seit Jahren ihr Ego kaputtmacht. Ein erstaunlicher Brocken, dieser Mann. Der Typ von Vater, der seine Jungen auffrißt, um sie vor der Welt zu schützen. Wenn da irgendwas mit seiner Tochter war, dürfte er der letzte gewesen sein, der davon erfahren hat. Aber es kann sein, daß die Mutter uns was zu sagen hat, vorausgesetzt, man bekommt sie dazu, den Mund aufzumachen. Das würde ich gern mal versuchen. Aber zuerst muß ich mehr wissen, um den Rest aus ihr herauszukitzeln.«

»Vielleicht hilft uns da Sarah Stanley weiter.«

»Hoffentlich. Jennifers Freunde und Bekannte, das ist die nächste Möglichkeit, die sich anbietet. Nur scheint sie keine gehabt zu haben. Bis auf die eine Freundin. Mehr habt ihr gestern auch nicht herausbekommen, was?«

»Nein. Sie war angeblich sehr zurückhaltend.«

»Eine einzige Freundin. Warum nicht mehr? Sie muß wirklich ein sonderbares kleines Ding gewesen sein.«

»Wenn deine Theorie klappen soll, hängt eine Menge von Sarah Stanley ab.«

»Allerdings. Wir werden sie uns gründlich vornehmen müssen und klare Antworten verlangen. Mit einem Jein ist uns nicht gedient.«

24

Es war Lennies erster Besuch in einer Buchhandlung. Gesehen hatte er das Antiquariat oft genug auf dem Weg zur Diskothek, aber er war noch nie drin gewesen. Es war ein komisches Gefühl. Die muffige Atmosphäre bedrückte ihn. Nicht zu glauben, daß Leute tatsächlich hierherkamen, um diesen Schund zu kaufen. Diese Dinge, von denen er nichts verstand, verursachten ihm Unbehagen. Sein Leben war der Versuch, eine einzige eingelernte Rolle zu spielen: den Glasgower Asphaltcowboy. In einer unvertrauten Umgebung entfiel ihm der Text.

Die anderen beiden Typen in dem Laden machten die Sache nicht besser. An einem Regal stand ein Mann mit Filzhut und Aktentasche. Er drehte Lennie den Rücken zu. Dann war da noch der alte Mann am Ladentisch, der Lennie über seine Brillengläser hinweg angesehen hatte, als er hereinkam. Unter diesem Blick kam

Lennie sich vor wie ein Schauspieler, der in das falsche Stück geraten ist.

Er postierte sich an dem Regal neben dem Schaufenster und verschanzte sich hinter einem Buch – er hatte sich ein extra großes ausgesucht, mit dem man prima hätte Stemmübungen machen können –, schlug es auf und hielt es sich vors Gesicht, ohne hineinzusehen. Er konzentrierte sich darauf, durch das Schaufenster die Diskothek zu beobachten. Das war gar nicht so einfach. Die Scheiben waren so dreckig, daß man Kartoffeln darin hätte pflanzen können. Harry Rayburn mußte jeden Augenblick herauskommen; Lennie war absichtlich kurz vor ihm gegangen. Lange würde er nicht warten müssen. Ab und zu schlug er eine Seite um.

»Wenn du das Buch umdrehst, tust du dich mit dem Lesen leichter, mein Junge.«

Lennie wandte sich um. Der Typ sah so aus, wie sich Walt Disney einen Opa vorstellen mochte. Er hätte den Alten spielen können, der Pinocchio schnitzt.

»Ich bin Chinese«, sagte Lennie. »Zufrieden?«

Aber das Buch drehte er trotzdem um. Der Alte lächelte und fuhr fort, Bücher von den Regalen zu nehmen und sie an denselben Fleck zurückzustellen. Er begann tonlos zu pfeifen. Die Tonart – flott und unbekümmert – paßte nicht zu ihm.

»Im Hinterzimmer.«

Lennie war sich zuerst nicht sicher, ob er es wirklich gehört hatte. Der Alte pfiff schon wieder gleichmütig vor sich hin. Vielleicht, dachte Lennie, hab ich es mir nur eingebildet? Aber da kam es wieder, sehr leise und rasch, unter dem Pfeifen versteckt.

»Sie stehen hinten.«

Lennie sah den Alten an, der jetzt beim Pfeifen nickte, und

wandte sich um. Der Mann mit dem Filzhut stand noch immer am gleichen Fleck, mit dem Rücken zu ihnen. Lennie sah wieder den Alten an.

»Okay?« fragte der Alte, nur mit den Lippen, und blinkerte ihm zu. Lennie schüttelte den Kopf. Der Alte nahm einen neuen Anlauf. Unbegreiflich, dachte Lennie. Der Typ scheint nur reden zu können, wenn er pfeift. Muß eine besondere Krankheit sein.

»Die scharfen Sachen sind hinten«, zischte der Alte und setzte sofort zu einer neuen Pfeiforgie an.

Als Lennie den Kopf wandte, sah er plötzlich Harry Rayburn aus der Diskothek kommen. Er merkte sich die Richtung und schätzte, daß er gerade noch Zeit hatte, dem verdrehten Alten die Meinung zu geigen. Er schob das Buch rücksichtslos ins Regal zurück.

»Sie haben ja nicht alle Tassen im Schrank«, fauchte Lennie. »Dabei stehen bei Ihnen bloß alte Schwarten. Nicht ein einziges neues Buch ist dabei.«

Als er schon an der Tür war, sagte der Alte leise: »Nur der Unwissende ist wirklich arm.« Dann nickte er lächelnd dem Mann mit dem Filzhut zu, der sich umgedreht hatte.

Rayburn ging rasch. Als Lennie die Argyle Street überquerte, wäre er um ein Haar überfahren worden. Der Wagen hupte; Lennie duckte sich in einen Ladeneingang und zählte bis fünf. Als er einen Blick riskierte, sah er Rayburn ungerührt weitergehen. Er hatte nichts bemerkt. Lennie lächelte vor sich hin und legte einen Zahn zu, bis er etwa zwanzig Meter hinter ihm war.

Rayburn ging über die Argyle Street und verschwand bei Marks & Spencer. Lennie wurde mulmig zumute. Er traute sich nicht hinein, weil er Angst hatte, er könnte Rayburn in die Arme laufen.

Aber wie viele Türen hatte das Kaufhaus? Er begann an der Ladenfront entlangzulaufen. Es waren drei. Er wirbelte um seine eigene Achse, als hätte er sich in einer Drehtür verfangen, zögerte, dann raste er zur ersten Tür zurück. Nichts. Er machte ein paar Schritte zur zweiten Tür, hielt inne, kehrte zur ersten zurück. Noch immer nichts. Er wartete. Verstört stellte er sich vor, wie in diesem Augenblick Rayburn seelenvergnügt aus einer anderen Tür spazierte und auf Nimmerwiedersehen verschwand. Lennie setzte sich in Bewegung, sein Körper gespannt wie ein Bogen. Nichts. Der Schweiß brach ihm aus. Was machte er bloß so lange da drin? Kaufte er den ganzen Laden leer? Er rannte zur dritten Tür. Noch immer keine Spur von Rayburn. Lennie lehnte, dem Zusammenbruch nahe, an der Wand, als Rayburn, eine Plastiktüte in der Hand, dicht an ihm vorbei auf die Straße trat.

Lennie richtete sich auf. Der Rest war Routine, wenn man davon absah, daß Lennie, den Blick auf Rayburn gerichtet, fast eine alte Frau über den Haufen gerannt hätte und von ihr so lange festgehalten wurde, bis ihm beinah entgangen wäre, daß Rayburn um eine Ecke bog. Aber eben nur beinah.

Auf verschlungenen Wegen führte Rayburn ihn zur Bridgegate. Kaum glaublich, daß wir die ganze Zeit so nah dran waren, dachte Lennie. Und dann war Rayburn, der eben noch an einem Abrißhaus vorbeigegangen war, plötzlich verschwunden. Lennie brauchte ein paar Sekunden, um zu begreifen, daß er es betreten hatte.

Leise, sich dicht an der Mauer bewegend, schlich sich Lennie an das Haus heran. Vor dem Eingang blieb er stehen und bückte sich, als wollte er sich einen Schnürsenkel zubinden, obgleich seine Stiefel keine Senkel hatten. Eine junge Frau besah sich das Schaufenster eines Gebrauchtwarenladens, aber sie stand mit dem Rücken zu ihm. Er schob die Wellblechplatten beiseite und quetschte sich durch den Spalt. In dem feuchten Hausflur stank es zum Gotterbarmen. Er horchte, aber nichts rührte sich. Vorsichtig ging er weiter. Nichts. Er legte die Hand aufs Treppengeländer, das gefährlich zu wackeln begann. Rasch zog er sie wieder weg, als hätte er sich verbrannt, und wartete weiter.

Die Treppe war gefährlich. Vorsichtig arbeitete er sich bis in den ersten Stock vor und wartete eine Minute. Noch immer war nichts zu hören. Je höher man kam, desto schlimmer wurde der Zustand der Stufen. Als es ganz übel wurde, blieb er stehen. Und dann, als er schon dachte, er hätte sich verkalkuliert, hörte er die Stimmen. Leise, eindringliche Stimmen, richtig unheimlich. In einem von Rechts wegen unbewohnten Haus.

Lennie krümmte sich, weil er plötzlich lachen mußte. Dann richtete er sich auf und sah ins Treppenhaus hinauf. Er streckte den Zeigefinger vor und zielte in die Düsternis.

»Peng!« sagte er leise und genüßlich.

25

»Eigentlich hättest du dich auch in einer etwas abgeschlosseneren Behausung einmieten können«, sagte Harry.

Es war ein schlechter Witz, aber gute Witze gab es hier nicht. Alles andere als Schweigen mußte an dieser Stelle zum Mißklang werden.

Tommy stand an der Wand. Sein Gesicht war voller Stoppeln, seine Sachen waren verstaubt und schmierig. Seine Augen, vom fehlenden Schlaf rot und wund, schienen nicht weiter als eine Handbreit sehen zu können. Schon wirkte er so abgewrackt wie das ganze Haus. Als Harry hereingekommen war, hatte er an der Wand gekauert, und als die Tür sich öffnete, war er aufgestanden. Sekundenlang hatte die Angst seinen Blick geschärft, aber das war gleich wieder vorbei. Mit leeren Augen sah er durch Harry hindurch und hatte schon vergessen, weshalb er stand.

Harry ahnte, warum Tommy nicht reagierte. Wichtig war nicht, daß Harry das Zimmer betreten hatte. Wichtig war, daß diesmal jenes Monstrum der Angst, das Tommy sich selber erschaffen hatte, noch nicht eingedrungen war. Sein, Harrys, Erscheinen war deshalb unwesentlich, denn diese Besessenheit sah nur sich selbst.

»Ich bringe Nachschub. Hast du was gegessen?«

Tommy nickte vage. Aber die Lebensmittel, die Harry ihm gestern gebracht hatte, schienen kaum abgenommen zu haben. Auf dem Boden lag ein angebissenes Brötchen. Ohne Belag, knochentrocken.

»Tommy, ich möchte dich heute abend hier herausholen«, sagte Harry. »Sag doch ja.«

Tommy sah ihn nicht an.

»Bitte.«

Er schob sich an der Wand entlang bis in die hinterste Ecke. Auch das war eine Antwort.

»Die Polizei war bei mir.«

Tommys Aufmerksamkeit flackerte sekundenlang auf, erlosch wieder. Sein Schweigen trat an die Stelle von Fragen. Er wartete.

»Sie wissen noch nichts, aber sie haben angefangen zu suchen. Wenn du hierbleibst, finden sie dich. Du mußt hier raus, Tommy. Raus aus der Stadt.«

Tommy regte sich nicht, und Harry wußte plötzlich nicht mehr weiter. Sein Blick wurde unscharf, er sah nur noch Tommy, der vor seinen Augen immer größer wurde, unablässig, erbarmungslos wuchs und wuchs. Er hörte Verkehrslärm, hörte Stimmen – aber hier im Raum war nur Tommy in seiner ganzen Verlassenheit. Er brachte kein Wort heraus.

»Es gibt keinen Weg hier heraus.«

Das klang ganz ruhig, beiläufig fast, hatte den sanften Ton absoluter Gewißheit, die keines Nachdrucks bedarf, um zu überzeugen.

Harry, den sein Sonderschicksal gelehrt hatte, was Hoffnungslosigkeit heißt, kannte diesen Klang. Für ihn war er nicht ein Ausdruck dessen, was Tommy getan, sondern dessen, als was er sich zu sehen gelernt hatte. Der Weg spielte dabei kaum eine Rolle, denn das Ziel war vorherbestimmt. Tommy war dort angelangt, wo er in der Meinung vieler Menschen hingehörte: in einem Getto von Selbsthaß.

Er hatte das schon oft bei Menschen erlebt, die er gern gehabt hatte. Sie stellten der Anmaßung der anderen die Wirklichkeit ihres eigenen Ichs entgegen, bis der Druck zu stark wurde. Sie büßten die für ihr Wesen unerläßlichen Spannungen ein und wurden Karikaturen ihrer selbst, zu nichts mehr gut, als der Welt den Hintern hinzustrecken wie Tiere, deren einzige Zuflucht die Unterwerfungsgeste ist.

Dafür hatte er nur Verachtung. Der passiven Erfahrung der Hoffnungslosigkeit setzte er als aktiv Erlerntes die Auflehnung entgegen. Aus den Spannungen seines Lebens erwuchs ihm sein Selbstgefühl. Er war kein warmer Bruder, der so ist, wie er ist, weil er es nicht geschafft hat, anders zu sein. Er war kein Schwuler, der in der Öffentlichkeit eine Uniformität vortäuscht, die privat nicht die mindeste Bedeutung hat. Er war ein Homosexueller, ein Exemplar einer bestimmten Art – nicht anders als alle anderen.

So zu leben war am schwersten, und die Erkenntnis tat wieder weh, während er Tommy ansah. Gleichzeitig vertiefte sie Harrys Liebe zu ihm. Hier war ein Mensch, getrieben von Ansprüchen, die mit der Wirklichkeit, die er bewohnte, unvereinbar waren. Er dachte daran, wie gut es im Bett mit ihm gewesen war. Gerade daß es so gut gewesen war, hatte Tommy angst gemacht, weil sich hier eine Deutung seiner selbst abzeichnete. Als er gemerkt hatte, wohin seine Entwicklung ging, hatte er schleunigst versucht, sich zu beweisen, daß er ein anderer war.

Harry glaubte die Zwänge zu verstehen, die ihn zu diesem Versuch getrieben hatten. Für ihn war es eine Art Absolution gewesen. Diesen Mord hatte er nicht allein begangen. Warum sollte er allein dafür büßen?

Jetzt begann Tommy zu sprechen, in kurzen, unzusammenhängenden Satzfetzen. »Thomasina haben sie mich genannt.« – »Mein Onkel hat mich mal auf einen Drink mitgenommen.« – »Aber ich hab ihn in Verlegenheit gebracht. Nur weil ich so war, wie ich war.« – »Ich hab immer das Gefühl gehabt, ich müßte den Leuten beweisen, daß sie falsch liegen.« – »Ich kann mich erinnern, wie ich mal mit einem Jungen gespielt habe und wie ich plötzlich ganz fickerig war, und ich habe nicht gewußt, warum. Es war der Blick, mit dem er mich angesehen hat. Als wenn du ein Muttermal hast, das dir selber noch gar nicht aufgefallen ist.« – »Sie haben recht gehabt.« – »Für mich ist hier Endstation, Harry.«

Die Zusammenhanglosigkeit verblüffte Harry, bis er zwei Bogen Papier auf dem Boden liegen sah; Tommy erzählte ihm Dinge aus seiner Vergangenheit, die er zu bewältigen versucht hatte, indem er sie niederschrieb. Er hatte sich bemüht, zu begreifen, was geschehen war, und durch alles, was er an eigenem Leiden ausgegraben hatte, war seine Verzweiflung noch tiefer geworden. Es war so unbedeutend im Vergleich mit der Ungeheuerlichkeit seiner Tat, war kein Material, mit dem die Verteidigung etwas würde anfangen können. Aber Erfahrungen waren dazu ohnehin wenig geeignet, überlegte Harry, wenn sich nicht die Anteilnahme eines anderen Menschen ihrer bemächtigte.

»Unsinn, Tommy«, sagte er. »Ich habe schon alles vorbereitet. jetzt mußt du nur mitmachen. Ich habe mit einem Bekannten gesprochen. Er hilft uns. Wir holen dich hier heraus. Es wird alles wieder gut.«

Tommy schüttelte den Kopf. Aber Harry war es zumindest gelungen, seine eigene Überzeugung zu stärken. Gerade weil Tommy so hilflos war, liebte er ihn um so mehr. Was auch geschehen war, sie hatten sich das Recht verdient, beieinander zu sein, etwas anderes kam überhaupt nicht in Frage.

Der leere, triste Raum, in dem sie standen, war für Harry gewissermaßen der Niederschlag ihrer Erfahrungen. Dies war also ihr Anteil an Lärm und Geschäftigkeit der Welt da draußen. In diesem Augenblick festigte sich in ihm ein Wissen, das er sich im Laufe der Zeit erworben hatte. Er kannte die Erbarmungslosigkeit der öffentlichen Tugend, er wußte, wie sie sich, um bestehen zu können, ihr Gegenstück erdenkt, und er stellte für sich eine einfache Regel auf: Ungerechtes Leiden wird letztlich zu einem Blankoscheck für den Leidenden. Sie würden ihren Scheck einlösen.

»Ich hole dich hier raus, Tommy«, sagte er. »Bestimmt. Und später komme ich nach. Und dann bleiben wir zusammen. Es kommt alles wieder in Ordnung. Das kannst du mir glauben.«

Für ihn war das nicht eines jener vagen Versprechen, wie sie unter Verliebten üblich sind. Dazu hatte er zu handfeste Erfahrungen gemacht. Er wußte, daß die Polizei eine Gefahr darstellte, mit der sie rechnen mußten. Er wußte, daß es riskant war, Matt Mason einzuschalten. Aber er wußte auch, wo seine eigene Stärke lag: in der Ablehnung der anderen, in der Einsamkeit, die sie ihn gelehrt hatten.

Er fragte sich, ob er es fertigbringen würde, eine Tote – und alle anderen Skrupel mit ihr – in Gleichgültigkeit zu begraben. Aber nicht umsonst war er durch eine harte Schule gegangen.

»Es wird alles wieder gut«, wiederholte er.

Tommy wartete.

26

Noch immer lag für Harkness eine Faszination darin, an fremde Türen zu klopfen. Als Teenager hatte er manchmal einen Abendspaziergang durch die Viertel der Reichen gemacht und sich ausgemalt, welche Dramen sich hinter den Panoramafenstern abspielen mochten. Den aufkeimenden Verdacht, daß die Bewohner sich in diesem Augenblick vermutlich gerade eine Tasse Nescafé gemacht hatten, verdrängte er.

Einer der Vorteile seines Berufes war es, diese jugendliche Neugier jetzt legitim befriedigen zu können. Man drückt einen Klingelknopf, zückt eine Karte und erhält Zutritt zu der Fremdartigkeit eines anderen Menschen. Natürlich tarnen sie sich. Aber die Kondensstreifen unterbrochener Gespräche, die noch in der Luft hängen, die kaum merklichen Veränderungen der Szene, zu denen es durch den Eintritt der Besucher kommt, versprechen reizvolle Perspektiven. Auf diesen Besuch war er besonders gespannt; er erinnerte sich noch genau an Mrs. Stanley.

»Die Frau sieht umwerfend aus«, sagte er an der Tür.

Er hatte nicht zuviel versprochen. Sie trug einen Nylonkittel, hatte kein Make-up aufgelegt, und ihr schwarzes Haar war ein bißchen verstrubbelt. Das Fehlen gängiger Schönheitsrequisiten wurde bei ihr unwesentlich. Sie mochte um die Vierzig sein, ihr Gesicht war hagerer, als es landläufigen Schönheitsidealen entsprechen mochte. Aber das fiel ihnen beiden kaum auf. Am eindrucksvollsten waren die Augen. Sie waren noch auf der Suche. Was immer sie sich als Ziel gesetzt hatten, sie hatten es noch nicht gefunden.

»Ja.«

»Mrs. Stanley?« fragte Laidlaw.

»Ganz recht.«

»Polizei, Mrs. Stanley.« Er zeigte ihr seinen Ausweis. »Ich bin Detective Inspector Laidlaw, und das ist Detective Constable Harkness. Es geht um Jennifer Lawson.«

»Ach so. Na, dann kommen Sie mal rein.«

Ehe sie die Tür schloß, warf sie einen kurzen Blick in den Hausflur hinaus; sie wollte wohl sehen, ob jemand sie beobachtete. Das Wohnzimmer gefiel Harkness auf Anhieb. Es war gemütlich; aufgeräumt, aber bewohnt. Hier hatte der Stolz noch nicht vor den Umständen kapituliert.

»Wir haben uns gestern abend schon mal gesehen, nicht wahr?« fragte sie Harkness.

Er nickte und freute sich, daß sie sich erinnerte. Mit einer Handbewegung forderte sie die beiden Polizisten zum Platznehmen auf.

»Eigentlich hätten wir gern mit Sarah gesprochen«, sagte Laidlaw.

»Sarah ist auf ihrer Arbeitsstelle.«

»Auf ihrer Arbeitsstelle?«

»Wir fanden es vernünftiger, mein Mann und ich«, hielt sie der Überraschung in Laidlaws Stimme entgegen. Sie stand auf und schloß die Wohnzimmertür. »Mein Mann hat die Nachtschicht. Nein. Sarah war schon am Durchdrehen. Heute haben wir sie dazu gekriegt, zur Arbeit zu gehen. Es ist so furchtbar, ich mag gar nicht dran denken. Und wenn man in Sarahs Alter ist ...«

»Ich höre, daß sie Jennifers beste Freundin war?«

»'ne Weile war sie das, ja. Es hat 'ne Zeit gegeben, da hab ich gedacht, wir kriegen die bloß mit dem Messer auseinander. Wie siamesische Zwillinge.«

»Aber in letzter Zeit hatte sich das geändert?«

»Ein bißchen, ja.«

»Warum?«

»Die Kinder werden flügge. In unterschiedlichem Tempo.«

»Und wer wurde schneller flügge, Jennifer oder Sarah?«

Mrs. Stanley lächelte. Es war ein sehr schönes Lächeln, traurig, gedankenvoll, ohne Befangenheit. Es traf Harkness wie ein Schlag, der seine Konzentration in Fetzen gehen ließ. Wie mochte sie vor fünfzehn Jahren ausgesehen haben?

»Jennifer war ein sonderbares kleines Ding. Sie kam gern her, hat sich hingesetzt, hat zugehört, zugesehen. Sie hat verglichen, denk ich mir.«

»Mit ihrer eigenen Familie?«

Mrs. Stanley sah Laidlaw an, beeindruckt von seinem schnellen Verständnis.

»Ja, das denk ich mir. Aber in letzter Zeit, da war sie anders. Als wenn sie einen Entschluß gefaßt hätte. Ich glaub, sie hat uns nicht mehr gebraucht. Auch Sarah nicht. Trotzdem sind sie manchmal zusammen ausgewesen. Am Samstag abend ist Sarah mit ihr in die Disko gegangen.«

Die Wohnzimmertür flog auf. Der Mann, der augenreibend in der Tür stand, trug Hosen und Unterhemd. Ein Bauch wie ein Bierfaß hing über dem offenstehenden Gürtel. Seine Füße waren nackt. Ein wirrer Schopf dünner Haare und ein Borstenkinn vervollständigten das Bild. *La Belle et la bête*, dachte Harkness.

»Haben wir dich geweckt, Airchie?« fragte Mrs. Stanley.

»Ja, ich hab die Stimmen gehört.«

»Das ist die Polizei, sie will mit Sarah sprechen.«

»Wegen Buds Tochter?«

Airchie nahm Laidlaw und Harkness nicht zur Kenntnis. Er fuhr sich mit einer Hand über den Bauch, riß den Mund zu einem gewaltigen Gähnen auf und setzte sich ans Feuer.

»Sarah war am Samstag abend mit Jennifer zusammen«, sagte Laidlaw.

»Ja, aber sie haben sich in der Disko verloren.«

»Wie meinen Sie das?«

»Wie ich's sag. Sie gehen ja da nicht hin, um mit anderen Mädchen zusammenzuhocken, nicht? Jennifer hatte sich einen Verehrer geangelt.«

»Hat Sarah ihn gesehen?«

»Nein. Sie hat schon ziemlich früh mit Jennifer den Kontakt verloren, sagt sie.«

Die Pause war kein Zufall. Mit Airchie war Spannung ins Zimmer gekommen. Er saß ganz lässig da, die Arme auf den Bauch gestützt; auf dem einen Unterarm war ein Anker, auf dem anderen ein Schwert eintätowiert. Er starrte auf seine nackten Füße, als wollte er seine Zehen zählen.

Die Spannung verblüffte Harkness. Er hatte das Gefühl, daß Mrs. Stanley etwas gesagt hatte, was Laidlaw zu schaffen machte, wußte aber nicht, was es war. Er spürte, daß Airchies Auftauchen als Warnung für seine Frau gedacht war. Ob es eine gezielte Warnung war? Mehr als nur der Reflex, der das Motto für ein Drumchapeler Wappen hätte sein können: »Den Bullen wird nichts verraten!«?

»Sie sagen, daß Jennifer Vergleiche mit ihrer eigenen Familie anstellte«, sagte Laidlaw. »War was nicht in Ordnung bei ihr zu Hause?«

Harkness begriff, was für eine meisterliche Eingebung das war. Es war genau die richtige Frage zu genau dem richtigen Zeitpunkt, denn sie rief nicht eine Antwort, sondern eine spontane Reaktion hervor.

»Was haste da vorhin gesagt?«

Airchie wurde wach und wütend. Seine Frau ignorierte ihn sehr bewußt.

»Ich mein, daß sie nicht glücklich war zu Haus.«

»Warum nicht?«

»Bei ihrem Vater, da hat sie keine Luft zum Atmen gehabt. Der hält seine Leute wie Gefangene.«

»Jetzt reicht's aber!« brüllte Airchie.

»Ihre Mutter, die lebt schlimmer als 'ne räudige Katze.«

»Jetzt reicht's aber, hab ich gesagt.«

»Nein. Es reicht nicht.«

Sie sahen sich an. Laidlaw und Harkness schwiegen. Bei einem solchen Blick stört man nicht. In ihm lagen zwanzig Jahre Ehe beschlossen. Es ging nicht mehr um ein totes Mädchen oder um die Fragen irgendwelcher Polizisten. Es ging um andere Tode. Es ging um das, was die Partnerschaft einer Frau versagt hatte, und darum, daß sie trotzdem ein anständiger Mensch geblieben war. Es ging darum, daß ein Mann sich Versprechungen entzogen hatte, von denen er vielleicht nicht einmal wußte, daß er sie gemacht hatte. Es ging um bewahrten Stolz und um verlorenen Stolz.

In diesem langen Blick zogen sie sich gegenseitig ihre Grenzen. In all den Jahren hatte er ihr den Hunger nach dem, was sie sich über ihr jetziges Leben hinaus erhoffen mochte, nicht austreiben können. In ihren Augen stand noch immer ein Licht, das er weder anfachen noch auslöschen konnte. Mit seinen Drohgebärden hatte er nur sich selbst eingeschüchtert. Da saß er nun hinter seinem gewaltigen Bierbauch und schlaffte ab. Er tat es mit Geschick. Schließlich hatte er ja jahrelange Übung darin.

»Und einmal hat er Jennifer was angetan, das hat sie nie vergessen.« Sie sprach sehr klar, sehr gelassen, stieß mit ihren Worten nachdrücklich in das Schweigen ihres Mannes hinein. »Und ich denk, das hat sie verändert.«

»Was war das?«

»Bud hat bloß gemacht, was jeder andere auch gemacht hätte.«

Sie sahen ihn alle an. In der Asche seiner Selbstachtung suchte er nach einem Funken zum Anblasen.

»Sie is mit einem Katholischen gegangen. Und er hat ein Machtwort gesprochen. Ich weiß ja nich, was ihr seid, aber das eine sag ich euch: Was meine Tochter is, die heiratet keinen Katholischen nich. Na ja, nichts für ungut.«

»Sarah heiratet, wen sie will«, erklärte Mrs. Stanley. »Und daß ich das gesagt hab, das kann jeder wissen.«

Vor ihrem ehrlichen Gesicht und ihrem durchdringenden Blick senkte Airchie die Augen zu seinem Bauch.

»Na ja, aber zur Hochzeit komm ich dann bestimmt nich«, vertraute er ihr an.

»Da wird der Barmann der einzige sein, der dir 'ne Träne nachweint.«

Der Krieg war vorbei. Unter den Toten hatten Laidlaw und Harkness etwas gefunden, was sie nicht wissentlich gesucht hatten. Es war Zeit, den beiden Gelegenheit zu Friedensverhandlungen zu geben. Laidlaw stand auf.

»Tut mir leid, wenn wir Unruhe gestiftet haben«, sagte er.

»Da brauchen Sie sich nichts drauf einzubilden.« Mrs. Stanley lächelte. »So was machen wir aus dem Stand. Jederzeit.«

»Wir gehen dann zu Sarah in die Firma.«

»Sie arbeitet in MacLaughlans Druckerei.«

»Ja, wir haben die Adresse. Vielen Dank für Ihre Hilfe.«

Die Straße schien sehr breit nach der spannungsgeladenen Atmosphäre im Haus, und der Himmel war sehr hoch.

»Glaubst du, wir können sie mit ihm allein lassen?« fragte Harkness. »Nach dieser Szene?«

»Keine Angst«, sagte Laidlaw. »Sie ist sehr viel stärker als er.«

»Ich habe mich gefragt, womit du dich herumgeschlagen hast. Bis du nach Jennifers häuslichen Verhältnissen fragtest.«

»Das war's aber nicht.«

»Was dann?«

»Was ganz anderes. Etwas, was sie gesagt hat, paßt nicht ins Konzept. Nur eine Kleinigkeit. Aber es sind ja meist Kleinigkeiten. Lügen verraten sich durch die Art, wie sie miteinander verknüpft sind. In Sarah Stanleys Geschichte ist ein falscher Knoten.«

»Spuck's schon aus.«

»Erst, wenn wir mit Sarah gesprochen haben.«

An der Bushaltestelle stand schon jemand. Es schien sich um einen Kandidaten für die Weltmeisterschaft im Pfeifen zu handeln. Seine Darbietung war erstaunlich kompliziert, voll gekonnter Triller und getragener Flötentöne. Plötzlich hielt er inne. »Wirklich, Kumpels, ich glaub, auf dieser Strecke laufen gar keine Busse, nur Scheiß-Postkutschen.«

»Vielleicht haben die Indianer sie geschnappt«, meinte Laidlaw.

Es war kalt, wenn man wartete.

»Diese Mrs. Stanley ...« Harkness wärmte sich an dem Gedanken. »Schade, daß ich keine Zeitmaschine habe.«

»Na, da werden wir wohl ein bißchen auf dich aufpassen müssen«, meinte Laidlaw. »Vertrackter Monat, der April.«

27

MacLaughlan war ein kleines Familienunternehmen in der York Street – kahle Mauern und staubblinde Fensterscheiben. Im Obergeschoß war ein großer Gemeinschaftsraum, der als Kantine, Garderobe und Aufenthaltsraum diente. Hier warteten Laidlaw und Harkness, umgeben von öligen Jacken, dem Geruch der Druckerschwärze und stehengelassenen Teetassen mit braunen Tanninspuren.

Ein kleiner Mann im Overall kam herein.

»Gott zum Gruße, alle miteinander.«

Auftritt des Vaudeville-Künstlers. Stegreiftheater. Die Rolle paßte zu ihm. Der Overall sah aus, als sei er für einen Größeren gemacht. Nach unzähligen Wäschen waren nur noch Spuren seiner ursprünglichen Farbe erhalten, und er war über und über mit Ölflecken unterschiedlicher Intensität bedeckt. Das Gesicht des Mannes war mit einem Netz feiner Whiskyäderchen überzogen.

»Nur mal schnell eine rauchen, ehe wir Schluß machen. Die Lulle schmeckt mir am besten, wenn ich die Zeit bezahlt krieg.«

Er zog ein Bein des Overalls hoch und angelte in seiner Zollstocktasche herum. Eine ölgeschwärzte Kippe kam zum Vorschein. Er pustete ein paar Flusen ab und zündete sie an.

»Genausogut könnte man TNT rauchen«, sagte Laidlaw halblaut zu Harkness.

»Vertreter, wie? Hören Sie mal, ich hab 'ne schöne Story für Sie. Sehn Sie den Kasten da?«

Er deutete auf einen großen Schrank mit angelehnter Tür.

»Das is wirklich passiert, können Sie mir glauben. Nicht letzte Woche, die Woche davor. Der dicke Aly Simpson, Kumpel von mir, der macht's ganz gern mal auf die Schnelle. Also ich bin ja mehr fürs Solide. Na egal. Wir sind alle keine Engel. Also. Mittagspause zu Ende. Zurück zur Maloche. Nur Aly und Jinty nicht. Jinty, das ist so 'ne Große, Dicke, die steht an 'ner Maschine. Na ja, richtig dick ist sie nicht, aber für einen abgebrochenen Riesen wie mich sind eben alle groß und dick. Dufte Puppe, die Jinty, wirklich wahr. Ja. Also die beiden bleiben hier in der Kantine und schließen ab. Und wie sie gerade zur Sache kommen wollen, da hören sie, wie jemand an der Tür rüttelt. Und wie welche sagen, sie wollen den Schlüssel holen. Na, die beiden erschrecken nicht schlecht. Der Aly, der ist nämlich verheiratet. Also versteckt er sich in dem Kasten da. Jinty reckt und streckt sich und gähnt und geht zur Tür und macht sie auf. ›Ich muß eingeschlafen sein‹, sagt sie und klappert mit den Augendeckeln. Wie Schneewittchen. Ja. Und da kommt Wullie Anderson rein. Und was denkt ihr, wo er zuerst hingeht? Zu dem Kasten da. Will sich 'n neuen Putzlumpen holen. Macht die Tür auf. Und da steht der Aly. Wie Graf Dracula. Nicht zu glauben. Und wißt ihr, was der

Aly gesagt hat? Kühl wie 'ne Hundeschnauze. ›Kommt hier der Bus nach Maryhill?‹ Ehrlich wahr.«

Während der Kleine sich vor Lachen schüttelte, sagte Laidlaw zu Harkness: »Das gefällt mir so an Glasgow. Es ist keine Stadt, es ist ein 24-Stunden-Kabarett.«

Als der Vorarbeiter mit Sarah kam, trat der Kleine hastig seine Zigarette aus, war wie ein geölter Blitz im Schrank verschwunden und kam mit ein paar Lappen wieder heraus. »Will vor Feierabend schnell noch die Maschinen saubermachen, Charlie.«

Der Vorarbeiter hatte eine Hand väterlich auf Sarahs Schulter gelegt.

»Das ist heute schon das zweite Mal, daß die Polizei sich unsere Kleine vornimmt«, sagte er. »Hoffentlich ist es auch das letzte Mal.«

»Hoffentlich«, bestätigte Laidlaw.

»Die Polizei!« Der Kleine, seine Lappen in der Hand, starrte sie an. »Und ich hab gedacht, ihr seid Vertreter. Kein Wunder, daß ihr keinen Humor habt.«

Als er gegangen war, setzte Sarah sich und starrte zu Boden. Sie war klein und zierlich, das hübsche Gesicht verhärtete sich schon ein bißchen. Normalerweise war es keck und unbekümmert, aber heute erkannte man dahinter so etwas wie Scheu, einen Schatten, der sich hinter einer Milchglasscheibe bewegt.

Sie bestätigte, was ihre Mutter ihnen erzählt hatte. Ja, sie war mit Jennifer in die Diskothek gegangen. Aber sie hatten sich ziemlich früh getrennt. Nein, sie hatte nicht gesehen, mit wem Jennifer gegangen war. Sie und Jennifer hatten sich früher einmal sehr nahegestanden, aber jetzt hatte sich das etwas gegeben. Sie erzählte ihnen, was sie von Jennifer wußte. Sie erinnerte sich daran, wie Mr.

Lawson Jennifer verboten hatte, mit dem Katholischen auszugehen. Jennifer war anscheinend darüber hinweggekommen. Sie redete, bis Harkness' Konzentration erlahmte. Hier war nichts zu holen. Und dann sagte Laidlaw mit harter Stimme etwas, was Harkness wieder hellwach werden ließ:

»Das Lämmerhüpfen scheint sich seit meiner Zeit ja mächtig verändert zu haben. *Poppies* ist keine große Disko, nicht?«

»Nö, aber nicht übel.«

»Aber den Typ, mit dem sie weggegangen ist, hast du nicht gesehen? Das glaube ich dir nicht.«

Sarah sah herausfordernd auf, aber in ihren Augen stand Unruhe. Es war wie ein ganz schmaler Spalt, der sich zwischen ihrem Ausdruck und ihren Empfindungen aufgetan hatte. In diesen Spalt trieb Laidlaw einen Keil von Worten und hebelte.

»Zu meiner Zeit haben die Mädchen ihren Freundinnen nur zu gern gezeigt, wenn sie eine Eroberung gemacht hatten. Regelrecht Buch haben sie über ihre Freunde geführt. Jennifer hätte dir bestimmt Gelegenheit gegeben, ihren Begleiter zu besichtigen. Du hättest schon dafür gesorgt, daß du ihn zu Gesicht kriegst. Sie muß mit ihm getanzt haben. Du schwindelst, Kind. Wozu denn so eine dumme kleine Lüge? Da gibt's nur einen Grund. Weil eine dickere Lüge dahintersteckt. Was wolltest du verbergen, Sarah? Raus mit der Sprache!«

Es war, als habe man eine Muschel aufgemacht. Innen war nur qualliger Brei. Ihr Gesicht löste sich in Tränen auf. Harkness ging der Anblick durch und durch.

»Es stimmt aber«, heulte sie.

»Stimmt nicht.«

»Lassen Sie mich in Ruhe.«

»Das könnte dir so passen. Für die Sorte ›beste Freundin‹ würde ich mich bedanken. Jennifer ist tot. Hast du sie gesehen? Ich könnte sie dir zeigen lassen, wenn du willst.«

»Mein Dad schlägt mich tot«, schluchzte sie.

»Red keinen Quatsch, Sarah. Die dein Vater umgebracht hat, die leben alle noch. Aber Jennifer Lawson, die hat wirklich jemand umgebracht. Jetzt schlag dir mal deine eigenen kleinen Sorgen aus dem Kopf, und sag uns die Wahrheit. Ihr hattet was miteinander ausgekocht, nicht? Also – wird's bald?«

»Sie war nicht in der Disko.«

Mit dem Geständnis war der Bann gebrochen. Sie begann hysterisch zu schluchzen. Laidlaw gab ihr ein Taschentuch und wartete, bis es naß war.

»So, und jetzt erzählst du uns alles, Kind.«

Jennifer hatte Sarah als Alibi benutzt. Sie hatte sich mit einem gewissen Alan verabredet. Wie er mit Nachnamen hieß, das wußte Sarah nicht. MacIntosh, glaubte sie, oder MacKinley. Sie kannte ihn nicht. Nachdem Jennifers Vater ihr die Freundschaft mit dem Katholiken verboten hatte, war Jennifers Vertrauen zu den Eltern auf Null gesunken. Sarah glaubte nicht, daß Alan Katholik war, aber genau wußte sie es nicht. Jennifer hatte ihr erzählt, sie hätte Alan in *The Muscular Arms* kennengelernt. Dort sei er Stammgast, meinte sie. Sarah hatte bisher zuviel Angst vor ihrem Vater gehabt, um die Wahrheit zu sagen, und weil sie nur Alans Vornamen kannte, hatte sie sich gedacht, es lohne sich nicht, sich deswegen Ärger einzuhandeln. Wenn er es gewesen war, hatte sie sich gesagt, würden sie ihn sowieso schnappen. Er arbeitete auf dem Flughafen, das wußte sie genau. Sie schluchzte noch immer leise vor sich hin.

»Gern hab ich das nicht getan, Kleines, das kannst du mir glauben«, sagte Laidlaw. Sie streckte ihm sein Taschentuch hin. »Nein, behalt's nur. Aber du mußt lernen, zwischen Schwierigkeiten zu Hause und den Problemen, mit denen wir es hier zu tun haben, einen Unterschied zu machen.«

Der Vorarbeiter kam auf dem Gang vorbei und nickte ihnen zu. Als er Sarah sah, drehte er sich auf dem Absatz um und brüllte die Polizisten an:

»He, Moment mal, ihr beiden. Was habt ihr mit der Kleinen gemacht? Sie weint ja.«

Harkness spürte, wie Laidlaws Stimmung jäh umschlug.

»Kein Schritt weiter.« Laidlaw deutete auf den Mann, der zu seiner eigenen Überraschung drei Meter vor ihnen stehenblieb. »Den Gang können Sie sich sparen. Sie flennt, weil ich sie so weit gebracht habe. Weil ich sie gezwungen habe, mir die Wahrheit über ein Mädchen zu sagen, das ermordet worden ist. Das nicht mehr flennen kann. So, und jetzt ziehn Sie Leine, und schmieren Sie Ihre Scheißmaschinen, oder machen Sie sonstwas. Und stören Sie mich nicht bei meiner Arbeit. Mit der hab ich nämlich schon genug am Hals, ohne daß Typen wie Sie mir ihre Sonntagsblatt-Sentimentalitäten aufs Butterbrot schmieren.«

Als sie sich zum Gehen wandten, stand der Vorarbeiter noch immer da wie Lots Weib. Laidlaws Zorn trieb ihn im Geschwindschritt bis auf die andere Straßenseite. Dort blieben sie stehen.

»Du meldest dich jetzt am besten bei Milligan«, sagte Laidlaw, »und erstattest Bericht. Viel Spaß. Am besten nimmst du einen blankgeputzten Schild mit, wie Perseus bei der Medusa. Und geh was essen. Danach kannst du mich im *Burleigh* abholen. Erzähl denen in der Central Division, was wir über *Poppies* erfahren haben und über diesen Alan MacDingsbums. Und frag, was bei ihnen vorliegt. Scheißjob.« Er sah über die Straße. »Na ja, wenigstens ein Lichtblick.«

»Was?«

»Das da.«

Die Arbeiter kamen lachend und einander puffend und drängelnd aus der Druckerei. Jemand ließ eine Blechdose fallen, und es entwickelte sich eine wilde Dribbelei auf dem Gehsteig, ehe ihr Besitzer sie wieder aufheben konnte. Harkness sah Laidlaw an. Der lächelte.

28

Wer braucht schon Raketen für die Fahrt zum Mond? dachte er. Wir kommen auch mit dem Wagen hin.

Der Mann mit der Narbe ließ die *Seven Ways* und den *Square Ring* hinter sich. Für ihn waren es nicht einfach Pubs. Sie gehörten zu seinem seltsamen, ganz persönlichen Horoskop, zu den Dingen, die ihn zu dem gemacht hatten, was er war. Doch als er jetzt an ihnen vorbeifuhr, beachtete er sie nicht. In beiden Pubs war er schon lange nicht mehr gewesen, aber er kannte sich aus. Sechs Abende in der Woche fabrizierten sie dort nach wie vor Aggressionen und Katzenjammer, setzten die Gäste kurz nach zehn auf die Straße und stützten so jenes undurchschaubare System, in dem er zu Hause war.

Er hatte das System nie in Frage gestellt, sondern einfach gelernt, darin zu leben. Wachsam streifte sein Blick über die Straßen, durch die er fuhr. Die Trostlosigkeit um ihn her löste in ihm weder Mitleid noch Zorn oder Zuneigung aus, sie war nur Orientierungshilfe auf seinem Weg. So wie sein Gesicht von der verheilten Wunde beherrscht wurde, das eine Narbe war mit Gesichtszügen drum herum, war auch sein Wesen ein Reflex dessen, was ihm geschehen war.

Er stellte den Wagen nicht auf dem unbebauten Grundstück ab, sondern in der Straße daneben, unter einem Laternenpfahl. Das war reine Gewohnheit und hatte keinen tieferen Grund, denn es war nicht dunkel. Ein paar Jungen lungerten herum. Er warf dem Großen mit dem zerrissenen Anorak ein Zehn-Pence-Stück zu.

»Kein Problem, Mister«, sagte der Junge.

Aber für den Mann gab es ein Problem, und er ging geradewegs darauf zu. Draußen trug das Mietshaus grindige Spuren des Alters. Das Innere war für ihn eine Folge vertrauter Überraschungen: Hausflur und Treppenhaus sauber getüncht, frisch lackierte, glatte Paneeltür, geschmackvoll ausgestattete Diele, flauschiger Teppich, farbenfrohe Bilder – es war, als habe sich Ali Babas Höhle vor einem aufgetan.

»Tag, Onkel.« Das war Maureen, in langen roten Hosen und passendem rotem Wollpullover. »Wir gehen ins Kino.«

»Schön für dich, Kleines.«

Sie nannte ihn noch immer Onkel, obwohl sie schon dreizehn war und inzwischen wußte, daß er nur ein Nennonkel war. Nett von ihr. Er betrat das Wohnzimmer, wo er die letzte Überraschung vorfand, die das Haus zu bieten hatte: John Rhodes, am Feuer sitzend, die domestizierte Gewalttätigkeit, mit Strickjacke und Hausschuhen als Isolierung. John sah ihn über seine Zeitung hinweg kurz an und zwinkerte ihm zu.

Der Mann mit der Narbe setzte sich ihm gegenüber. Er kannte die Regeln. In Gegenwart der Familie waren geschäftliche Gespräche tabu.

»Wie sind die Pferde gelaufen, John?«

»Rückwärts. Hast du auch gesetzt?«

»Nichts da, was sich gelohnt hätte. Hab mir bei Matt Mason die Rennliste angesehen.«

John Rhodes sah kurz von der Zeitung auf und senkte gleich wieder den Kopf. Die Nachricht war gekommen. Er wünschte – selbst verschlüsselt – keine Anspielungen auf die Aktion, solange seine Leute noch im Haus waren.

Dem Mann mit der Narbe war das nur recht. Von ihm aus brauchten sie heute überhaupt nicht zum geschäftlichen Teil zu kommen. Die Geschichte war ihm nicht geheuer. Er beobachtete voller Vergnügen das geschäftige Hin und Her der beiden Mädchen und Johns Frau, Annie, die sich für ihren Kinobesuch fertig machten. Und er beobachtete John, der die zu ihm hinschwappende Welle der Vorfreude genoß. Häuslichkeit war für ihn keine Heuchelei. Seine Familie war ihm das Wichtigste im Leben. Alle andern Unternehmungen dienten nur dazu, sie abzuschirmen.

Maureen und Sandra gaben John einen Abschiedskuß; Annie versprach, sie würden nicht zu spät kommen. Er möge doch bitte den Schirm vor den Kamin stellen, wenn er noch einmal aus dem Haus gehen mußte. Maureen kam zu dem Mann mit der Narbe herüber und gab auch ihm einen Kuß. Sie war ein liebes Kind, und es tat ihr leid, wenn jemand so beiseite stehen mußte.

Als sie fort waren, las John noch eine Weile in seiner Zeitung. Es war, als wollte er warten, bis er seine Familie nicht mehr im Raum spürte. Der Mann mit der Narbe faßte sich in Geduld. Zu trinken würde es nichts geben, John hatte nie Alkohol im Haus.

»Na?«

»Es heißt, daß der Bursche, der's gemacht hat, ein Bekannter von Harry Rayburn ist. Ein junger Spund.«

»Aber Harry Rayburn ist schwul.«

»So sagt man.«

»Sein Boyfriend also …«

»So sieht's aus.«

»Und was hat ein Schwuler bei einem Mädchen zu suchen?«

»Vielleicht hat er 'ne Doppelbegabung.«

»Ich kann Schwule nicht verknusen.«

Es war eine erschreckend klare Aussage. Die Stimme war im Kasten. Der Mann mit der Narbe zögerte. Er wußte, welche Entscheidung er sich wünschte, aber Wahlschwindel wäre in diesem Fall entschieden ungesund gewesen. Er sah John Rhodes an, der ins Feuer schaute, das Gesicht angeekelt verzogen. Seine Prüderie trieb ihn zu barbarischen Reaktionen. Bei keinem anderen Menschen hatte der Mann mit der Narbe so schreckliche Jähzornsausbrüche erlebt. Er hatte mit angesehen, wie die Hände, die jetzt locker auf dem Sessel lagen, einen Mann geschlagen hatten, bis er blind war. Von Reue war hinterher nicht die Rede gewesen.

»Wie er heißt, weiß ich nicht. Aber er ist noch in der Stadt.«

»Wo könnte er stecken?«

»Weiß nicht.«

»Nicht sehr schlau.«

»Ich bin doch kein Hellseher, John.«

»Ich weiß, was du bist. Und du besinn dich gefälligst darauf, wer ich bin. Du wirst für Informationen bezahlt, nicht für Gags. Wenn ich 'nen Komiker brauch, miet ich mir einen. Du brauchst dich gar nicht zu bewerben.«

»Ich glaub, es gibt 'ne Möglichkeit, es rauszukriegen. Bloß …«

John Rhodes sah ihn an und lächelte. »Warum so schüchtern?«

»Durch Lennie Wilson.«

»Wer ist Lennie Wilson?«

»Ein junger Bursche, typischer Viertelstarker.«

»So einer kommt uns gerade recht.«

»Er arbeitet für Matt Mason. Komischerweise arbeitet er aber im Augenblick auch für Harry Rayburn.«

John Rhodes nickte.

»Schon klar. Was macht er da? Er hält für Mr. Mason Augen und Ohren offen.«

»Sag ich ja.«

»Hm. Müßte hinhauen. Und du glaubst, der weiß es?«

»Müßte er eigentlich.«

»Schön. So ein Typ singt wie ein Kanarienvogel, wenn's drauf ankommt. Der ist unser Mann.«

»Bloß ...«

John Rhodes wartete. Umwege hatte er nicht nötig, weil es nichts gab, womit er nicht fertig geworden wäre. Der Mann mit der Narbe versuchte vorzubauen. An John kam man einfach nicht vorbei. Der Mann hatte heillosen Respekt vor ihm. In dieser Stadt, in der man in eine Prügelei geraten konnte, so oft man wollte – und häufig auch, wenn man nicht wollte –, war er der Härteste, Schnellste, Unerschrockenste, den er kannte. Aber genau da lag auch das Problem. Johns Gewalttätigkeit war noch nie in ihre Grenzen verwiesen worden. Und der Mann hatte Angst, John könnte auf der Suche nach seinen Grenzen irgendwann einmal alles kaputtmachen, was sie besaßen. Vielleicht schon diesmal.

»Wir kommen mit dieser Sache Matt Mason in die Quere, John. Wozu?«

»Wenn ich jemandem in die Quere komme, bedeutet das, daß er mir im Weg ist. Kann ich was dafür? Den Lennie Wilson hebst du dir für morgen auf. Heute abend bringst du mit Tam diesen Lawson in den *Gay Laddie*. Dann holst du mich hier ab. Ich will ihn mir mal 'n bißchen näher ansehen.«

Der Mann mit der Narbe wußte noch immer nicht genau, was entschieden worden war. Aber es gab nichts mehr zu sagen. John Rhodes stand auf, griff sich ein Paar Schuhe, das Maureen hatte herumliegen lassen, und stellte es ordentlich unter einen Stuhl. Der Mann mit der Narbe verließ das Haus.

29

Das *Burleigh Hotel* lag am westlichen Ende der Sauchiehall Street. Es war ein überaus schmutziger viktorianischer Kasten. Die raffinierten Schnörkel und Vorsprünge machten die Fassade zu einer riesigen Schmutz- und Rußfalle. Jetzt stand es da, halb aufgefressen von dem, was es sich da eingefangen hatte, gleichsam gebückt unter der Last der Glasgower Jahre, der obere Teil mit Andenken an die Stare bekleckert, die einst in der City den Himmel verdunkelt hatten wie ein Harpyienschwarm.

Gebremst durch den als Schutz vor Zugluft angebrachten Filzstreifen, öffnete sich die große Glastür zögernd, als ziere sich das Hotel, seine Gäste einzulassen. Die Halle war groß, der seegrüne Teppich abgetreten. Weiß der Himmel wovon, überlegte Harkness. Das Hotel machte nicht gerade einen überlaufenen Eindruck.

Er wanderte zum Empfang hinüber. Am Schlüsselbrett hing genug Metall für eine Waffenkammer. In den Brieffächern herrschte gähnende Leere. Das Anmeldebuch lag – von ihm aus gesehen – verkehrt herum, er konnte Laidlaws Namen nicht erkennen. Er drückte auf den Klingelknopf, der heiser schnarrte, als sei er außer Übung.

Die Frau, die aus dem seitlichen Büroverschlag kam, war eine Überraschung. Frauen wie sie sind immer eine Überraschung. Sie war Mitte Zwanzig, hübsch und hatte jene sehr feminine Ausstrahlung, die Männer veranlaßt, ihre Hormone zu zählen. Sie lächelte Harkness kurz zu. Er hätte sie gern länger lächeln sehen.

»Sie haben wohl kein Zimmer frei?« meinte er mit einem vielsagenden Blick zu der Schlüsselsammlung.

Sie hatte sich auf seine Tonart eingestellt, noch ehe er ausgesprochen hatte.

»Es ist unser Sauregurkenjahr«, gab sie zurück.

»Eigentlich suche ich Mr. Laidlaw. Könnten Sie mir bitte sagen, welche Zimmernummer er hat?«

Das zweite Lächeln war nicht so beglückend, wie er es sich vorgestellt hatte, weil er es nicht begriff. Er fühlte sich plötzlich unbehaglich – wie jemand, den es in ein teures Restaurant verschlägt, ohne daß er vorher in seine Brieftasche geschaut hat.

»Sind Sie zufällig Mr. Harkness?«

»Genau.«

»Ihr Geheimnis ist bei mir sicher, junger Mann«, flüsterte sie mit verschwörerisch zusammengezogenen Augenbrauen. »Er ist oben. Im Fernsehzimmer.«

Harkness zögerte und wartete darauf, daß ihm eine geistreiche Replik einfiel.

»Danke«, brachte er heraus.

»Wenn Ihnen die Füße weh tun, können Sie den Aufzug nehmen.«

Harkness wandte sich um. Der Aufzug war ein schwarzer, schmiedeeiserner Käfig und sah aus wie ein Folterinstrument. Er dachte an eine sehr unbehagliche Stunde, die er in San Sebastian in einem steckengebliebenen Lift verbracht hatte. Mit seinen Füßen war alles in Ordnung.

»Sie wollen ihn uns doch nicht schon wieder entführen?«

Harkness drehte sich an der untersten Treppenstufe um.

»Warum? Würden Sie ihn vermissen?«

Sie lachte und beugte sich über den Schreibtisch. Die Geste deutete an, daß dazu nichts mehr zu sagen war. Es blieb ihm nichts weiter übrig, als die mit einem wellenschlagenden Läufer belegte Treppe hinaufzusteigen. Das Fernsehzimmer war links.

Eigentlich war es nur ein riesiger Farbfernseher mit einem Zimmer drum herum. Auf der Mattscheibe lief ein Golfspiel, Peter Oosterhuis jagte den Ball mit brillanten Schlägen über den Platz. Außer Laidlaw waren noch vier Gäste da. Zwei trugen Hausschuhe. Einer hatte eine Flasche Bier vor sich, aus der er ab und zu einen Schluck trank wie Medizin. Es herrschte eine Atmosphäre kleinbürgerlicher Traulichkeit. Sie hatten ihren heimischen Herd mitgebracht. Solche Handlungsreisenden kamen nie in Witzen vor.

Harkness setzte sich auf den Korbstuhl neben Laidlaw. Das Kissen war wie weicher Brei, und nach wenigen Sekunden begann die Sitzfläche, einen tiefen Eindruck auf ihn zu machen. Laidlaw hob die Augenbrauen und nickte. Vor ihm stand ein Whisky. Er hielt Harkness fragend das Glas hin. Der schüttelte den Kopf.

Der Mann mit dem Bier schlug statt des rechten Beins über das linke das linke Bein über das rechte. In dem stillen Raum wirkte das wie ein Ereignis. Er gehörte zu denen, für die Kahlköpfigkeit eine Geisteshaltung ist. Sein restliches Haar hatte er in Höhe der Achselhöhlen gescheitelt und die Strähnen so hingetrimmt, daß sie sich nach oben rankten wie Clematis. »Abschlag«, sagte er. »Hm«, murmelten die anderen im Chor. Zehn Minuten in dieser Gesellschaft, dachte Harkness, und ich bin reif fürs Altersheim.

»Magst du Golf?« fragte er Laidlaw.

»Ja und nein.«

Harkness schwieg. Er hatte keine Lust zum Rätselraten.

»Es ist ein schönes Spiel«, sagte Laidlaw mit gedämpfter Stimme. »Aber Profisportler sind mir samt und sonders verdächtig. Überleg mal – erwachsene Menschen, die ihr Leben an ein Spiel hängen … Tempelhuren des Kapitalismus.«

Harkness sagte nichts. Im Laufe ihrer kurzen Bekanntschaft hatte er bereits einen Zug an Laidlaw entdeckt, der ihn zu nerven begann. Wenn er in der entsprechenden Stimmung war, mußte er selbst ein harmloses ›Guten Tag‹ analysieren, ehe er einem eine Antwort gab. So was konnte auf die Dauer anstrengend sein.

Harkness war froh, als Laidlaw vorschlug, auf sein Zimmer zu gehen. Sie tappten über trüb beleuchtete Gänge, und Harkness fand, daß es gar nicht so einfach war, auf den alten, ungleichmäßig abgenutzten Dielenbrettern das Gleichgewicht zu halten. Er kam sich vor wie auf einem schwankenden Schiffsdeck. Im Vorübergehen wehten alte Gerüche sie an wie Geister, die kein Lysol gebannt hat.

Zimmer 52 – keine besonderen Kennzeichen außer der Nummer – sah nicht nach Einzug aus, sondern eher nach Einbruch. Elektrorasierer, Handtuch und Hemd auf dem Bett, aufgeschraubte Zahnpastatube im Waschbecken, ausgeweideter Koffer auf einem Sessel. Laidlaw zündete sich eine Zigarette an und setzte sich aufs Bett. Harkness übergab ihm Milligans Liste.

»Rayburns Mitarbeiter«, stellte Laidlaw fest. »Sehr ordentlich. Donnerwetter, sogar alphabetisch geordnet, von D bis T. Große

Klasse, wirklich. Aber im Augenblick ungefähr so nützlich wie ein Telefonbuch. Milligan wird mit ihnen reden.«

Laidlaw gab Harkness das Blatt zurück und konzentrierte sich auf seine Zigarette. Er wirkte sehr zivil, nicht wie ein Polizist, sondern wie ein müder Mann, der in einem fremden Hotelzimmer mit einem Typen zusammensitzt, den er erst an diesem Tag kennengelernt hat. Harkness, dem das Frühlingsfernweh noch in den Knochen steckte, begriff seine Stimmung und konnte sie ihm nachfühlen. Es schien, daß ihre einzige Gemeinsamkeit die Fruchtlosigkeit dieses Tages war. Die geschäftige Zielstrebigkeit der Polizeistation hatte Harkness imponiert, er war sich vorgekommen wie eine Randfigur. Um nicht Laidlaw die Schuld an diesem Gefühl geben zu müssen, versuchte er, ihn daran teilhaben zu lassen. Er sah aus dem Fenster.

»Da draußen ist er irgendwo«, sagte er. »In der Stadt. Vielleicht mischt er sich gerade jetzt unters Volk. Läuft herum. Redet. Aber wo?«

Laidlaw stand auf, goß sich einen neuen Drink ein und füllte mit Wasser aus dem Hahn auf.

»Irgendwo – wenn er Glück hat –, wo er dich nicht hören kann. Schreib deine Kitschromane gefälligst nicht in der Dienstzeit.«

Das reichte. Harkness atmete auf. Seine Frustration hatte jetzt ein Ziel. Er brauchte nur noch einen Aufhänger für einen handfesten Streit. Laidlaw tat ihm den Gefallen.

»Kann sein, Milligan löst den Fall«, sagte er. »Dann sind wir den Ärger los. Na ja. Kann auch sein, ab morgen legen die Giraffen Eier.«

»Warum läßt du Milligan nicht in Ruhe?« fuhr Harkness los.

Laidlaw, der sich wieder aufs Bett gesetzt hatte, sah hoch.

»Ich wußte gar nicht, daß du ihn so ins Herz geschlossen hast.«

»Ach, rutsch mir doch den Buckel runter.«

In der Stille hörten sie jemand den Gang entlanglaufen.

»Könntest du mir das vielleicht mal übersetzen?«

»Ich hab's satt, daß du ständig auf Milligan rumhackst.«

»Du bist überempfindlich.«

»Das glaube ich nicht. Mit dem Mann habe ich ein Jahr lang zusammengearbeitet, und ich finde ihn ganz sympathisch.«

»Du bist offenbar ein Langsamlerner.«

»Vielleicht belehrst du mich ja eines Besseren. Kannst du mir zum Beispiel erklären, was du eigentlich gegen Milligan hast?«

Laidlaw nahm einen Schluck und nickte.

»Kann ich. Aber nur aus einem Grund. Damit du was dazulernst. Nicht zu meiner Rechtfertigung. Was du über mich denkst, das kannst du dir von mir aus in die Haare schmieren. Dir bin ich keine Rechenschaft schuldig. Sondern mir selber, und das ist verdammt viel schwieriger. Und wenn du merkst, daß wieder mal ein Anfall von Loyalitätsduselei auf dich zukommt, geh gefälligst damit woandershin.«

Sie sahen sich an, einen Lidschlag von Tätlichkeiten entfernt.

»Einverstanden«, sagte Harkness. »Aber erklärt hast du mir immer noch nichts.«

»Milligan hat keine Zweifel.«

»Wie meinst du das?«

»Wenn jeder morgen früh aufwachen würde und den Mut hätte, statt zu seinen Überzeugungen zu seinen Zweifeln zu stehen, wäre das goldene Zeitalter angebrochen – das meine ich. Was uns kaputtmacht, sind die falschen Gewißheiten. Und Milligan ist voll davon. Er ist ein wandelndes Absolut. Was ist ein Mord anderes als ein herbeigewünschtes Absolutes, eine erdachte Gewißheit? Ein existentielles Nervenversagen. Aber deshalb dürfen wir uns in unserer Reaktion darauf dem eigentlichen Verbrechen gegenüber noch lange nicht blind stellen. Und genau das passiert immer wieder. Konfrontiert mit einer Ungeheuerlichkeit verlieren die Leute die Nerven und erschaffen sich da, wo sie einen Menschen sehen sollten, ein Ungeheuer. Das ist in unserer Gesellschaft zu einer Industrie geworden, und Milligan ist einer ihrer Unternehmer. Beileibe nicht der einzige, aber er ist eben derjenige, der mir immer wieder ins Auge fliegt wie ein gottverdammt großes Sandkorn.«

»Das ist mir ein bißchen zu hoch.«

»Dein Problem«, sagte Laidlaw. »Du hast mich gefragt.«

Harkness mühte sich mit Laidlaws Worten ab. Es war wie vorhin beim Golf, dachte er. Man warf Laidlaw eine Frage zu, ganz beiläufig, wie einen Schneeball, und er antwortete mit einer Lawine.

»Eine eindrucksvolle Anklage«, sagte er schließlich. »Aber wo sind die Beweise?«

»Hier.« Laidlaws deutete auf seinen Kopf. »Du kennst ihn seit einem Jahr. Ich kenne ihn sehr viel länger. Ich habe ihn durch den Gram anderer Menschen patschen sehen wie ein Kind durch die seichten Wellen am Strand. Nur um eine Verhaftung vornehmen zu können. Ich habe miterlebt, wie er einen sechzehnjährigen Halbstarken in einer dunklen Straße vernommen hat. Rippe für Rippe.«

»Manchmal geht es eben nicht anders.«

»Vielleicht. Aber einer, dem so was erst mal anfängt Spaß zu machen, kann gleich aufstecken.«

»So schlimm ist er nun auch wieder nicht.«

»Isolieren sollte man ihn. Er verseucht die ganze Gegend.«

Harkness setzte sich kopfschüttelnd in den einzigen Sessel.

Man hatte es nicht leicht mit Laidlaws komplizierter Persönlichkeit. Er spürte, daß die Dinge einfacher lagen, als Laidlaw sie darstellte, aber er konnte es nicht beweisen. Sie ließen ihre Depressionen in der Stille versickern.

»Wenigstens eines hat mir der heutige Tag bewiesen«, sagte Laidlaw schließlich. »Der Mann, den wir suchen, war ein Bekannter von Jennifer. Und wenn sie ihn gekannt hat, müssen auch andere Leute, die wir uns vornehmen können, ihn gekannt haben. Was ist von den hohen Herren wegen MacDingsbums entschieden worden?«

Harkness hatte Mühe, wieder in die Gegenwart zurückzufinden.

»Wir sollen ihn aufspüren und zur Vernehmung bringen.«

»Na, das ist wenigstens ein klares Wort. Am gescheitesten wird sein, wir fangen mit *The Muscular Arms* an. Da gehst du wohl besser allein hin. Es ist so eine Art Kindergarten, nicht? Popmusik und Pickel. Wenn jemand wie ich dort aufkreuzt, denken sie sofort an eine Razzia. Aber bei dir kann nichts passieren, besonders jetzt, wo du dir was anderes angezogen hast. Sieh zu, was du herauskriegst. Ich versuche es inzwischen noch an einer anderen Adresse. Wir treffen uns in einer Stunde vor der Central Station, an der Seite Gordon Street. Okay?«

Harkness nickte. Er fragte sich, in welcher Verfassung Laidlaw dann sein mochte.

»Und woran erkenne ich dich?«

Laidlaw schüttelte den Kopf und grinste ohne Heiterkeit.

»Daran, daß ich die Passanten anhalte und sie nach dem Weg zum nächsten Mörder frage.«

Erst als Harkness draußen war, wurde ihm klar, daß Laidlaw

während der Auseinandersetzung nicht ein einziges Mal den Vorgesetzten herausgekehrt hatte. Sein Ärger begann wieder in Sympathie für Laidlaw umzuschlagen, aber er wußte nicht, ob er sich darüber freuen sollte.

In seinem Zimmer goß Laidlaw sich einen frischen Drink ein. Er überlegte – nicht zum erstenmal –, daß bestimmte Situationen eine Klärung beschleunigten. Auseinandersetzungen verhalfen einem zu einer Sicherheit, von der man vorher selbst nichts gewußt hatte. Jetzt, als er allein war, kamen die Zweifel zurück. Harkness lag ja gar nicht mal so falsch mit seinen Ansichten. An Milligan war mehr dran, als Laidlaw ihm zugestand. Aber das, was er tat, forderte einfach zum Widerstand heraus.

Er leerte langsam sein Glas. Gern hätte er zu Hause angerufen und gefragt, wie es den Kindern ging. Er sehnte sich danach, ihre Stimmen zu hören. Aber er verschob es auf später. In diesem Augenblick fühlte er sich dem emotionalen Streß nicht gewachsen, zu dem es durch einen simplen Anruf bei seiner Frau gekommen wäre.

Statt dessen wusch er sich und zog sich um, eine Therapie der Selbstbestätigung, die wieder einmal ihre Wirkung tat. Gesäubert und seines guten Aussehens bewußt, trat er augenzwinkernd an den Empfangstisch.

»Wie lange bleibst du?« fragte sie.

»Das steht in den Sternen, Jan.«

»Mein Gott, was bist du kitschig!«

»Das Geheimnis meines Charmes.«

»Hoffentlich hast du dir wenigstens die Zimmernummer gemerkt?«

Er lachte. Sie lächelte ihm nach.

30

Lennie weidete sich an dem Bewußtsein seiner Bedrohlichkeit. Er stand an der Theke des *Burns Howff* und zählte den Rest eines Menschenlebens in Schlucken aus seinem Bierglas ab, denn er war davon überzeugt, daß Matt Mason gedachte, den Bewohner der Bridgegate Nummer 17 aus dem Verkehr zu ziehen. Und damit hatte Lennie in diesem Augenblick Gewalt über Leben oder Tod eines anderen Menschen.

Er bemühte sich, sein Grinsen zu unterdrücken und ein harmloses Gesicht zu machen. Die Mitteilung an Matt Mason hatte er absichtlich hinausgeschoben. Auf dem Weg in die City hatte er sich gefragt, wer von den Passanten, die an ihm vorübergingen, ihm wohl etwas ansehen mochte. Ausnahmsweise störte er sich nicht an ihrer Gleichgültigkeit. Er schleppte ein Geheimnis mit sich herum wie eine 1-Million-Pfund-Note.

Das Gefühl entschädigte ihn für vieles. Die harten Typen, mit denen er in Blackhill aufgewachsen war, würden wohl ihre Meinung über ihn revidieren müssen, wenn sie von dieser Sache erfuhren. Die richtigen Halbstarken hatten ihn nie ernst genommen. Wie hatte Mickey Doolan doch mal gesagt: »Halt du dich an die Gasuhr von deiner Oma, Lennie. Das ist so deine Kragenweite.«

Er sah sich in dem Pub um, sah, wie sie vor den unverputzten Backsteinwänden gestikulierten und versuchten, den Krach der *Pony Express Disco* nebenan zu übertönen. Manche von denen bildeten sich vielleicht ein, zu wissen, was Hartsein bedeutet. Ein großartiges Gefühl, so ganz cool an der Theke zu stehen – ein Profi unter Amateuren.

Aber jetzt wurde es Zeit für ihn. Matt war sicher noch im Büro, aber nicht mehr lange. Lennie verließ das Pub so unauffällig, wie er es betreten hatte. Sein Glas hatte er nicht ganz ausgetrunken. Für manche Leute gab es eben Wichtigeres als Alkohol.

Er ging auf der gleichen Straßenseite die West Regent Street hinauf. Das Wettlokal war geschlossen. Als er klopfte, ließ Matt höchstpersönlich ihn ein. Sie gingen in sein Büro.

Lennie erstattete Bericht und war enttäuscht, daß Eddie nicht da war, dem er gern imponiert hätte.

»Du bist sicher?«

»Klar. Jedenfalls war er heute da. Kann sein, daß er weiterzieht.«

»Keine Bange, der nicht. So wie Big Harry es dargestellt hat, rührt der sich nicht vom Fleck. Harry hat dich bestimmt nicht gesehen?«

»Keinen blassen Dunst hat der«, sagte Lennie.

»Na prima.« Er nahm ein Bündel Scheine aus der Tasche und blätterte zwei Fünfer hin. »Hier. Kauf dir 'n paar Comics. Hast deine Sache gut gemacht.«

So sehr sich Lennie über das Geld freute – der plötzliche Stimmungsumschwung deprimierte ihn. Das lag nicht nur an Masons Redensarten, obgleich die kränkend genug waren, als hätte man einem Geheimagenten bei der Waffenausgabe ein Pusterohr in die Hand gedrückt. Es lag daran, daß unweigerlich die Realitäten gegenüber der Phantasie verblaßten.

Dann sagte Mason: »Wir haben den Mann für den Job.«

Und sofort lief Lennies Phantasie wieder auf Hochtouren. So aufregenden Ereignissen konnte er sogar verzeihen, daß sie ihn zum Statisten gemacht hatten.

»Wer ist es denn?«

Mason ließ ihn einen Augenblick zappeln. Das gehörte zu der Vorsicht, die sein Leben beherrschte. Nie setzte er sich in Bewegung, ohne gleichzeitig den Boden auf seine Tragfähigkeit zu prüfen. Bei den Stollengängen, die er sich baute, waren reichlich Seitenausgänge vorgesehen.

Er hatte, was Lennie betraf, bereits eine Entscheidung getroffen, aber noch konnte er sie revidieren, wenn ihm sein Instinkt dazu riet. Er hatte entschieden, Lennie noch fester in diesen Fall einzubinden. Ganz ungefährlich war das nicht. Lennie besaß die Feinfühligkeit eines Buschelefanten. Es hätte nähergelegen, Eddie einzusetzen. Aber Lennie wußte inzwischen bestimmt, wie es weitergehen würde. Selbst er konnte zwei und zwei zusammenzählen. Am wirkungsvollsten stopfte man einem Mitwisser den Mund, indem man ihn zum Mittäter machte. Mason wußte, daß Lennies Brutalitätsphantasien mit einer tiefen Angst vor Gewalttätigkeiten gekoppelt waren. Wenn man ihm mal kurz ein Stück Wirklichkeit zeigte, konnte das ein wirkungsvolles Abschreckungsmittel sein und ihn nachdrücklich zum Schweigen veranlassen. Sonst gab es auch noch andere Möglichkeiten. Man konnte Menschen notfalls auch zu Tode erschrecken …

»Du weißt, was für ein Job das ist, Lennie?«

Lennie nickte und merkte an Masons Reaktion, daß er genau die richtige Antwort gebracht hatte. Ein Profi braucht keine langen Erklärungen.

»Du wirst mitmachen. Der Mann kommt heute abend hierher. Du sollst ihn kennenlernen. Und du kannst ihm zeigen, wo die Sache laufen soll.«

Mason sah, wie Lennies Ego sich vor Wichtigkeit blähte. Witzlos, ihm in diesem Augenblick zu sagen, welchen Preis er vielleicht dafür würde zahlen müssen. Mochte er seinen Spaß haben. Mason entschloß sich sogar großzügig dazu, das Erlebnis mit einer Prise Geheimnis zu würzen.

»Wer ist es, Boß?« fragte Lennie.

»Das rätst du nie.«

Lennie breitete die Hände aus.

»Nein. Du könntest eine Woche lang raten und wärst der Lösung nicht näher. Es ist eine Bilderbuchlösung.«

»Wer ist es?«

»Minty McGregor.«

Belustigt sah er, wie Lennie vorsichtig den Namen umkreiste und nach der Pointe suchte.

»Aber Minty war nie ein Killer.« Lennie hatte mal einen Film über die Mafia gesehen.

»Ideal, nicht? Damit sind wir weg vom Fenster. Wer kommt schon auf Minty McGregor? Und wenn sie nicht mal den finden, ist kaum zu befürchten, daß sich eine Verbindung zu uns nachweisen läßt.«

Daß sich schon Lennie mit dieser Vorstellung schwertat, bestätigte die Richtigkeit von Masons Überlegung.

»Aber so was hat Minty noch nie gemacht. Er ist Einbrecher. Immer gewesen. Wieso steigt er jetzt plötzlich um?«

»Er hat Krebs«, antwortete Mason, als sei das eine hinreichende Erklärung.

Für Lennie war sie es nicht.

»Was hat das damit zu tun?«

»Für jeden Menschen, Lennie, kommt mal ein Punkt, von dem ab er buchstäblich zu allen Schandtaten bereit ist. So ist das jetzt mit Minty.«

»Wie meinen Sie das?«

»Er macht sich Sorgen um seine Familie, verstehst du. Einbrecher haben nicht gerade üppige Pensionen zu erwarten. Wir sind seine Versicherungspolice, und er unsere. Denn wenn sie den Mann erwischen wollen, der's gemacht hat, müssen sie sich beeilen. Und selbst wenn sie ihn kriegen – was hat er zu verlieren? Springt doch nichts für ihn raus, wenn er uns verpfeift. Todsichere Investition. Überleg mal.«

Lennie tat es. Die Vorstellung überwältigte ihn: ein Mann, der nichts zu verlieren hat und deshalb zu allem fähig ist.

»Super«, flüsterte er.

»Nicht schlecht«, gab Mason bescheiden zu.

Draußen an der Tür klopfte es.

»Das wird er sein«, sagte Mason. »Eddie wollte ihn herbringen. Laß sie herein.«

Lennie hastete durch den Laden. In seiner Eile, diesen neuen Minty zu besichtigen, fummelte er ungeschickt am Schloß herum. Aber als die Tür endlich offen war, kam mit Eddie nur ein Hauch kalter Luft herein.

»Wo ist Minty?«

»In meiner Jackentasche«, sagte Eddie.

Lennie folgte ihm ins Büro, wo Mason ein Gesicht machte, als hätte er sich verzählt.

»Was ist passiert?« fragte er.

»Minty kommt heute nacht nicht aus dem Bau.«

»Warum nicht?«

»Er muß sich schonen, sagt er. Weil er mit Medizin vollgestopft ist bis obenhin. Aber morgen ist er wieder topfit.«

»Fit genug für den Job?«

»Die Gemeinheit dafür hat er. Und mehr brauchst du nicht für so was. Lange her, daß ich einen gemeineren Typ gesprochen hab. Der Krebs ist an dem noch das Gesündeste. Aber du kannst es selbst entscheiden. Er will morgen mit dir sprechen. Im *Ambassador*. Wo man ihn nicht kennt. Und dich auch nicht. Wenn die Kohlen stimmen, sagt er, macht er's.«

»Am Geld soll's nicht liegen. Bist du sicher, daß er angebissen hat?«

»Schien ganz erpicht drauf zu sein.«

Mason nickte.

»Schön, das wär's dann wohl. Heute nacht wär's mir lieber gewesen. Ich laß diesem Laidlaw nicht gern Bewegungsfreiheit. Aber Minty kann es morgen erledigen. Lennie hat die andere Hälfte rausgekriegt. Damit wären wir startbereit.«

Er nahm eine Flasche Glenfiddich und zwei Gläser aus der Hausbar.

»Hol dir vorn im Laden eine Tasse, Lennie.«

Als Lennie zurückkam, hoben sie die Gläser. Es war eine Totenwache, bei der die Leiche fehlte. Lennie hörte auf der Straße über ihnen den Verkehr vorbeirollen und kam sich vor wie in einem Geheimklub. Für heute abend hatte er sich noch auf ein Glas mit zwei Freunden verabredet. Er würde aufpassen müssen, daß er sich nicht verriet.

31

An den Wänden prangten James Cagney und Van Johnson. Fred Astaire und Ginger Rogers tanzten eine Treppe hinunter. Aus dem Stamm eines blechernen Baumes sprossen Regenbogen. Die Decke bot permanenten Sternenglanz. Ein Mädchen sagte sehr leise zu ihrer Freundin: »Zweimal hat er's getan. Ich denke, mich haut's um. Das glaubst du nicht … Mitten in den *British Home Stores*. Zweimal.«

Harkness kannte und mochte den *Starlite Room* der *Muscular Arms*, aber heute fühlte er sich nicht so recht wohl hier. Die Filmstars aus Pappe deprimierten ihn wie Prospekte von Orten, die er nie besuchen würde – besonders Jane Russell über dem Eingang zu »Damen«. Der bizarre Gesprächsfetzen, den er eben aufgeschnappt hatte, schien ihm in diese Stimmung zu passen. Die Fremdheit der Dinge bedrängte ihn.

Wahrscheinlich der Laidlaw-Effekt, dachte er. Ein Tag Laidlaw genügt, um dich in deinen vorgefaßten Meinungen zu verunsichern und dich dir selbst fremd werden zu lassen. Er war ein so gräßlich komplizierter Typ; bei dem Versuch, sich auf seine Komplikationen einzustellen, fand man nur seine eigenen wieder. Harkness fiel etwas ein, was er irgendwo gelesen oder gehört hatte: »Man setzt nie zweimal den Fuß in denselben Fluß.« Heute abend kam ihm das sehr überzeugend vor.

Für ihn bedeutete es, daß er als Polizist heute abend nicht mehr derselbe war wie gestern. Der Auftrag hatte sich gewandelt und er sich mit ihm. Er erinnerte sich daran, daß Milligan Laidlaw einen Amateur zu nennen pflegte, und er glaubte jetzt zu wissen, was Milligan damit meinte, obgleich er seine Meinung nicht teilte. Milligan war ein Profi. Er bezog sein Gehalt dafür, daß er einen schwierigen Beruf nach bestem Gewissen ausfüllte. Auf Laidlaw sah er herab, weil dieser einige der selbstverständlichsten Profiregeln, auf die Leute wie Milligan angewiesen waren, in den Wind schlug.

Aber es gibt grundsätzlich zwei verschiedene Arten von Profitum, begriff Harkness in einem Augenblick der Hellsichtigkeit. Die einen Profis sind so gut, daß sie mit dem, was sie tun, ihr Brot verdienen können. Und dann gibt es die anderen, die sich für einen Job so stark engagieren, daß die Frage des Broterwerbs nur eine Nebenrolle spielt. Deren Antrieb nicht das Geld ist, sondern die Entschlossenheit, ihre Sache so gut zu machen, wie es nur geht.

Und zu dieser zweiten Gruppe gehörte Laidlaw. Es war eine äußerst unbequeme Position, weil sie den Begriff »gut« nicht nur auf die Arbeitsergebnisse, sondern auch auf die Ethik der angewandten Mittel bezog. Er dachte daran, wie Laidlaw ständig an dem zweifelte, was er tat, und wie er trotzdem stets versuchte weiterzumachen. Es mußte eine schwere Belastung sein.

Auch auf ihn hatte sich das schon übertragen, wie ein Virus. Als Gegenmittel versuchte er sich auf seine unmittelbare Aufgabe zu konzentrieren. Hätte er vielleicht im Untergeschoß bleiben sollen? Vielleicht hatte Laidlaw gemeint, er sollte einen Frontalangriff starten, sich ausweisen und die entsprechenden Fragen stellen? Aber nein, dann hätte er auch selber herkommen können.

Harkness bestellte noch einen Drink und hielt sich daran fest. Es war nicht viel Betrieb. Einen Augenblick sah er sich schon vergeblich hier sitzen, bis er blau war. In den letzten zehn Minuten hatte er das Gespräch der Barfrau mit der Kellnerin verfolgt und vage gehofft, sie würden ihm so ganz nebenbei die Lösung liefern. ›Alan?‹ – ›Du weißt doch, der hier Stammgast ist. Der mit der kleinen Jennifer Lawson geht‹. – ›Ach ja, der … Ja, also der ist heute abend in der Bath Street 14. Ich hab ihn vorhin getroffen, da hat er's mir erzählt.‹ Ein Goldkorn im Sand, warum nicht …

Vorsichtshalber hatte Harkness inzwischen Augenkontakt mit der Kellnerin aufgenommen. Sie war seine größte Hoffnung. Aber er mußte sie von der Barfrau weglocken. Er lächelte, die Kellnerin lächelte zurück. Er trank sein Glas leer, ging bedächtig an ihr vorbei und setzte sich an einen leeren Tisch.

Es dauerte nur eine halbe Minute, bis die Barfrau mit einer Kopfbewegung auf ihn deutete und die Kellnerin sich umwandte. Sie griff sich ihr Tablett und kam lächelnd zu ihm herüber.

»Hat uns die Wanderlust gepackt?« fragte sie.

»Ich wollte Sie nur von Ihrer Freundin weglocken. Und ich war neugierig auf Ihren Gang.«

Dämlicher kannst du es kaum anstellen, dachte er, aber sie lachte. Harkness pries wieder einmal den praktischen Sinn der Frauen, die einem Mann auch einen ungeschickten Annäherungsversuch verzeihen, wenn er nur überhaupt den Mund auftut.

»Sonst noch was?« fragte sie. »Soll ich wieder zurückgehen? Oder wollen Sie noch was bestellen?«

»Wenn Sie auch was trinken ...«

»Kann ich später noch mal darauf zurückkommen?«

»Von mir aus können Sie es auch mit nach Hause nehmen.«

Während sie an die Bar ging, hob sich seine Stimmung. Diese Masche machte ihm Spaß, darin war er gut. Die Intimität zwischen zwei wildfremden Menschen, die entstand, wenn man mit einem Mädchen anbändelte, war für ihn sehr reizvoll. Da war alles neu, noch nichts abgegriffen. Als letzte Woche sein Wagen in der Werkstatt gewesen war, hatte er in dem Glasgow-Kilmarnock-Bus eine hübsche dunkelhaarige Schaffnerin entdeckt. Sie war in Südamerika geboren und lebte jetzt in Patna. Das war schon mal ungewöhnlich genug. Sie hatten sich so angeregt unterhalten, daß er am liebsten mit dem nächsten Bus wieder zurückgefahren wäre. Statt dessen hatte er, als er ausstieg, eine Adresse und den Namen eines Pubs in Ayr in der Hand. Er leistete sich diese Art Nahkampf auf Distanz so oft wie möglich. Es war seine Rache dafür, daß er es nie schaffen würde, alle Frauen dieser Erde zu besitzen.

Während er mit gespieltem Geiz in seiner Geldbörse kramte, musterte er sie mit einem Interesse, das weit über das Dienstliche hinausging. Eigentlich war sie gar nicht sein Typ, aber man konnte sich ja notfalls umstellen. Ihre Augen waren von einer schwer zu bestimmenden Farbe. Es mußte eine fesselnde Lebensaufgabe sein, die Augenfarbe von Frauen genau festzulegen, dachte er, wie die Tätigkeit eines japanischen Künstlers, der bis zu seinem Tod immer wieder dieselbe Blume malt. Ihr Mund war in der Ruhestellung fein und schmal, aber breit und großzügig, wenn sie lächelte. Ihre Brüste waren fest und groß, die Beine kräftig und wohlgeformt. Tänzerinnenbeine. Er war drauf und dran, sie auf ihre Beine anzusprechen; gerade noch rechtzeitig fiel ihm ein, daß er hier war, um ganz andere Dinge zur Sprache zu bringen.

»Sonst noch Fragen? Meine Zähne wollen Sie nicht zufällig zählen?«

Da mußte er lachen. »Tut mir leid. Nein, tut mir eigentlich gar nicht leid. Ich hab Sie gerade bewundert. Das ist ja wohl nicht verboten. Sie sind große Klasse.«

Das Geständnis öffnete eine Tür und brachte ihn weiter als der raffinierteste Schwindel.

»Ich habe Sie hier schon gesehen«, sagte sie.

»Wann?«

»Ein-, zweimal. Einmal haben Sie mit mir gesprochen.«

»Ich? Im Ernst?«

»Bestimmt. Ich glaube, Sie waren ein bißchen angesäuselt. Sie waren mit zwei anderen hier.«

»Wenn ich mich nicht an Sie erinnern kann, war ich bestimmt angesäuselt. Was hab ich gesagt?«

»Daß nur ich Sie bedienen dürfte. Und noch ein paar Sachen.«

Sie lächelte. Harkness erinnerte sich jetzt dunkel an den Vorfall. Die Peinlichkeit des Gestern war ein Gewinn für das Heute.

»Sie arbeiten schon eine Weile hier, nicht?«

»Seit einem Vierteljahr ungefähr. Aber Ende der Woche gehe ich.«

»So ein Pech. Und warum?«

Harkness machte eine Pause. Die Vorzeichen standen günstig. Die Versuchung, sie im Gespräch näher zu erkunden, war groß. Er liebte das bizarre Gerümpel, auf das man im Leben Unbekannter stößt: Onkel mit Holzbein, Angst vor Schmetterlingen, Schaffnerinnen aus Südamerika. Plötzlich haßte er seinen Job, der ihn zwang, Menschen zu mißbrauchen, sich selbst eingeschlossen. Statt zu erforschen, wer sie war, mußte er versuchen, ihr in die Tasche zu greifen, ohne daß sie es merkte.

»Eigentlich habe ich gedacht, ich treffe heute abend einen Typ hier bei euch«, sagte er und verachtete sich insgeheim wegen seiner Flunkerei. »Ich bin nämlich Vertreter und nur gelegentlich in Glasgow. Manchmal treff ich mich mit ihm. Meist kommt er hierher.«

»Wer ist es denn?«

»Alan heißt er«, sagte Harkness und drückte im Geist beide Daumen.

»Alan? Wie weiter?«

»Das ist es ja eben«, sagte er und kam sich furchtbar geistlos vor. »Ich habe ein miserables Namensgedächtnis. Und den verdammten Zettel, auf den er mir seine Adresse geschrieben hatte, hab ich verbummelt. Ich hab versprochen, ihn zu besuchen, wenn ich wieder im Lande wäre. Und da sitze ich nun.«

Sie wartete. Er zuckte die Achseln in einer – wie er hoffte – charmant-hilflosen Geste.

»Mit Alan allein kommen Sie nicht weit«, sagte sie. »Davon gibt's sicher mehrere in Glasgow.«

Er beschloß, auf das zurückzugreifen, was Sarah ihnen gesagt hatte.

»Er arbeitet auf dem Flughafen. Bodenpersonal.«

Sie überlegte scharf.

»Ja, doch, so einen haben wir hier. Alan ... Warten Sie mal.«

Sie ging zu der jungen Frau hinter der Bar. Harkness sah sie miteinander reden. Als seine Kellnerin wieder zu ihm kam, machte sie ein vielversprechendes Gesicht.

»Alan McInnes?« fragte sie.

»Genau, so hieß er.«

»Doch, Alan ist oft hier.«

Harkness wartete, wollte sie nicht aus dem Konzept bringen. Aber mehr kam nicht.

»Aber nicht heute abend«, sagte er mit gebremster Melancholie.

»Anscheinend nicht. Fiona meint, er hätte was von einer Party gesagt. Am Samstag war er da.«

»Eine Party am Montag?«

Sie lachte. »Ja, das hat sie gesagt.«

»Das Dumme ist, daß ich nur heute abend kann. Morgen bin ich unterwegs.«

Sie sah ihn an und begriff. Er wußte jetzt, daß sie sich freuen würde, wenn er blieb. Sie wußte, daß er gehen wollte. Es war ein Prüfstein für ihre Nettigkeit.

»Geschlossene Gesellschaft, was?« meinte er.

Sie lächelte. »Ach, Sie würde man wahrscheinlich reinlassen. Soll ich mich mal erkundigen?«

»Es ist nur, daß ich ihn ganz gern gesprochen hätte ...«

Sie nickte verständnisvoll und ging zurück an die Bar. Fiona lachte, aber sie blieb ernst. Als sie zurückkam, nannte sie ihm eine Hausnummer in der Byres Road.

»Fiona glaubt, daß das die Nummer ist. Genau weiß sie es nicht. Sie war mal zu einer Party dort. An der Tür steht Lawrie. Aber so heißen die Leute nicht. Die Vormieter haben ihr Namensschild drangelassen. Es ist eine Studentenbude, eigentlich mehr eine Kommune, glaube ich. Es sollte eine Antimontagsparty werden, hat Alan gesagt.«

»Danke. Noch einen Drink?«

»Heute nicht.«

»Wann machen Sie Feierabend?«

»Heute arbeite ich bis Viertel vor elf.«

Es gefiel ihm, wie sie das sagte, ganz ohne Umschweife.

»Wahrscheinlich zu früh für Sie«, setzte sie hinzu.

»Unterschätzen Sie mich nicht.«

Er nickte, und sie lächelte ihm zu. Jemand rief sie an einen anderen Tisch.

32

Städte können dir den Rücken kehren, genau wie Menschen. Harkness spürte das ganz deutlich, als er vor der Central Station stand, neben der Apotheke von Boots. Zu dieser Stunde zwischen Abend und Nacht sperrt die Stadt dich aus, wenn du dein Ziel noch nicht erreicht, deine Freunde noch nicht getroffen hast. Alle anderen wissen, wohin sie wollen. Nur du schwebst im Vakuum.

So ging es auch Harkness. Seine Gedanken lungerten auf der stillen Straße herum, hängten sich hoffnungsvoll an Vorübergehende. Ein junges Paar kam vorbei, ein kleines Mädchen zwischen sich. Alle paar Schritte hoben sie es an den Händen hoch in die Luft. Die Kleine machte Radfahrbewegungen und lachte gleichzeitig, als produziere sie das Lachen mit den Füßen. Am Stand waren vier Taxis. Drei der Fahrer standen draußen und tauschten ihre Stimmungen aus. Der vierte war in seinem Wagen geblieben, er las Zeitung und popelte in der Nase.

Eine Frau in langem grünem Abendkleid und ein Mann im Frack kamen um die Ecke direkt auf Harkness zu. Der Mann gab ein vorsichtiges Lachen von sich: Ha-ha-ha. Die Frau maß Harkness mit einem Blick, der ihn ärgerte; sie hatte eine aufgeblasene Art, als trage sie ihren eigenen roten Teppich vor sich her, und ein Gesicht wie eine Kreditkarte. Sie schritt über den schmutzigen Bahnhofsvorplatz wie Scarlett O'Hara durch das säulengeschmückte Portal eines Herrenhauses im amerikanischen Süden. Die beiden verschwanden im *Central Hotel.* Wahrscheinlich stieg dort irgendeine offizielle Sache.

Es war nicht der übliche Zeitungsverkäufer, sondern ein Vertreter, und die Geschäfte gingen schlecht. Die letzten Exemplare der *Evening Times* schienen an seinem Arm wie festgeklebt. Er wurde langsam ungeduldig und wollte wohl schnell noch was trinken und einen Happen essen, ehe gegen elf die Morgenblätter herauskamen.

Auf der gegenüberliegenden Straßenseite öffnete sich plötzlich die Tür des *Corn Exchange*, und ein kleiner Mann stand auf dem Gehsteig, als habe ihn das Pub ausgespuckt. Die frische Luft schien ihm nicht zu bekommen, er schlingerte hin und her und befand sich ganz offensichtlich in einem Zustand, den Harkness' Vater als »voll bis Oberkante Unterkiefer« zu bezeichnen pflegte. Er war so in Schwung, daß er bis zur Fahrbahnmitte und geradewegs vor ein heranrollendes Auto lief, das bremste und hupte. Er winkte huldvoll wie eine geistesabwesende Exzellenz und machte sich in äußerster Konzentration daran, in einen komplizierten Zickzackkurs den Rest der Fahrbahn zu bewältigen. Es sah aus, als sei die Straße ein Fluß, in dem nur er die Furt kannte. Der Wagen fuhr langsam weiter, die Insassen – drei Frauen – beobachteten den Kleinen, der sich jetzt durch den Eingang zum Bahnhof fädelte.

Harkness wandte sich um und sah Laidlaw. Der Unterschied zwischen dem zusammengesunkenen Häufchen Unglück aus dem Hotelzimmer und dem flotten, zielstrebigen Typ, der auf ihn zukam, ließ ihn fast an eine plastische Operation glauben. Laidlaw blieb bei dem Zeitungsverkäufer stehen. Harkness, der nah genug stand, hörte, was er sagte.

»Ich suche Wee Eck. Bisher ohne Erfolg. Sag ihm, daß ich ihn sprechen muß. Morgen, bei Mickey, halb zwei. Er soll mich nicht hängenlassen. Kapiert?«

Laidlaw hatte die Hand auf die restlichen Zeitungen gelegt.

»Alles klar, Sir. Wird erledigt.«

Laidlaw gab ihm Geld – Harkness konnte nicht erkennen, wieviel – und nahm ihm die Blätter ab. Der Mann salutierte und trollte sich.

»Wer ist denn dieser Wee Eck?« fragte Harkness.

»Ein ganz gewöhnlicher Polizeispitzel.«

»Wieso machst du dir dann soviel Mühe, ihm auf die Spur zu kommen?«

»Die Mühe macht *er* mir. Ich habe den Eindruck, daß er mir aus dem Weg geht. Sehr interessant. Wahrscheinlich denkt er, daß er damit den Preis hochtreiben kann. Aber da hat er sich geschnitten. Weißt du was Neues?«

»Allen McInnes«, sagte Harkness.

Laidlaw war beeindruckt. Harkness berichtete das übrige genüßlich in dramatischem Stakkato, wie ein Fernschreiber.

»Er ist auf einer Party. Byres Road. Adresse hab ich. Dort müßten wir ihn kriegen.«

»Alle Achtung«, sagte Laidlaw. »Ehrlich. Das werde ich höheren Ortes vermelden. Du bist ein vielversprechender junger Mann. Nichts für ungut, was?«

Harkness nickte. »Na, dann los.«

»Okay. Aber zwei Minuten mußt du mir noch genehmigen. Ich brauch einen Schuß Antibiotika.«

Harkness folgte ihm in die Bahnhofshalle. Im Vorbeigehen stopfte Laidlaw die Zeitungen in einen Papierkorb. Er ging zu den Telefonzellen. Drei Apparate waren kaputt, erst der vierte funktionierte. Harkness stand ein wenig abseits, er sah, wie Laidlaw wählte, die Münzen einwarf und anfing zu sprechen.

Auf einer Bank neben Harkness saß der Kleine aus dem *Corn Exchange*. Er hatte den Inhalt seiner Taschen vor sich ausgebreitet und redete leise mit seiner Stadt. Harkness bekam das meiste mit: »Man muß immer zahlen, was man bestellt hat. Kannst nicht erwarten, da du was geschenkt kriegst. So, wo ist … irgendwo muß doch … Na, endlich … Fahrkarten bitte … Auf nach Uddington. Ich müßt's grad noch schaffen zum …«

Und dann kam etwas, was sich anhörte wie *The Deckman*. Wahrscheinlich ein Kneipenname, dachte Harkness. Für den Mann wär's wahrscheinlich besser, wenn er die Fahrkarte erst nach zehn fand. Er wandte sich wieder zu Laidlaw um. Der hatte sich vorgebeugt, als wollte er näher an seine Gesprächspartner herankommen. Er sprach wohl mit seinen Kindern. Es gab eine Pause, während eines sich verabschiedete und das nächste an den Apparat kam. Harkness sah, wie er lachte, ein richtiges, unverstelltes Lachen. So verletzlich hatte er ihn noch nie erlebt. Wenn er deprimiert war, igelte er sich ein. In gelöster Stimmung, wie jetzt, wirkte er wehrlos.

Aber als er herauskam, verriet sein Gesicht nichts.

»Auf zur Byres Road«, sagte er nur.

Als sie mit der Untergrundbahn nach Hillhead fuhren, fragte Harkness: »Wie viele Kinder hast du?«

»Nicht genug.«

Sie lachten beide, aber Laidlaw verzichtete auf weitere Erklärungen. Harkness fiel ein, daß man von Laidlaw sagte, er sei irgendwie rätselhaft. Milligan hatte sein Haus den »Schrein« getauft, weil so wenige Polizeikollegen je darin gewesen waren. Zu seiner eigenen Überraschung ertappte Harkness sich dabei, wie er Laidlaw gegen den Unmut in Schutz nahm, der in Milligans Stimme geschwungen hatte. Harkness wußte, wenn er die Frage wiederholte, mußte Laidlaw sich zu einer Antwort bequemen. Aber er fragte nicht noch einmal; er spürte in Laidlaws beiläufigem Ausweichmanöver eine starke und bewußte Abwehrhaltung. Die Beweggründe dafür interessierten ihn, aber jetzt, fand er, war nicht die Zeit, danach zu forschen. Mit einer ihm selbst bisher nicht bekannten Rücksichtnahme steuerte Harkness das Gespräch selbst von so einer belanglosen kleinen Enthüllung weg.

»Glaubst du, daß uns das was bringt?«

»Möglich«, antwortete Laidlaw. »Aber sehr viel verspreche ich mir nicht davon.«

»Warum nicht?«

»Überleg doch mal. Ein Mann, auf den unweigerlich Verdacht fallen muß, meldet sich nicht freiwillig. Was bedeutet das? Meiner Meinung nach hat er Angst, und zwar aus durchaus verständlichen

Gründen. Er kannte das Mädchen. Er war für den Abend mit ihr verabredet. In seinen eigenen Augen gilt er als Verdächtiger. Also taucht er unter. Er gibt nichts zu. Mit einem schlechten Gewissen verhältst du dich ganz anders. Du überlegst dir, was die Leute von dir denken werden. Du gehst die Rennliste durch, fängst an, ganz bewußt zu setzen, weil du dir die Chancen ausrechnest. Der Typ hat sich bisher noch nicht gerührt. Obwohl er wissen muß, daß es uns leichtfallen würde, ihn zu finden. Nein, so einfach geht es nicht zu im Leben. Ich wittere eine falsche Fährte. Trotzdem, wir müssen der Spur nachgehen.«

»Er könnte es getan haben. Vielleicht ist er so versteinert vor Angst, daß er nicht weiß, was er anfangen soll.«

»Ich will dir was sagen. Wenn Alan McInnes heute abend auf der Party ist, war er es nicht. Trotzdem, die Sache ist wichtig. Vielleicht kann er uns einen Hinweis geben.«

Dieses behutsame Balancieren zwischen dem Pessimismus enttäuschter Erwartungen und der Hoffnung auf die Entdeckung ungeahnter Möglichkeiten, das, fand Harkness, war typisch Laidlaw.

Die Harkness von der Kellnerin genannte Hausnummer stimmte nicht. Aber sie versuchten es in einigen anderen Häusern, und die Musik führte sie hin. Led Zeppelin, tippte Laidlaw. An der Tür stand »Lawrie«. Sie klopften ein paarmal, ehe sich etwas rührte.

Laidlaw wies sich aus. »Polizei. Dürfen wir reinkommen?«

Es war eine verblüffende Frage. Das Mädchen, das ihnen geöffnet hatte, starrte sie an; das Glas kippte in ihrer Hand, bis der Drink fast herausschwappte. Sie war ziemlich pummelig und trug eine Art Brokatvorhang. Ihr blasses, breites Gesicht wirkte harmlos wie ein Brief an Mummy. Aber dieser Ausdruck verschattete sich, während sie überlegte, was sie nicht sagen sollte. Während sie damit noch vollauf beschäftigt war, tauchte hinter ihr ein Knabe mit langem Haar und Stirnband auf, der gleich wieder in dem Zimmer am Ende der Diele verschwand, aus dem Geschrei drang wie von einem gerade sinkenden Ozeanriesen.

Gleich darauf kam ein verlegen-forscher junger Mann zur Tür. Das Mädchen hatte noch immer kein Wort herausgebracht, nur ihren Drink hatte sie inzwischen gerettet.

»Kann ich Ihnen helfen?«

Zweierlei fiel Harkness auf: daß so viele Leute plötzlich reden wie Empfangschefs, wenn sie überrumpelt werden; und daß sich hinter dem Rücken des jungen Mannes eine tiefe Stille aufgetan hatte, als sei die *Titanic* jetzt endgültig gesunken. Wo sie standen, war der Eisberg. Laidlaw zückte noch einmal seinen Ausweis und wiederholte die Frage.

»Wozu?« wollte der junge Mann wissen.

Er trug Jeans, die aussahen, als seien sie in diverse Farbtöpfe gefallen, und ein Musselinhemd, das an seiner nackten Haut klebte. Er war zitterig, aber entschlossen. Harkness fand ihn sympathisch.

»Wir möchten einen gewissen Alan McInnes sprechen«, sagte Laidlaw. »Ist er hier?«

Dem Mädchen traten förmlich die Augen aus dem Kopf vor Staunen. Der junge Mann war sichtlich hin und her gerissen. Es war seine Wohnung, es war sein Gast. Er versuchte, sich auf seine Rechte zu besinnen. Harkness mußte an seinen Vater denken. Der hätte Verständnis für den Jungen gehabt. Harkness hatte es übrigens auch. »Und wenn er hier ist?« fragte der junge Mann.

Laidlaw hob die Schultern. »Jetzt hörn Sie zu, mein Sohn. Wir möchten nur mit ihm sprechen. Natürlich haben Sie das Recht, uns den Eintritt zu verweigern. Dies ist keine Razzia. Aber ich kann eine draus machen, wenn Sie's drauf anlegen.«

Der junge Mann hatte keine Wahl, aber er ließ sich Zeit. Er war in Ordnung, fand Harkness.

»Na ja, dann kommen Sie schon«, sagte er schließlich.

Sie traten ein. Das Mädchen hatte sich so weit erholt, daß es die Tür zumachen konnte. In einem Nebenraum, an dem sie vorbeikamen, roch es nach Räucherstäbchen. In dem großen Zimmer hatten sie nur die Lautstärke heruntergedreht. In der Stille hörte man die Musik noch raunen. »Polizei«, sagte jemand halblaut.

Die Party war zu einem lebenden Bild erstarrt. Schon wieder, dachte Harkness, hat mir die Stadt den Rücken zugekehrt. Nur zu deutlich sagte diese Erstarrung: Polizei unerwünscht. Die Haltung gehörte zum Brauchtum Westschottlands. Keiner wußte das besser als Harkness. Sein Vater gehörte zu den Brauchtumspflegern.

In dem Zimmer schienen mehr Menschen zu sein, als hineingehen wollten. Die Teile, fand Harkness, waren mehr als die Summe. Er registrierte unzusammenhängende Eindrücke: Ein Junge hatte seinen Arm um ein Mädchen gelegt. Ein großer Mann mit Bart hatte sich bolzengerade aufgestellt wie ein Bewerber um eine Mosesrolle. Partygäste standen, hockten, lagen regungslos herum und starrten Laidlaw und Harkness an. Ein atemberaubend gutaussehendes, schwarzhaariges Mädchen lehnte an einer Wand, als sei es geradewegs einem von Harkness' Träumen entsprungen. Rauch stieg in einer geraden Linie von einer Zigarette auf.

»Die Herren sind von der Polizei«, sagte der junge Mann in das Schweigen hinein.

»Tut mir leid, daß sich so in Ihre Party hereinplatze«, erklärte Laidlaw. »Wir suchen Alan McInnes. Ist er hier?«

Die Reaktion war eine komplizierte Angelegenheit, gemischt aus Erleichterung, Neugier und Unmut, die nicht durchschaubarer wurde, als der Junge vortrat.

»Ich bin Alan McInnes.«

Er hatte neben einem Mädchen gestanden, das jetzt sehr allein gelassen aussah. Ihre unschuldige Verlegenheit ließ das Verhalten der Polizisten grausam erscheinen.

Alan McInnes war ein gutaussehender Junge, ein bißchen blaß, aber das war vielleicht nur eine vorübergehende Erscheinung. Laidlaw nickte ihm freundlich zu, aber das genügte nicht, um die Spannung abzubauen. Das Unbehagen artikulierte sich.

»Was geht hier eigentlich vor?«

Es war der Große mit dem Bart. Sein Hemd stand bis zum Nabel offen, auf seiner behaarten Brust prangte ein Medaillon, an dem man die *Queen Mary* hätte festmachen können. Er trat in die Mitte des Zimmers, um Platz für sein Selbstgefühl zu haben, und wandte sich speziell an Laidlaw.

»Was geht hier vor?«

Laidlaw behielt die Ruhe.

»Wir möchten Alan bitten, uns zu begleiten; er soll uns nur ein paar Fragen beantworten. Wir glauben, daß er uns helfen kann. Alan weiß, worum es sich handelt, nicht wahr, mein Sohn?«

»Ich glaube schon.«

»Sohn!« Der Große horchte dem Klang seiner sonoren Stimme nach. »Sohn? Paternalismus ist der Samthandschuh der Repression.«

Harkness sah, daß Laidlaw aufatmete, und deutete das Zeichen richtig: Der Bärtige hatte die Katze aus dem Sack gelassen, er war ein Egozentriker, dem es nicht um Alan McInnes ging, sondern um seine eigene Zurschaustellung. Laidlaw ignorierte ihn und wandte sich an McInnes.

»Es macht Ihnen doch nichts aus?«

»Nein, ich komme gleich.«

»Warten Sie!« Der Große hatte noch nicht aufgegeben. »Wenn Sie unbedingt Geiseln für den Konformismus nehmen müssen, nehmen Sie mich! Ich bin gegen alles, was Sie vertreten. Ich bin ein Dropout, ein Hippie, ein Mystiker. Ein Anarchist.«

»Trösten Sie sich«, sagte Laidlaw. »Wir haben alle unsere Probleme.«

Einige lachten. Alan McInnes trat zu ihnen. Der Mann mit dem Bart sprach zu einem sich stetig leerenden Zuschauerraum.

»Wieder einmal hat der Kapitalismus zugeschlagen«, tönte er.

Sie sahen Laidlaw an. Er wartete, bis ihm die Stille zum Rednerpult geworden war.

»Ich schätze, daß Alan noch heute nacht zurückkommt«, sagte er. »Und inzwischen –« er nickte zu dem Bärtigen hinüber – »könntet ihr euch ja mal überlegen, ob ihr euch nicht ein paar von euren leeren Flaschen vom Hals schaffen wollt. Dann kann es nämlich noch eine richtige Party werden.«

Der junge Mann im Musselinhemd brachte sie hinaus. Das Mädchen in dem Brokatvorhang war schon wieder an der Tür. Es balancierte noch immer das gefüllte Glas. Die Leistung war inzwischen fast bühnenreif.

In der U-Bahn war kaum Betrieb. Sie saßen in einem leeren Wagen wie drei Freunde, die sich miteinander einen vergnügten Abend gemacht haben. Vielleicht, weil von Laidlaw so gar nichts Bedrohliches ausging, fing McInnes freiwillig von Jennifer Lawson an.

»Sie hatten sich mit ihr für Samstag abend verabredet«, stellte Laidlaw fest.

»Sie ist nicht gekommen.«

»Warum haben Sie uns das nicht gesagt?«

»Ich hatte Angst. Vielleicht hat sie niemandem davon erzählt, hab ich mir gedacht. So war sie nämlich. Und da hab ich den Mund gehalten.«

»Seit wann kannten Sie das Mädchen?«

»Seit sechs, sieben Wochen.«

»Können Sie Zeugen dafür beibringen, wo Sie am Samstag abend waren?«

»Ja. Wir wollten eigentlich zu viert ausgehen.«

Er sprach weiter, brachte eine Menge Entlastungsmaterial für seine vermeintlich schiefe Situation bei. Von dem, was er sagte, schien Laidlaw nur noch eine Bemerkung besonders zu interessieren.

»Wie war das eben?«

»Sie ist noch mit einem anderen Jungen gegangen. Seit zwei Wochen erst. Sie hat es mir erzählt, weil sie fair sein wollte. Um mir die Chance zu geben, von selber Schluß zu machen, wenn ich wollte. Aber ich hab gemeint, wir wollten erst mal abwarten. Ich hatte sie sehr gern.«

»Wie hieß er?«

»Das wollte sie mir nicht sagen. In manchen Dingen war sie sehr verschlossen.«

»Wissen Sie sonst noch was über ihn?«

»Sie war vorher schon mit ihm befreundet gewesen. Aber ihr Vater hatte was dagegen. Der Junge war katholisch.«

»Woher er stammt, was er beruflich macht, darüber wissen Sie nichts?«

»Nein, mehr hat sie mir nicht erzählt. Nur, daß er sie braucht, hat sie mir gesagt. Weil er seiner selbst nicht sicher war.«

»Wie hat sie das gemeint?«

»Ich weiß nicht. Näher hat sie es nicht erläutert.«

Sie brachten ihn vom St. Enoch's Square zur Central Division. Vor der Tür nahm Laidlaw Harkness beiseite.

»Du gehst mit ihm hinein«, sagte er. »Nachdem du ihn gefunden hast, stehen dir auch die Lorbeeren zu. Aber ich hab den Eindruck, daß er sauber ist. Ich schau mal nach meinem Singvogel.«

Alan McInnes rief er zu: »Keine Sorge, Alan. Sie brauchen nur die Wahrheit zu sagen, dann geht das schon in Ordnung.« Und wieder zu Harkness: »Sag mir Bescheid, wie's ausgegangen ist. Ich bin im *Burleigh*.«

Der Abend hatte seinen Glanz verloren. Harkness, der sich einiges darauf einbildete, Alan McInnes aufgespürt zu haben, traf es empfindlich, daß Laidlaw so wenig Aufhebens von seiner Leistung machte. Er sah ihm nach und überlegte, daß Laidlaw ein Bulle war, der vom Typ her eigentlich seinem Vater liegen müßte.

33

Im *Gay Laddie* herrschte Hochbetrieb. John Rhodes mußte viele Begrüßungen und herzhafte Schulterschläge über sich ergehen lassen, bis er die Tür zur Gaststube erreichte. Tam machte sie auf und hinter ihm gleich wieder zu. Aus purem Zufall hatte er direkt davor gestanden, sein Bierglas in der Hand.

In der Gaststube saß ein Mann allein am Tisch, vor sich eine noch nicht angebrochene Flasche White Horse, zwei leere Gläser und einen Krug Wasser. John Rhodes sah ihn an. Er verließ sich bei seinem Urteil auf seinen Instinkt, das empfindlichste Prüfgerät, das ihm zur Verfügung stand. Der Mann war groß und stark, aber das waren andere auch. Was ihn beeindruckte, war seine Unbewegtheit. Er wand sich nicht unter dem durchdringenden Blick, sondern gab ihn zurück, wie einen faulen Scheck.

»Bud Lawson? Ich bin John Rhodes.«

Bud Lawson nickte und streckte seine Hand aus, die John ignorierte. Er setzte sich ihm gegenüber und schenkte Whisky ein. Bud Lawson nahm Wasser dazu.

»Eines vorab, Mr. Lawson. Sie sind durch die Seitentür hier reingekommen. Auf demselben Weg gehen Sie auch wieder raus. Niemand wird Sie sehen. Das ist das erste. Unser Gespräch hat nie stattgefunden. Klar?«

»Klar.«

John Rhodes nahm einen Schluck.

»Tut mir leid, das mit Ihrer Tochter.«

»Hm.«

»Mal angenommen, Sie kriegen den Kerl zu fassen, der's gemacht hat. Nur mal angenommen. Was würden Sie tun?«

»Ich würd ihn umbringen.« Es war eine schlichte Feststellung.

»Und wenn Sie geschnappt werden?«

»Wennschon ...«

»Nur mal angenommen ...«

»Es wär die Sache wert.«

»Was würden Sie erzählen?«

»Nichts.«

Die Antwort überzeugte John Rhodes. Aber er wartete noch einen Augenblick, füllte beide Gläser auf.

»Den Mumm haben Sie, würd ich sagen. Aber haben Sie auch

Mumm genug, für den Rest Ihres Lebens den Mund zu halten? Das ist nämlich das Schwerste.«

»Mit den Bullen red ich nicht mal übers Wetter, das ist bei mir nicht drin.«

»Es geht nicht nur um die Polizei. Wie steht's mit Ihrem Freund?«

»Welchem?«

»Dem Typ, mit dem Sie im *Lorne Hotel* waren.«

»Keine Bange. Wenn ich das Schwein erwisch, erfährt das von mir kein Aas. Ehrlich.«

»Schätze, daß ich Sie morgen zu ihm bringen kann.«

Sie saßen sehr still und sahen sich an.

»Aber Sie müssen mir Ihr Wort geben, daß Sie sich allein durchschlagen, wenn was passiert. Wir sehen schon zu, wo wir bleiben. Aber das müssen Sie versprechen.«

»Ich versprech's.«

John Rhodes sah ihn scharf an. Dann nickte er. »Das wär's. Mein Versprechen haben Sie auch. Morgen nacht kriegen Sie Ihre Chance. Wir denken uns noch 'ne Geschichte aus, die Sie erzählen können, wenn was schiefgeht. Und ich rat Ihnen gut, Mr. Lawson: Halten Sie sich dran.« Er stand auf.

»Sie sind mein Freund fürs ganze Leben«, sagte Bud Lawson.

»Hat sich was. Sie haben mich nie gesehen. Ich tu, was ich für richtig halte. Ich hab auch Töchter. Wir sind Fremde füreinander. Trinken Sie aus. Dann gehen Sie durch die Nebentür da. Da steht ein Mann, der wird Ihnen sagen, wie's weitergeht. Lassen Sie sich hier nie wieder sehen. Wenn Sie vorbeikommen und es brennt, gehn Sie nicht rein, um jemanden zu retten. Lassen Sie's brennen.«

Er verließ den Raum. Bud Lawson leerte sein Glas. Vor John Rhodes hatte er offenbar soeben eine Prüfung bestanden. Und vor sich selbst auch. Daß er es fertigbringen würde, wußte er. Er hatte noch nie einen Menschen umgebracht. Aber er hatte auch bisher noch nie ein so starkes Motiv dafür gehabt.

34

Wie spät es war, beschäftigte Harkness viel weniger als die Überlegung, wie spät es nicht war. Es war nicht Viertel vor elf, und das würde es heute nacht auch nicht mehr werden. Die vergeudete Zeit bedrückte ihn. Er hatte auf etwas verzichtet und nichts dafür erreicht. Nach dem heillosen Hin und Her dieses Tages kam er sich vor wie ein Statist in seinem eigenen Leben.

Das *Burleigh*, das dunkel und zugesperrt dalag, ein Lagerhaus des Schlummers, machte die Sache nicht besser. Er mußte den Nachtportier herausholen. Der Alte wußte offensichtlich, wie das Stück bisher für Harkness gelaufen war, und gedachte nicht, ihm zu einem anderen Ende zu verhelfen.

Als Harkness klingelte, tauchte aus der Dunkelheit hinter der Glastür unendlich langsam eine kleine Gestalt auf, wie ein Geist, der sich stückweise aus einer Flasche zusammensetzt. Man erkannte, daß er sich näherte, weil er nicht weiter zurückwich. An der Tür angekommen, legte der Kleine beide Hände ans Glas wie ein Guckrohr. Er brauchte mehrere Sonnenumläufe, um Harkness klar in den Blick zu bekommen.

Die Suche nach dem passenden Schlüssel war ein Ritual. Der Kleine tastete wie ein Blinder durch die Kollektion, traf seine Wahl und ließ das Schlüsselbund fallen. Das Ganze begann noch einmal von vorn, und zwar so langsam, daß Harkness fürchtete, er würde zwischendurch eine Teepause einlegen. Endlich ging die Tür auf. Harkness tippte dem Portier auf den Ärmel seines braunen Staubmantels.

»Danke«, sagte er erleichtert.

Doch damit waren seine Prüfungen noch nicht zu Ende. Am Empfang war eine andere Frau als vorhin. Sie war jünger und härter und wünschte ihn sichtlich woandershin. Während Harkness den langen Weg zu ihrem Tisch antrat – und auch als er dort angekommen war –, hatte sie keinen Blick für ihn.

Sie machte Eintragungen in einem Hauptbuch; wahrscheinlich war sie gerade dabei, das Ende der Welt auszurechnen. Während die Spitze des Kugelschreibers in ihrer Rechten zwischen komplizierten Zahlenkonstellationen hin und her hüpfte, schob sie ihm mit der Linken das Anmeldebuch zu.

»Einzelzimmer?« fragte sie.

Sie paßte als Schlußdiskord zu diesem verkorksten Tag, eine unfreundliche, arrogante Ziege. Harkness starrte auf ihren gesenkten Kopf und überlegte sich den besten Zielpunkt für das Beil.

»Bungalow«, schoß er zurück.

Die Kugelschreiberspitze vollführte noch ein, zwei Zuckungen und blieb dann in der Luft hängen. Sie machte ein Gesicht, als hätte sie einen Kneifer auf der Nase, der jeden Augenblick herunterrutschen konnte.

»Ich verstehe nicht …«

»Natürlich nicht. Ich gehe hinauf zu Mr. Laidlaw. Das wollte ich Ihnen nur sagen. Er ist doch da?«

Sie hatte Anmeldebuch und Schlüsselbrett inspiziert und »Ja« gesagt, ehe ihr der Sinn seiner Frage richtig aufgegangen war. Harkness sah sich in aller Gemütsruhe mit an, wie aus Verlegenheit

Ärger, aus Ärger Entrüstung wurde; erst dann zückte er seinen Ausweis.

»Er ist auch Polizist«, erklärte er.

Sie war alles andere als erfreut.

»Na ja, dann geht das wohl in Ordnung. Aber verhalten Sie sich bitte ruhig. Die Gäste schlafen.«

»Ach, und ich hatte gehofft, wir könnten alle miteinander mal so richtig auf den Putz hauen«, sagte Harkness.

Der Alte bot ihm den Aufzug an. »Nein«, sagte Harkness, »aber trotzdem schönen Dank.« Er hatte es eilig. Oben schlingerte er wieder über die schwankenden Schiffsplanken und klopfte ein paarmal an Laidlaws Tür; nichts rührte sich. Er drückte die Türklinke hinunter; es war nicht abgeschlossen. Er machte Licht. Das Zimmer war leer.

Er ließ die Tür offen, ging ins Fernsehzimmer und machte dort Licht. Auch dort war niemand. Nur ein leeres Bierglas mit eingetrocknetem weißem Rand stand da, und eine Zeitung, auf der Seite mit den Fernsehprogrammen aufgeschlagen, lag herum. Er machte das Licht wieder aus und ging zurück zu Laidlaws Zimmer. Auf den Zettel, den er ihm hinlegte, kritzelte er: *Alan McInnes scheint sauber zu sein.*

Selbst Laidlaw wich ihm aus. Er ging hinunter und wandte sich dem Ausgang und dem wartenden Alten zu. Aber dann konnte er es doch nicht lassen, noch einmal an den Empfang heranzutreten.

»Ich gehe jetzt«, sagte er.

Sie nickte kurz. Wahrscheinlich hatte er ihr schon wieder eine Addition verdorben.

»Eine Bar ist bei Ihnen nicht auf, was?«

Sie sah ihn mißbilligend an.

»Nein. Und außerdem ist sie nur für Gäste.«

»Wo ist Ihre Kollegin von vorhin?«

»Oben, im Bett«, sagte sie prompt und fragte sich dann offenbar, woher er sie kennen mochte. »Sie meinen Jan?«

»Wie sie heißt, weiß ich nicht. Aber man erkennt sie daran, daß sie Gäste behandelt, als wenn es richtige Menschen wären.«

»Und woran merkt sie das?«

»Das merkt man nur, wenn man selber einer ist.«

Der Alte öffnete die Tür mit der Behendigkeit einer Venus von Milo, die sich als Safeknacker versucht. Die frische Luft kühlte Harkness ab. Vielleicht hatte er sich da eine Überreaktion geleistet. Laidlaw mußte irgendwie ansteckend sein. Ihm fiel ein, daß er eigentlich Mary hätte anrufen sollen, und wünschte, es wäre Viertel vor elf. Und was war mit Laidlaw?

35

Sie hatten sich zweimal geliebt. Das erste Mal war hastig und desperat gewesen, weniger ein Liebesbrief als ein Zettel für den Milchmann. Eine schnelle Bestandsaufnahme, ein Zusammenfügen der wesentlichen Einzelteile, gefolgt von eineinhalb Minuten stöhnender Gewalttätigkeit.

Danach lagen sie im Dunkeln und versuchten, wieder zu Atem zu kommen. Es dauerte mehrere Minuten, bis sie sprechen konnte. »Ich würde vorschlagen, daß du dich selbst wegen tätlicher Beleidigung festnimmst«, meinte sie.

»Tut mir leid.« Er begann zu lachen. »Übrigens, da hast du deine rechte Brust zurück. Die hatte ich dir im Eifer des Gefechts geklaut.«

Jetzt lachten sie beide. Sie setzte einen theatralischen Seufzer nach.

»Ich bin wie zerschlagen … Hättest du nicht wenigstens deine Stiefel ausziehen können?«

»Ich habe dich so lange nicht gehabt, da hatte ich gewisse Orientierungsschwierigkeiten.«

Er legte einen Arm um sie. »Wenn man das Schloß nicht aufbrechen kann«, sagte er, »muß man eben die Tür einschlagen.«

»Schon recht. Aber ich hatte sie ja aufgelassen.«

»Das war mir in meiner überschäumenden Männlichkeit gar nicht aufgefallen.«

Sie wartete geduldig, bis seine Gedanken einmal sein schlechtes Gewissen umrundet hatten. Es ärgerte sie nicht, wenn er schwierig war. Für ihn war die Lage brisanter als für sie, und sie nahm das hin. Der einzige Hemmschuh für ihre Liebe war die Angst, ihm zu weh zu tun, indem sie sein Leben unwiderruflich zerstörte. Ihre Hand strich über seinen Leib, eine beharrliche, aber sanfte Erinnerung an ihre Gegenwart.

Das zweite Mal war eine langsame Entdeckungsreise. Ihre Gesichter waren einander zugewandt, sie sagten, was ihnen gerade in den Sinn kam, spürten jeder den Atem des anderen. Seine Lippen fanden ihr Ohr. Ihre Hand ertastete die Innenseite seines Schenkels. Die Münder suchten und fanden Orientierungspunkte an Körpern, die sich zu geheimnisvollen Kontinenten weiteten. Und dann drang er in sie ein, rasend wie ein Konquistador, der eine neue Welt erobern will, wilde Drohungen ausstoßend, die sie noch mehr erregten. Als sie sich schließlich voneinander trennten, hätten sie nicht sagen können, wie lange es gedauert hatte. Nur, daß es genau richtig gewesen war, in jeder Beziehung.

»So, das war schon besser.« Sie lachte leise. »Vorhin hast du mich ganz schön hergenommen. Aber deine Salbe ist gut.«

Laidlaw knipste die Nachttischlampe an und griff nach Zigaretten und Streichhölzern.

»Mir auch eine, bitte«, sagte Jan.

Dann machten sie es sich, in einer prachtvollen Parodie ehelicher Häuslichkeit, gemütlich. Sie bauten die Kissen zu improvisierten Sesseln zusammen, Laidlaw tappte im Zimmer herum wie ein nackter Butler und servierte Drinks, beide waren in Zigarettenrauch gehüllt, Jans Brüste schauten neckisch über der Bettdecke hervor.

Es war einer jener Momente der Makellosigkeit, die Laidlaw so liebte. Das Gehirn ist klar, die Gedanken kommen gerundet und wie selbstverständlich von den Lippen. Er lag auf der Bettdecke, den Aschenbecher auf dem Bauch balancierend.

»Sieh dich vor mit der Asche, Schatz«, sagte er. »Sonst gibt es noch einen Waldbrand.«

»Du leidest an Größenwahn! Übrigens – ist dein schlechtes Gewissen schon wieder da?«

»Wer sagt, daß es jemals weg war?«

»Ich bitte dich! Es ist ein Sport, Liebster.«

»Schon – aber ein blutiger Sport.«

»Ach, komm …«

»Nein, ehrlich, Küsse sind kleine Tätlichkeiten. Wenn man sich einem Menschen zuwendet, wendet man sich von einem anderen ab. Ohne Schmerzen geht es nicht.«

»Ach je, John Knox ist wieder da. Ade, Don Juan.«

»Du bist einfach unmoralisch.« Er blies ihr den Rauch ins Gesicht. »Oder besser amoralisch. Du begreifst nicht, mit welchen Problemen ein so feinfühliger Mann wie ich sich herumschlagen muß.«

Aber in seinem Gesicht stand echte Trauer.

»Für viele ist es eine Dienstleistungsindustrie, Liebster.«

»Für dich auch?«

»Du kennst mich gut genug; da ist diese Frage eigentlich eine Beleidigung. Sag: ›Komm, ziehn wir zusammen!‹, und ich tu's. Ich will nur dich. Zur Zeit jedenfalls.«

»Deine Laidlaw-Periode.«

»Was soll das? Willst du dich rechtfertigen, indem du mich demütigst?«

»Nein. Aber warum?«

»Weil es nicht viele von deiner Sorte gibt. Genaugenommen bist du der einzige. Ein Unikat.«

»Jeder ist das.«

»Falsch. Ich kenne eine Menge Leute, die sich gegenseitig kopieren.«

»Dann schummeln sie. Mag sein, daß die Endprodukte gleich ausfallen, aber der Fertigungsprozeß ist in jedem Falle einzigartig und unwiederholbar.«

Er hatte die Zigarette ausgedrückt und sich eine neue angesteckt. Auch Jan griff nach der nächsten und zündete sie an dem Stummel der alten an, den sie in den Aschenbecher warf. Laidlaw mußte ihn ausdrücken. Sie spürte, wie verkrampft er war; es war ihr wichtig, daß er weitersprach. Vielleicht löste das den Druck ein bißchen.

»Was meinst du damit?«

»Ich glaube eher, wir versuchen alle, irgend jemanden zu parodieren«, sagte er. »Weil es sicherer ist. Sich selbst zu bekennen ist ungeheuer gefährlich. Wer du bist, weißt du immer erst, wenn etwas Entscheidendes mit dir geschieht. Und dann wirst du dich nicht mehr los.«

»Wie meinst du das?«

Er wußte es selbst nicht genau. »Nimm zum Beispiel den Mann, der dieses Mädchen umgebracht hat. Vielleicht ist es ihm so gegangen.«

Eine Weile rauchten und tranken sie beide stumm.

»Wer weiß, was da schiefgelaufen ist«, fuhr er fort. »Die Liebe ist etwas eher Gewalttätiges. Für mich jedenfalls. Und mordsschwierig. Besonders im Bett. Als wenn man versucht, mit seinem kleinen Taktstock ein ganzes Gewitter zu dirigieren.«

»Sagtest du Gewitter? Das war mir noch gar nicht aufgefallen.«

»Denk nicht, daß ich mich aufspielen will. Dir mag es wie ein Zephyr vorgekommen sein. Aber für mich fühlt es sich wesentlich anders an. Außerdem habe ich von einem *kleinen* Taktstock gesprochen ...«

Er schwieg und gestand sich in diesem Schweigen ein, wie gern er sie hatte; in diesem Letzten, in dem, was man nicht sagen konnte, war man eben auch im Leben allein. Sie dachte, er sei ins Grübeln gekommen; das durfte man gar nicht erst einreißen lassen, besonders nicht bei ihm. Grübeln konnte er auch anderswo.

»Jetzt sei nicht knurrig. Ich gebe dir gern zu, daß ich mir ein bißchen belagert vorkomme, wenn du in Form bist. Wie eine Stadt, die du zu plündern versucht hast. Du hast deinen Glauben. Laß mir meine Instinkte. Wenn ich dich berühre, spüre ich den Unterschied. Wenn ich dich höre, höre ich einen Privatsender. Kein Mensch sonst, den ich kenne, schickt diese Signale aus.«

»Meist sind's ja nur Störgeräusche.«

»Deshalb muß ich so genau zuhören. Äußerst fesselnd, deine Komplikationen.«

»Danke für die Blumen.«

»Wie geht's den Kindern?«

»Danke, gut.«

Sie lagen da und ließen es zu, daß sich die Kinder zwischen sie schoben. Jan hatte sich ein Bild von ihnen gemacht, das sie aber bisher noch nicht mit der Wirklichkeit hatte vergleichen können. Ob es wohl je dazu kam?

»Und wie läuft der Fall?« fragte sie.

Ihr Glas war leer. Sie stellte es auf den Nachttisch.

»Bisher überhaupt noch nicht. Sexualmorde sind so anders. Alles, was du machst, bleibt irgendwie unwesentlich, du schwimmst einfach mit. Wenn wir den Fall lösen, wird es für mich schlimmer sein als vorher. Weil ich dann Dinge weiß, die ich einfach nicht ignorieren kann. Und die mir unverständlich sind. Als hätte ich die Post an Gottvater persönlich gelesen.«

Er fing an zu lachen. Einmal mehr stellte er fest, wie leicht das Lachen nach der Liebe ist.

»Es ist zu komisch. Die Glasgower Polizei in voller Sollstärke rennt verzweifelt hinter ihrer eigenen Ignoranz her. Denn selbst wenn wir ihn erwischen, bringt uns das nicht viel weiter. Und das Schlimmste ist, daß uns wahrscheinlich niemand sagen kann, was diese Tat bedeutet. Wir müssen eben einfach etwas tun, der Form halber. Und dann müssen die Gerichte etwas tun. Daß Justiz etwas mit Gerechtigkeit zu tun hat, glaubt ja wohl sowieso keiner. Wir haben sie, weil Gerechtigkeit nicht erreichbar ist.«

»Gute Nacht, Aristoteles.«

Früher oder später mußte man einfach einen Punkt machen, fand Jan, sonst kam man überhaupt nicht mehr zum Leben. Sie gab ihm ihre Zigarette. Er drückte sie und dann seine eigene aus, leerte sein Glas und stellte Glas und Aschenbecher neben sich auf den

Nachttisch. Sie blies die Asche von seinem Bauch, und er rutschte unter die Bettdecke. Aber er blieb noch aufrecht sitzen, spürte, wie sich das Kopfteil des Bettes durch das Kissen in seinen Rücken drückte, und starrte auf das helle Rechteck an der Wand, wo früher mal ein Spiegel gehangen hatte.

»Vielleicht ist die einzig mögliche Reaktion auf ein solches Verbrechen nicht, daß wir verhaften und verurteilen, sondern daß wir anderen versuchen, richtig zu lieben. Diesen Teil unseres Lebens nicht zu amputieren. Die Welt in anderer Beziehung wieder heil zu machen.«

Sie hatte sich wieder hingelegt. Ihre Hand lag wie zufällig zwischen seinen Beinen.

»Hättest du Lust, die Welt noch ein bißchen heil zu machen? Ich bin nicht geil. Nur opferbereit.«

Laidlaw machte das Licht aus.

»Bedaure. Aber du kannst mir beim Schlafen zusehen, wenn du magst. Als Schläfer hab ich nämlich sehr viel Sex-Appeal.«

36

Harkness hatte manchmal den Eindruck, daß jeder Tag eine neue Evolution war. Wenn er aufstand, war er der Sprache nicht mächtig; beim Frühstück saßen sein Vater und er, stupide kauend und gutturale Grunzlaute ausstoßend, einander gegenüber – wie eine Affenfütterung im Zoo. Langsam ging es dann aufwärts, meist entwickelte sich gegen Mittag so etwas wie ein Gehirn, bis zum Abend hatte er sich zu mehrsilbigen Wörtern hochgearbeitet, und irgendwann nach Mitternacht war er Supermann. Deshalb war ein Treffen mit Laidlaw morgens um halb neun eine bizarre Konstellation – als wenn ein Neandertaler von einem Traktor überfahren wird.

»Wir müssen mit Mrs. Lawson reden. Wenn Jennifer sich nicht mit Alan McInnes getroffen hat, mit wem dann? Sie benutzte Sarah Stanley als Alibi gegenüber ihren Eltern und Alan McInnes als Alibi gegenüber Sarah Stanley. Ein raffiniertes kleines Ding. Der gute Lawson ist da für einiges verantwortlich. Man muß sich das mal vorstellen, was das bedeutet, wenn ein Vater sein Kind zu einer derartigen Falschheit treibt. Was für ein Spiel sie auch gespielt haben mag – es war kein harmloses Mensch-ärgere-dich-nicht. Nach dem, was wir bisher wissen, gibt es außer dem Mann, den wir suchen, nur einen Menschen, der uns vielleicht etwas dazu sagen kann. Wir müssen mit Mrs. Lawson reden. Und zwar in Mr. Lawsons Abwesenheit. Falls das überhaupt möglich ist. Ich habe manchmal den Eindruck, daß er sich miniaturisiert und in ihrem Kopf festgesetzt hat.«

Harkness nickte. Er tröstete sich mit dem Gedanken, daß Laidlaw schrecklich aussah. Sein rechtes Auge war rot geädert wie eine Straßenkarte. Vielleicht war die Hast daran schuld, mit der er versucht hatte, sie beide so früh am Morgen schon in die Gattung des Homo sapiens zu befördern.

Immerhin, stellte Harkness fest, schien sich bei ihm die Mühe schon zu lohnen. Noch ehe sie in Drumchapel eintrafen, begann sein Denkapparat zu funktionieren.

»Diese Wohnung in der Byres Road … Mir fällt da gerade dieser Bartmensch ein. Wenn man dort überraschend aufkreuzt, findet man wahrscheinlich Pot.«

»Ach, komm«, sage Laidlaw. »Krebs gibt's in jeder Stadt. Man kann sich nicht um alles kümmern.«

Sie hatten Glück. Während sie an einer Bushaltestelle in der Nähe der Lawsonschen Wohnung warteten – inständig hoffend, daß kein Bus kam – und sich überlegten, wie sie es anstellen sollten, Sadie Lawson von ihrem Mann zu trennen, sahen sie, wie Bud Lawson das Haus verließ und in der entgegengesetzten Richtung davonging. In der Wohnung waren die Vorhänge noch vorgezogen. Die Frau von gegenüber machte ihnen auf. Als sie hörte, weshalb sie kamen, sagte sie, sie habe mal eben was in ihrer eigenen Wohnung zu erledigen.

Sadie war in besserer Verfassung als bei dem letzten Besuch der Polizisten. Das Gesicht war leer geweint, aber die Tränen waren getrocknet. Sie saß in einem Sessel am Feuer; der Kamin war sauber, neue Kohlen aufgeschüttet, aber das Feuer brannte noch nicht. Die drei tranken langsam den Tee, den die Nachbarin ihnen noch schnell gemacht hatte. Mrs. Lawson seufzte viel, während sie darauf wartete, auf ihren einsamen Kummer angesprochen zu werden.

»Es tut mir leid, aber ich muß mit Ihnen über Jennifer reden«, sagte Laidlaw. »Wir machen es so kurz wie möglich. Ich weiß, es ist hart für Sie.«

»Schon gut, mein Junge«, sagte sie.

Mit dieser Anrede hatte sie sich kraft dessen, was sie durchgemacht hatte, einen bestimmten Status zuerkannt. Das Leiden gab ihr Macht – etwas, was sie noch nie zuvor besessen hatte. Und im Bewußtsein dieser Macht begann sie, einfach draufloszureden, ohne Laidlaws Fragen abzuwarten. Was sie sagte, klang zunächst auf unheimliche Weise zusammenhanglos, wie bei einer spiritistischen Sitzung. Aber die Fragmente hatten einen sehr gezielten, verborgenen Zusammenhang und liefen alle auf das eine hinaus: wie leid es ihr tat, daß sie manchmal Jennifer gegen Bud in Schutz genommen, ihn manchmal ihretwegen hintergangen hatte. Das war nun das Ergebnis. Sie trug eine Mitschuld an dem, was geschehen war.

Harkness erschütterte ihre Ruhe mehr als ihre Tränen, denn er meinte darin etwas zu erkennen, was weit schrecklicher war als lautstarker Schmerz. Daß eine Frau so schweren Kummer tragen mußte, war bitter genug. Aber er konnte die Augen nicht davor verschließen, daß sie ihre Tochter in einer Lüge begrub, daß Jennifer selbst im Tod nicht sie selber sein durfte.

Mrs. Lawsons Geständnis war eine raffinierte Täuschung. Es war, als behaupte jemand, gedankenlos Ziegelsteine auf den Boden zu werfen, der in Wirklichkeit eine Mauer baut.

Ihr Kummer hatte Stil bekommen, hatte – so echt er auch sein mochte – schon Ziel und Zweck entwickelt. Es ist wohl so, überlegte sich Harkness, daß sich der Mensch häufig die Schuldgefühle heraussucht, die er bewältigen kann. Auch so kann man der Wahrheit aus dem Wege gehen.

»Mrs. Lawson«, sagte Laidlaw leise, als sie eine Pause machte.

Harkness sah, wie Laidlaw sie beobachtete und wartete, bis das Schweigen sich wie ein Polster zwischen ihre Worte und das, was er würde sagen müssen, geschoben hatte. »Jennifer ist am Samstag abend nicht bei *Poppies* gewesen.«

Das Schweigen lief wie eine Zündschnur von ihm zu ihr. Sie hob den Kopf, ihre Augen weiteten sich ungläubig.

»Das hat sie aber gesagt.«

»Hat sie nur ihrem Vater Lügengeschichten erzählt, Mrs. Lawson? Hat Jennifer Sie nie angeschwindelt?«

»Wie meinen Sie das?«

»Jennifer hat Ihnen erzählt, sie gehe mit Sarah Stanley zu *Poppies*. Sarah hat sie erzählt, sie sei mit einem Jungen verabredet. Weder das eine noch das andere stimmte. Das sind schon zwei Lügen, Mrs. Lawson.«

»Das glaub ich einfach nicht.«

»Es stimmt aber.«

»Selbst zum Schluß hat sie mich angelogen. Wenn das Bud hört ...« Sie begann zu weinen.

»Es tut mir leid, Mrs. Lawson«, wiederholte Laidlaw. »Aber Jennifer ist tot, ihr Vater kann ihr kaum noch etwas anhaben.« Er hielt inne. Sie wiegte sich, unablässig den Kopf schüttelnd, sachte hin und her. »Und, nicht wahr, wir wissen beide, daß Jennifer guten Grund für ihr Verhalten hatte.«

Sie hob den Kopf und sah ihn an. Ihr Kummer war wieder wehrlos geworden, sie machte ein ängstliches Gesicht.

»Wie meinen Sie das?«

»Ich meine den katholischen Freund, mit dem sie gegangen ist, Mrs. Lawson.«

»Was für 'n Freund?«

»Den Jungen, den ihr Vater ihr verboten hat. Haben Sie ihn gekannt?«

Sie scheute vor der Frage zurück. Für sie schien viel mehr darin zu liegen, als Laidlaw ursprünglich hatte wissen wollen. Sie zögerte, wandte den Blick ab – und dann schien sie sich plötzlich zu einem Entschluß durchgerungen zu haben.

»Ich kann's ihr nicht verdenken.« Jetzt schaute sie ihre beiden Besucher an, es war der direkteste Blick, den Harkness bisher an ihr erlebt hatte. »Nein, wahrhaftig, ich kann's ihr nicht verdenken. Meine arme Kleine. Nein, und mir mach ich den Vorwurf, daß ich ihr nicht mehr beigestanden hab. Warum sollte sie Vertrauen zu uns haben? Wir haben's nicht verdient. Ja, von dem Jungen hab ich gewußt. Es war der einzige, an dem ihr was gelegen hat. Und er, er hat's ihr verboten. Bis dahin hat sie Vertrauen zu mir gehabt. Aber ich hab's nicht fertiggebracht, ihr die Stange zu halten. Nie hab ich das gekonnt. Und das hat sie mir nie verziehen, mein armes Kind.«

»Ist der Junge jemals hier gewesen?«

»Sind Sie nicht gescheit? Das hätt der Bud doch nie zugegeben. Airchie Standley hat's ihm gesteckt, daß der Junge katholisch ist. Sarah hatte sich verplappert. Na, und damit war's aus. Wir haben ihn nie zu Gesicht gekriegt. Bei *Poppies* hat sie ihn kennengelernt. Komisch, nicht?«

»Wie hieß er, Mrs. Lawson?« fragte Laidlaw.

Sie schüttelte den Kopf. »Weiß ich nicht. Ehrlich, ich hab's nie gewußt.« Sie sah Laidlaw unerschrocken an. »Aber ich sag Ihnen, wer's wissen müßte.« Harkness beobachtete ihren inneren Kampf voller Anteilnahme. Es war ihr Martin-Luther-Moment: Hier stehe ich, ich kann nicht anders. Ohne Übung tut man sich schwer mit dem Bekennermut. Aber sie gab sich den entscheidenden Ruck: »Maggie Grierson, Buds Schwester, von der müßten Sie's erfahren können. Jennifer war immer gern dort. Ich glaub, da ist sie mehr zu Hause gewesen als bei uns. In der Duke Street wohnt sie.«

Sie gab ihnen die Nummer, und Harkness begriff, weshalb es ihr schwergefallen war, damit herauszurücken. Was ihre Einstellung betraf, konnte sie notfalls immer einen Rückzieher machen. Aber mit dem eben Gesagten hatte sie eine vollendete Tatsache geschaffen, und es war denkbar, daß Bud Lawson Wind davon bekam. Sie würde dazu stehen müssen, auch gegen ihren Mann. So etwas hatte sie wohl lange nicht mehr getan.

Die Nachbarin hatte die Polizeibeamten darum gebeten, sie wieder herüberzuholen, wenn sie fertig waren. Während Harkness bei ihr klingelte, sprach Laidlaw weiter mit Mrs. Lawson. Er legte Worte an wie Verbände. Als sie gingen, brühte die Nachbarin frischen Tee.

Im Bus, der sie in die Stadt zurückbrachte, fand Harkness, daß Laidlaw schlechter aussah. Seine Nase hatte angefangen zu laufen.

»Was ist denn mit dir los?« fragte Harkness.

»Hoffentlich nicht das, was ich fürchte. Migräne. Vielleicht geht's wieder weg, wenn wir uns gar nicht darum kümmern. Das war für Mrs. Lawsons Verhältnisse eine sehr mutige Tat, nicht?«

»Wahrscheinlich tut's ihr jetzt schon wieder leid.«

»Das will ich nicht hoffen. Sieht aus, als könnte es dieser Junge sein. Wir müssen seinen Namen herausbekommen. Ein Katholik, der Stammgast bei *Poppies* war – damit kommen wir vor Gericht nicht durch. Sonderbar, daß wir immer wieder auf diesen Schuppen stoßen. Aber da war sie ja eben nicht.«

Laidlaw legte die Hand an den Kopf.

»Verdammt, das Frühwarnsystem. Ich hab das Gefühl, als wenn jemand mit meinem rechten Augapfel Crocket spielt. In zehn Minuten hab ich einen Kopf wie ein Stehbierausschank.«

»Kannst du nichts dagegen tun?«

»Du wirst allein in die Duke Street gehen müssen. Sobald du den Namen hast, sagst du Milligan Bescheid. Ich muß zurück ins Hotel und meine Pillen schlucken. Wenn ich es rechtzeitig erwische, kann ich es noch bremsen. Wenn nicht, falle ich einen Tag aus. Verdammte Schweinerei.«

Während der restlichen Fahrt hielt Laidlaw den Kopf mit beiden Händen fest, als könnte er zerspringen. Kommt davon, wenn man's mit der Evolution zu eilig hat, dachte Harkness. Aber Laidlaw tat ihm leid.

37

Der Barkeeper sah von der Rennseite der *Daily Record* auf, als der Gast eintrat. Er war dankbar für die Unterbrechung. Die Rennliste wimmelte von Pferden mit drei Beinen.

»Was darf's sein, Sir?«

Er war groß und hatte einen Ansatz von Wohlstandsspeck, ein Geschäftsmann in gutgeschnittenem Sommeranzug. *The Ambassador* war ein Hotel auf der South Side, bürgerliche Mittelklasse. Auch die Verzweiflung des Gastes wahrte bürgerliche Formen.

»Hm, was nehmen wir denn … Einen Bell, halt, bringen Sie gleich einen Doppelten. Immer das beste, den Kater im Alkohol zu ersäufen.«

Er kippte ihn auf einen Zug, wie eine Auster. Mußte ein Mordskater gewesen sein. Schon eher ein ausgewachsener Puma. Er schloß die Augen und horchte offenbar den Schwingungen der sich beruhigenden Nerven nach.

»Noch mal das gleiche.«

Während er sich den nächsten Drink genehmigte und den dritten, redete er pausenlos. Die Ausreden, die er vorbrachte, waren nicht für den Barkeeper, sondern für sich selbst bestimmt. Der Barkeeper sah ihn zum erstenmal, aber er kannte diese Typen: Sie versuchten sich vorzumachen, daß sie noch einer männlichen Konvention folgen und nicht schon einem einsamen Zwang. Er trank zu schnell – als habe er Angst, sich dabei zu ertappen. Als er ging, hätte der Barkeeper fast Mitleid mit seinem Gast gehabt, wenn der ihm nicht den Blick auf den Kleinen freigegeben hätte, der etwas weiter weg saß.

Bei dem schien Mitleid nun wirklich angebracht. Minty hatte sich Wasser bringen lassen, er warte noch auf Freunde, sagte er. So wie er aussah, konnte es sich nur um Leichenträger handeln. Die Zimmerpflanzen um ihn herum schienen urwaldähnlichen Ehrgeiz entwickelt zu haben, sie rankten sich bis hinunter auf die plastikgepolsterte Bank, die sich um die Nische herumzog.

Der Mann in der Nische war klein und schmal; sein Kopf sah schon aus wie ein Totenschädel. Er saß sehr still, kalt und starr wie ein Eiszapfen, nur gelegentlich taute er so weit auf, daß er mit seinem Zeigefinger auf den Tisch trommelte. Die drei neuen Gäste schritten – ein kleiner Leichenzug – im Gänsemarsch auf die Nische zu.

Der Barkeeper kam hinterher. Zwei bestellten Bier, der dritte einen Glenfiddich. Minty blieb bei Wasser. Sie warteten, bis das Bestellte vor ihnen stand und der Barkeeper sich wieder hinter seine Zeitung zurückgezogen hatte. Mason trank langsam seinen Glenfiddich und genoß das Wissen, daß alle Menschen käuflich waren und er ihren Preis kannte. Er hatte es nicht eilig, sein Angebot zu machen. Warten war gesund. Er nieste und warf einen Blick auf die Pflanzen.

»Bist wohl ein Blumenfreund, Minty?«

»Eigentlich nicht. Ich üb nur schon immer.«

»Wie geht's dir denn so?«

»Ich sterb so langsam ab. Davon abgesehen geht's mir gut.«

»Krebs, wie ich höre.«

»Hab ich auch gehört.«

»Was für ein Krebs ist es denn?«

»Die Sorte, an der man stirbt.«

»Sie haben dir keine Hoffnung gemacht?«

»Es ist fünf Minuten vor Feierabend, haben sie gesagt.«

»Tja, früher oder später trifft's uns eben. Mal sind wir alle dran.«

»Ich laß Ihnen gern den Vortritt. Mir eilt's nicht.«

Mason nickte, als habe er in einem Einstellungsgespräch von einem Kandidaten einen günstigen Eindruck gewonnen.

»Tja, Eddie hat dir wohl schon Bescheid gesagt.«

»Ich will's von Ihnen hören«, erklärte Minty. »Vom großen Matt Mason persönlich.«

Mason sah sich um.

»Wieso läuft denn der Ventilator?« Er wollte dem Barkeeper ein Zeichen geben.

»Den hab ich anstellen lassen«, sagte Minty. »Ich fiebere ziemlich oft.«

Mason nickte. »Ja, also, ich habe da ein kleines Problem. Ein zweibeiniges. Du hast von dem Mädchen gehört, das sie am Sonntag gefunden haben. Ich kenne den Typ, der's gemacht hat. Und ich möchte, daß er aus dem Verkehr gezogen wird, ehe die Polizei ihn findet.«

»Ihr wißt also, wo er steckt?«

»Allerdings.«

»Und ich soll ihn umbringen.«

»Genau.«

»Ein harter Knochen?«

Eddie und Lennie lachten. Mason warf Lennie einen Blick zu.

»Die einzige Gefahr ist, daß er dir mit seinem Handtäschchen eins überzieht«, meinte Lennie, »oder dich mit dem Slip von dem Mädchen erwürgt.«

Minty sah ihn verblüfft an. Mason erklärte ihm, was Lennie meinte.

»Wieviel?« fragte Minty.

»Fünfhundert«, antwortete Mason.

Minty schüttelte den Kopf. »Nicht viel für so 'nen Job.«

»Wie kommst du sonst an soviel Geld, Minty? Willst du vielleicht noch eine Lebensversicherung abschließen?«

»Ich hatte eigentlich eher an zweitausend gedacht.«

»Der Krebs hat dich wohl schon am Kopf erwischt ...«

Minty trank einen Schluck Wasser und sah an dem Trio vorbei. Als sei er ganz allein. Die drei waren wohl nur zufällig hier.

»Außerdem«, fing Mason wieder an, »woher soll ich wissen, daß du es fertigbringst? Du bist doch bestimmt geschwächt.«

Minty sah Lennie an. »Stell deinen Ellbogen auf den Tisch.«

Lennie tat es, nachdem er Mason einen Blick zugeworfen hatte. Minty nahm seine Hand und begann sie auf den Tisch hinunterzudrücken. Lennie wehrte sich, aber Mintys steckendürres Handgelenk schien elektrisch geladen zu sein. Lennies Knöchel berührten die Kunststoffplatte. Mason betrachtete Lennie kopfschüttelnd.

»Ich war nicht darauf vorbereitet«, sagte er. »Versuch's noch mal.«

»Kommt nicht in die Tüte! Zweimal hintereinander, das ist nicht drin. Ich muß mich einschränken. Weiß nicht, wie oft ich's noch bringe. Aber einmal mehr krieg ich's bestimmt noch hin.«

Mason nickte. »Tausend. Mein letztes Wort.«

»Muß Ihnen 'ne Menge dran liegen, den Mann abzuservieren, wenn Sie dafür 'n Tausender springen lassen.«

»Kann man wohl sagen. Also – abgemacht?«

»Abgemacht. Aber fünfhundert jetzt. Fünfhundert danach.«

Mason nahm eine Geldscheinrolle aus der Tasche, um die ein Gummiband gewickelt war.

»Da sind fünfhundert.«

Minty grinste, während er sie einsackte.

»Dann war das alles bloß Show, Mr. Mason? Ihr Preis hat von Anfang an festgestanden …«

»Geschäft ist Geschäft, Minty. Es muß heute nacht über die Bühne gehen. In fünf Minuten kommt Lennie dich holen. Halt dich mit dem Wasser zurück. Für den Job mußt du nüchtern sein.«

Mason leerte sein Glas. Eddie und Lennie tranken ihren Rest Bier in einem Zug. Sie standen auf.

»Ich hoffe, du denkst nicht daran, unterzutauchen, Minty? Ich meine – du wirst dich doch nicht drücken?«

»Da können Sie fragen, wen Sie wollen, Mr. Mason, gedrückt hab ich mich noch nie.«

»Gut. Sonst wär der Krebs noch deine geringste Sorge – weil deine Familie dich nämlich begleiten würde. Mit *einem* Grabstein wär dann alles erledigt.«

Sie ließen Minty vor seinem Wasserglas sitzen, ein Ein-Mann-Temperenzlertreffen. Draußen auf der Straße holte Mason tief Luft.

»Dieser Zwerg macht aus jedem Raum das reinste Krankenzimmer«, sagte er. »Du zeigst ihm, wo es ist, Lennie. Sag ihm, daß ich ihn noch vor acht auf dem St.-Enoch's-Parkplatz sehen will. Bis dahin muß die Sache erledigt sein. Spätestens. Dann kriegt er den Rest.«

Sie zogen los. Als Mason zu seinem Wagen ging, wurde er von einem alten Mann angehalten.

»Habense nicht 'ne Kleinigkeit für mich, Sir? Ich hab zwei Tage nichts gegessen.

Mason gab ihm ein Fünfzig-Pence-Stück. Als Lennie wieder in die Bar kam, saß Minty ganz ruhig an seinem Tisch. Und mörderisch, dachte Lennie. Der Name fiel ihm ein, den er sich gestern abend für Minty ausgedacht hatte. Der Krebsmann. Der Name erregte ihn. Minty verließ mit ihm den Raum, und der Barkeeper ging an den Tisch, um sich sein Trinkgeld zu holen.

38

Harkness sah auf die Uhr. Es war halb zwölf. Das Zimmer erinnerte ihn an etwas, aber es war keine räumliche Erinnerung. Eher eine Erinnerung an eine Stimmung, an eine Atmosphäre der Verletzlichkeit, die im Zusammenhang mit seiner Mutter stand. Sie war an Lungenentzündung in einer Nervenklinik gestorben. Aber Harkness würde nie die Zeit daheim vergessen, vor ihrer Einlieferung, als er und sein Vater hoffnungslos mit ansehen mußten, wie sie vor ihren Augen verfiel. Die Erfahrung hatte Harkness gelehrt, wieviel unverdienten Schmerz es gibt, und hatte zum erstenmal seine hochfahrende Selbstsicherheit erschüttert.

Auch jetzt wieder spürte er die Gegenwart eines Menschen, der so verwundbar ist, daß ihm eine Schneeflocke den Schädel brechen kann. Laidlaw lag auf dem Bett und blickte zur Tür. Die Vorhänge waren vorgezogen. Er hatte die Augen aufgemacht, als Harkness sehr leise die Tür geschlossen hatte. Harkness wartete.

»Hallo«, sagte Laidlaw.

»Hallo.«

Harkness sah zu, wie der Körper dort auf dem Bett sich mühsam wieder zusammenlas. Es war ein grotesker Effekt, der noch unterstrichen wurde durch das bleiche Gesicht, die bunten Unterhosen, die nicht recht zu der Situation zu passen schienen, und die Tatsache, daß er nur eine Socke trug. Die übrigen Sachen waren im Zimmer verstreut, als habe ein Betrunkener spontan den Entschluß gefaßt, schnell mal schwimmen zu gehen. Er richtete sich allmählich auf, bis er auf der Bettkante saß, und tupfte sich vorsichtig die Augenwinkel.

»Wie fühlst du dich?«

Laidlaw schien zu überlegen. Er gähnte, kratzte sich in der linken Achselhöhle, und als er aufsah, waren seine Augen wieder klar. Er nickte.

»Rettung in letzter Minute. Die Wunderpillen scheinen es mal wieder geschafft zu haben. Alles in Ordnung. Wenn man davon absieht, daß mein Kopf gerade ein paar Runden gegen Ali hinter sich hat.«

Das Sprechen schien ihn zu beleben. Er stand auf und ging im Zimmer umher, bis er auf seine Jacke stieß. Er fand, was er gesucht hatte, nahm einen tiefen Zug aus seiner Zigarette und setzte sich wieder aufs Bett.

»Zuerst die gute Nachricht«, sagte Harkness.

Laidlaw lachte. »So was gibt's noch?«

»Der Freund heißt Tommy.«

»Nachname?«

»Noch nicht bekannt. Keiner der Beteiligten kann mit dem Namen etwas anfangen.«

»Das ist also die gute Nachricht ... Und die schlechte? Mein Todesurteil?«

»Nicht ganz. Der Commander möchte dich sprechen. Von MacLaughlan ist eine Beschwerde eingegangen. Muß dieser Vorarbeiter gewesen sein, dem du die Leviten gelesen hast.«

»Wann?«

»Sofort.«

»Na hör mal ...«

»So hat er mir's gesagt. Dauert nicht lange.«

»Lange – das ist relativ. In seiner Tonart sind zwei Minuten eine lange Zeit. Besten Dank.«

Er ließ die brennende Zigarette im Aschenbecher liegen und ging hinüber zum Waschbecken, um sich die Zähne zu putzen.

»Das ist noch nicht alles«, sagte Harkness.

Laidlaw wandte ihm den Kopf zu. Vor seinem Mund stand Schaum. Harkness begann zu lachen. Laidlaw sah in feindselig an, wandte ich um, sah sein Spiegelbild – verzogene Lippen, triefende Lefzen – schnitt sich ein Gesicht und spülte sich den Mund aus.

»Du kooperierst nicht.«

»Wie bitte?«

»Du kooperierst nicht. Das hat er gesagt. Wörtlich. ›Er bringt alle gegen sich auf.‹«

»Was bildet der sich eigentlich ein? Wir sind doch hier nicht bei der Verkehrspolizei.«

Laidlaw wusch sich sehr gründlich. Der Körper wirkte noch jugendlich, bis auf die langsam schlaff werdenden Bauchmuskeln. Während er sich im Schnellverfahren rasierte, sagte er: »Ich hätte doch Anwalt werden sollen, wie ich's vorgehabt hatte.«

Es war die erste Aussage über seine Vergangenheit, die Laidlaw unaufgefordert machte. Wieder fiel Harkness auf, wie verschlossen er war. Je mehr er redete, desto tiefer schien das Schweigen in ihm zu sein. Er war ein Mensch, der niemanden an sich heranließ, der sich mit Zäunen und Verbotstafeln umgab. Vielleicht waren deshalb so viele Gerüchte über ihn im Umlauf. Harkness fiel gerade wieder eins ein.

»Stimmt es, daß du die Uni nicht geschafft hast?«

Laidlaw hatte die einzelne Socke ausgezogen und streifte ein frisches Paar über.

»Nein. Die Uni hat mich nicht geschafft.«

»Wie das?«

»Als ich hinkam, war ich ein fruchtbarer, noch nicht bestellter Acker. Den haben sie mit Vorurteilen zugeschüttet wie mit Zement, tonnenweise. Nee, danke. Ich hab mich davongemacht, ehe er härten konnte. Ein Jahr hab ich es ausgehalten, hab sogar die Prüfung gemacht, um mir hinterher sagen zu können, daß ich ja nicht hätte gehen müssen.«

»Und dann bist du zur Polizei gegangen?«

»Nicht sofort. Aber dort bin ich dann schließlich gelandet.«

»Warum?«

»Weiß nicht.«

»Im Antworten bist du nicht gerade stark.«

»Ich schätze Fragen nicht. Sie schaffen sich ihre eigenen Antworten. Die richtigen Antworten ergeben sich, noch ehe man weiß, wie die Frage lautet.«

»Mag sein. Aber ich meine ganz simple Sachen. Gestern abend habe ich dich gefragt, wie viele Kinder du hast, und nicht mal darauf habe ich eine Antwort bekommen.«

Laidlaw zog seine Hose an und starrte auf die Gürtelschnalle, als habe er sein Problem vor sich.

»Nein«, gab er zu. »Aber ich hätte nicht antworten können, ohne auch Dinge zu sagen, nach denen du nicht gefragt hattest.«

»Was soll das nun wieder heißen?«

Laidlaw holte tief Atem.

»Daß ich drei Kinder aus meiner Ehe habe. Und daß ich mit zwanzig ein Mädchen geschwängert habe, das ich nicht heiraten wollte. Aber dem Kind habe ich ein Vater sein wollen. Ich habe ihr sogar angeboten, es zu mir zu nehmen. Nichts zu machen. Sie hat's weggegeben. Wohin, das wollte sie mir nicht verraten. Ich versteh sie schon, aber verzeihen kann ich ihr nicht. Und wenn sie auf der Straße im Sterben läge – ich weiß nicht, ob ich es fertigbringen würde, ihr ein Kissen unter den Kopf zu schieben. Ich habe vier Kinder. Aber nur drei haben mich. Das sagt sich schwer so im Vorübergehen.«

Darauf ließ sich nichts erwidern. Harkness sah zu, wie Laidlaw Socken, Hose, Hemd und Jacke überzog, bis seiner Verwundbarkeit ein Panzer gewachsen war, wie er den dicken Schlipsknoten band, das Kinn vorschob und mit der Hand prüfend darüberstreifte. Dann fuhr er mit der Zunge über die Zähne und begutachtete sie im Spiegel. Für Besucher war er nicht mehr zu sprechen. Das gab er mit seinen nächsten Worten zu verstehen.

»Als ich ins Hotel zurückkam, hatte jemand für mich angerufen. Komische Geschichte.«

»Ein Tip?«

»Keine Ahnung. Man wollte nur wissen, ob ich hier noch erreichbar wäre. Wir halten besser heute mit dem Empfang Kontakt.«

Harkness nickte. Laidlaw lächelte zurück.

»So, auf in den Kampf mit der Scheißbürokratie. Du nimmst dir Sarah Stanley vor. Wegen Tommy. Wir treffen und im *Top Spot.*«

Sie gingen hinaus; hinter Laidlaw blieb das Zimmer wie ein Schlachtfeld zurück.

39

Die Zerstreutheit, mit der sich Laidlaw, aus der Steward Street kommend, in das Verkehrsgetümmel wagte, grenzte schon an Selbstmord. In Gedanken führte er noch immer sein Gespräch mit Commander Robert Frederick.

Es war nicht die erste Konfrontation dieser Art. Immer war Frederick durchaus verständnisvoll gewesen, und immer verließ Laidlaw den Vorgesetzten tief deprimiert. Zusammen erzeugten sie ein Klima der Hoffnungslosigkeit. Auch heute war ihnen das wieder gelungen. Immerhin hatte Laidlaw diesmal den traurigen Trost, daß er inzwischen etwas klarer erkannt hatte, warum das so war. Während er sich Fredericks gutgemeinte Ratschläge anhörte, sah er sich in dem Zimmer um, das ihm so gegen den Strich ging mit seiner seelenlosen Ausstattung, dem aufgeräumten Schreibtisch, dem Lächelfoto, dem nie benutzten Aschenbecher. Es war wie das Heiligtum für einen Gott, an den er nicht glaubte: den Gott der Kategorien.

Der Schlüssel war Fredericks Art zu reden, über deren merkwürdigen Rhythmus Laidlaw sich schon oft den Kopf zerbrochen hatte. Heute war ihm ein Licht aufgegangen: Es war Diktatstil. Alles war für die Akten bestimmt. Was sich nicht schwarz auf weiß fassen ließ, störte. Frederick hielt sich an Statistiken und Berichte. Er glaubte an Kategorien. Das hatte Laidlaw nie gekonnt. Es gab eine einzige Kategorie – von »Christ« bis »Mörder« –, die in seinen Augen hinreichend in sich geschlossen war.

Es war eine Überlegung, an der ein Mensch schwer zu tragen hatte und die er eigentlich nicht allein tragen konnte. Vielleicht kam seine Niedergeschlagenheit in solchen Momenten daher, daß er wußte: Es gab Menschen, die sich dieser Überlegung nie anschließen würden, Menschen, aus deren Sicht die trennenden Kategorien unverrückbar, für die Ewigkeit gemacht waren.

Es waren Erkenntnisse dieser Art, die den Keim einer tiefen Resignation in sich trugen. Fast war er versucht, lieber die Kategorien zu akzeptieren, Frederick um seine säuberliche Einteilung zu beneiden. Für des Commander Zweifel an seinen, Laidlaws, polizeilichen Qualitäten hatte er durchaus Verständnis, ja, er teilte sie sogar. Am meisten Verständnis hatte er dafür, daß Frederick streng auf die Einhaltung seiner ordentlichen Abgrenzungen achtete. Es lebte sich einfach schwerer, wenn man sich über sie hinwegsetzte.

»Sie haben vorhin von unseren unterschiedlichen Zuständigkeiten gesprochen. So bedauerlich es für Sie sein mag – für diesen Fall gilt allein meine Zuständigkeit. Selbst für Sie. Und das heißt: Sie haben Zeit bis morgen. Was Sie in Erfahrung bringen, wird sofort an uns weitergemeldet. Über Harkness. Danach bekommen Sie Ihre Weisungen von mir. Und zwar jeweils nur für einen Tag. Noch Fragen?«

»Ja. Kann ich jetzt gehen?«

»Bitte.«

Als Laidlaw sich zur Tür wandte, sagte Frederick noch: »Es ist sonderbar, daß die Federn sich mir nur dann sträuben, wenn Sie leibhaftig vor mir stehen. Sonst kann ich mich gedanklich ganz nüchtern mit Ihnen befassen. Wie kommt das nur?«

Laidlaw umfaßte den entsetzlich sterilen Raum mit einem nachdenklichen Blick.

»Die Sympathie wächst mit der Entfernung«, sagte er trocken.

Der *Top Spot* an der Ecke Hope Street hatte verschiedene Eingänge. Links kam man in einen Schankraum, der gern von Polizisten besucht wurde. Er war lang und schmal und hatte eine kleine abgeteilte Nische, die Laidlaw ansteuerte. Er verspürte keine Verbrüderungsgelüste, dafür aber um so mehr das Bedürfnis nach einem Seelentrost.

»Ein Antiquary und ein Bier«, bestellte er.

Er kannte die Bedienung nicht und hatte auch keine Lust, sie näher kennenzulernen.

»Hallo, großer Meister! Sitzt du im Schmollwinkel?« Als er die vertraute Stimme hörte, mußte er unwillkürlich grinsen. Er sah Bob Lilley in das breite rosige Gesicht eines Farmers in Zivil und deutete einen spielerischen Magenhaken an.

»Hallo, Bob. Wie geht's dem Kollegen, der immer die feinen Druckposten kriegt?«

»Bis eben konnte ich nicht klagen. Aber jetzt fängst du schon wieder an, auf mir rumzuhacken. Ich hatte ganz vergessen, daß das deine Spezialität ist. Offenbar fehlst du mir mehr, als ich gedacht hatte. Wie lief's denn?«

»Als wenn man dich mit einer Handvoll Orden zu Tode prügelt«, sagte Laidlaw. »Wie reagierst du eigentlich, wenn sie dir deine Tugenden vorwerfen?«

»Du leidest mal wieder an Halluzinationen, Jack!«

»Mag sein.«

Die Bedienung kam mit den Getränken. Bob prostete Laidlaw mit seinem White Horse zu. »Kaum bin ich mal einen Tag nicht im Lande, machst du schon wieder Dummheiten«, sagte er. »Lernst du denn nie was dazu?«

Harkness, ein halbleeres Glas in der Hand, trat zu ihnen.

»Wie war's denn?« fragte er.

Laidlaw biß die Zähne zusammen und schüttelte den Kopf. Erst jetzt merkte er, daß weiter unten an der Theke noch mehr Kollegen saßen. Er hörte sie lachen.

»Nimm's nicht so schwer, Jack«, tröstete Bob. »So was ist doch ganz natürlich.«

»Scheiße ist auch natürlich. Aber deshalb muß ich sie nicht fressen.«

»Sei nicht so ordinär!«

»Eins sag ich dir, Bob: Am liebsten würde ich die Brocken hinschmeißen.«

»Ist das alles?« fragte Bob Lilley erleichtert. »Und ich habe schon gedacht, es ist was Ernstes. Das willst du jede Woche einmal, seit ich dich kenne.«

Laidlaw lachte. Überrascht stellte Harkness fest, wie nah er und Bob Lilley sich standen. Laidlaw war demnach doch nicht der Einzelgänger, für den er ihn gehalten hatte.

Jetzt tauchte auch Milligan auf.

»Haben Sie sich ein Buch unter den Hosenboden gelegt?« erkundigte er sich.

»Verschonen Sie uns«, bat Laidlaw.

»Nehmen Sie's nicht so schwer. Die Erfahrung hat jeder von uns schon mal gemacht.«

»Die erste Erfahrung steht bei Ihnen noch aus, Milligan. Schick einen Kohlkopf um die Welt, und er kommt als Kohlkopf wieder zurück. Was machen Sie eigentlich bei der Polizei?«

»Das frage ich mich auch manchmal.«

»Ich versuche, Typen wie Ihnen entgegenzuwirken.«

»Es muß wirklich ein erhebendes Gefühl sein, als Laidlaw durchs Leben zu gehen.«

»Ach, ich weiß nicht. Ich muß auch jeden Tag aufs Klo, und manchmal bekomme ich Kopfschmerzen.«

»Nein, wirklich?«

»Ehrlich. Besonders, wenn ich mit Ihnen geredet habe.«

Harkness betrachtete aufmerksam die Flaschen, die hinter der Theke aufgereiht waren. Er hörte die freundschaftlich gedämpften Gespräche um sich her und dazwischen Milligans schweren Atem. Er hatte Milligan einmal in seiner Wohnung besucht, in der er allein lebte, und als er daran dachte, wie leer und trostlos es dort gewesen war, ärgerte ihn Laidlaws Feindseligkeit. Der Mann brachte es doch tatsächlich fertig, jede beliebige Situation zu einer Krise hochzustilisieren. Es war anstrengend – wenn schon nicht für Laidlaw, dann für ihn. Wer ist schon gern Adjutant eines wandelnden Vulkans?

»Haben Sie sich noch nie überlegt«, fragte Milligan gerade, »daß Sie, wenn sich ein paar von uns zusammentun, eine Tracht Prügel beziehen könnten, die Sie Ihr Leben lang nicht vergessen würden?«

»Fein, dann solltet ihr in Zukunft aber als Seilschaft auftreten. Denn, weiß Gott, so was würde ich garantiert nicht vergessen.«

»Warten Sie's nur ab«, sagte Milligan düster und verzog sich.

Harkness sah Laidlaw nicht gerade freundlich an und schüttelte mißbilligend den Kopf.

»Ich weiß ja nicht, was du an Straftaten aufklärst«, sagte Bob Lilley, »aber was du in der Hinsicht auslöst, ist bestimmt nicht zu verachten. Du bist die personifizierte Provokation. Jetzt muß ich mich wieder opfern, um dem armen Milligan das Gefieder zu glätten. Wenn du dir selbst was Gutes tun willst, Jack, kaufst du dir einen Maulkorb.«

Er verschwand, und Harkness hatte die größte Lust, ihm zu folgen.

»Wenn man bedenkt, daß du nicht an Ungeheuer glaubst«, sagte er zu Laidlaw, »gibst du dir erstaunlich große Mühe, aus Milligan eines zu machen.«

»Meiner Meinung nach besorgt er das schon selbst. Ich bin nur nicht damit einverstanden, wie er das macht.«

»Weißt du überhaupt, was für ein Leben der Mann führt? Er haust wie Robinson Crusoe auf einer einsamen Insel – ohne einen

Menschen um sich her. Seine Ehe ist im Eimer. Seine Angehörigen liegen auf dem Friedhof. Sei doch nicht so stur.«

»Mir kommen die Tränen. Nein, aber im Ernst: Nur weil du zwei Holzbeine hast, darfst du noch lange nicht allen Zeitgenossen mit zwei heilen Beinen damit eins überziehen. Für seine Probleme kann ich allenfalls noch Verständnis aufbringen. Aber nicht für die Art, wie er darauf reagiert.«

Sie tranken und betrachteten sich wie von gegenüberliegenden Ufern.

»Was ist mit Sarah Stanley?« fragte Laidlaw schließlich.

»Angeblich hat sie nie von einem Tommy gehört. Ihren komischen Vater hab ich zum Glück nicht gesehen. Aber sie weiß meiner Meinung nach wirklich nichts.«

Die Polizistenclique in der Ecke lachte.

Laidlaw betrachtete verdrießlich die Neige in seinem Bierglas. »Polizisten«, sagte er, »lachen immer so besitzergreifend.«

40

Wee Mickey's war sichtlich keine Neuerscheinung in der Glasgower Kneipenlandschaft; nur für Harkness war die Pinte eine neue Erfahrung. Sie hatte das, was gern als »Originalität« bezeichnet wird und in Wirklichkeit nichts anderes ist als ein hilflos in sich selbst verschanztes Wesen. Weder West End noch City, war sie eine kleine Seufzerbrücke zwischen zwei Weltanschauungen, nicht so sehr ein Pub wie ein Durchgangslager zum endgültigen Verfall. Die Bar war klein, aber dahinter lag ein großer, trüb beleuchteter Raum, an beiden Seiten in schmale Nischen aufgeteilt, in denen hölzerne Tische standen. Laidlaw wählte einen Tisch, der ihm freie Sicht auf die Tür ermöglichte.

Nach wenigen Minuten brachte ein kleiner Mann mit vorgebundener Schürze ein Tablett, auf dem eine Flasche Wein und zwei Gläser standen.

»Meine Superedelauslese«, verkündete er.

Laidlaw drehte die Flasche zu sich herum.

»Alle Achtung, Mickey, du hast dir da ein paar eindrucksvolle Etiketten zugelegt.«

»Nett, wenn so was vom Gast anerkannt wird.«

»Aber weißt du, eigentlich kauft man ja Etiketten, an denen die Flaschen schon dran sind. Bring uns bitte noch ein Glas.«

Laidlaw stellte es umgekehrt auf den Tisch und schenkte die anderen beiden voll.

»Sieh zu, daß du beim Schlucken möglichst wenig vom Geschmack mitkriegst«, riet er.

Harkness probierte und stellte das Glas hin. »Als Requisit reicht's«, meinte er.

Er sah sich um. Der beherrschende Eindruck waren die Flecken und Kratzer und Schrammen, eine eindrucksvolle Festschreibung vergangener Momente, keine bewußt gesetzten Denkmäler, einfach zufällige Spuren, die ein langer Zug von Menschenleben hier hinterlassen hatte. Er kam sich vor wie ein Tourist – in Laidlaws Sinn. Die stille Versunkenheit dieser Menschen schloß ihn aus, gab ihm das Gefühl, mit seinem Leben noch auf Urlaub zu sein. Er ließ seinen Blick von einer Nische zur anderen wandern und sah den Raum als orientalische Basarstraße, auf der jeder sein Dasein ausübte wie ein Handwerk, das ihn ganz in Anspruch nahm, Leben in bizarre Formen hämmernd, langsame, zielstrebige Tode formend.

»Herrgott«, sagte er. »Breughel contra Hieronymus Bosch.«

Laidlaw begriff sehr wohl, was er meinte. Ihnen gegenüber

saßen vier Typen, drei Frauen und ein Mann, um eine Flasche herum wie um den Nabel der Welt. Ihre Gesichter waren verwüstet. Ein Stück weiter waren ein alter Mann und eine Frau mit der Parodie einer Werbung beschäftigt. In einer Nische saß ein junger Mann allein.

»Ich hab mal im Prado ein Bild gesehen: *Un Alma En Pena*«, sagte Harkness. »Verglichen mit dem Burschen da war das richtig heiter.«

»Wie hieß das Bild?«

»Un Alma en Pena.«

Harkness wartete auf die Frage, die jetzt kommen mußte, und überlegte, ob es für die Redensart »Rache ist süß« wohl auch eine lateinische Version gab.

»Du hast gewonnen«, sagte Laidlaw. »Kannst du mir das bitte übersetzen?«

»Eine Seele in Qualen.«

»Wenn ich es geschrieben gesehen hätte, wäre ich selber drauf gekommen«, erklärte Laidlaw.

Harkness lächelte. Da schob sich ein massiger Mann zwischen sie und die unwirkliche Szene. Er mochte um die Sechzig sein, aber in seiner locker-lässigen körperlichen Ausstrahlung waren noch Spuren seiner Jugend zu erkennen. Er trug einen schwarzen Anzug, aus dem offenen Kragen des schmuddelweißen Hemdes kräuselte sich schwarzes Haar. Sein Gesicht trug die Spuren vieler Schlachten.

»Man hat mir gesagt, daß Sie hier sind.«

»Hallo, Sam.«

»Sie haben noch was bei mir gut. Wenn ich jemanden für Sie verarzten soll, brauchen Sie's bloß zu sagen.«

»Nein, danke, Sam. Im Augenblick ist alles ruhig.«

»Oder wir beide könnten mal 'nen kleinen Fight machen. Nur so zum Spaß.«

»Danke bestens. Ich bin noch zu jung zum Sterben.«

Der Mann zwinkerte; bei seinen langsamen Reaktionen wirkte das wie ein Flaggensignal. Seine Sätze waren wie Tinte im Regen, man mußte sich anstrengen, um in dem verwaschenen Blau die Form der Worte zu erkennen. Er ging wieder.

»Ich denke, du bist ein harter Bursche«, sagte Harkness.

»Das denkt er auch. Er ist genau so simpel wie du.«

»Wer ist der Mann?«

»Sam Bell. War ein guter Mittelgewichtler, ehe er aus dem Leim ging. Allerdings nie so gut, wie er sich hat einreden lassen. Deshalb ist sein Gehirn jetzt Matsch. Aber ein guter Kerl. Im Gegensatz zu dem Schweinehund, der ihn gemanagt hat.«

Sie warteten. Harkness blickte auf das umgedrehte Glas.

»Und wer ist Eck?«

»Eck Adamson? Ein Zwerg mit einem Schluck bis zu den Kniekehlen.«

»Was macht er?«

»Was Polizeispitzel so machen: Er interessiert sich für anderer Leute Angelegenheiten.«

»Und weshalb treffen wir uns hier mit ihm? Ist das nicht riskant für ihn?«

»Nicht so schlimm. Zunächst mal: Wenn man mit Eck in ein anständiges Lokal geht, fällt er aus dem Rahmen wie ein Nudist beim Wintersport. Und noch was. Der Mann ist ein ganz kleines Licht, dem bestimmt niemand ans Leben will. Der säuft sich höchstens selbst zu Tode. Den Wert der Tips, die er einem gibt, kennt er gar nicht. Du stellst den Hahn an, und schon kommen Informationen heraus.«

»Weshalb warten wir dann überhaupt auf ihn?«

»Ich hab nun mal die fixe Idee, daß es immer Zusammenhänge gibt. Die Vorstellung, daß das Böse sich isoliert vollzieht, daß es nicht Wurzeln in uns allen hat, ist meiner Meinung nach reine Heuchelei. Wir sind alle Mittäter. Nur daß in manchen Fällen einige unmittelbarer beteiligt sind als andere. Wenn man davon ausgeht, muß es in der Stadt Leute geben, die von dieser Tat wissen, selbst wenn es ihnen selbst nicht klar ist. Eck zum Beispiel. Der ist wie eine private Müllkippe für mich. Jetzt, wo ich wenigstens eine vage Vorstellung davon habe, was ich suche, lohnt sich's vielleicht doch, die abgefahrenen Reifen und leeren Aerosolflaschen durchzuwühlen.«

Harkness erkannte ihn sofort. Sein Mantel war so weit, daß er Untermieter hätte aufnehmen können. Sein Kopf schien auf Kugellagern zu laufen. Er hatte sie offensichtlich gesehen, ging aber an ihrem Tisch vorbei. Laidlaw blickte nicht auf. Eck machte gemächlich kehrt und tat, als bemerke er sie erst jetzt.

»Hallo, mein Freund.«

»Guten Tag, Eck«, sagte Laidlaw.

»Ein Fremder?«

Eck sah sich unruhig um.

»Setz dich, Eck«, sagte Laidlaw. »Du benimmst dich so unauffällig, daß die Leute schon anfangen, Verdacht zu schöpfen.«

»Der Mensch kennt nicht Tag noch Stunde, wie?« Eck setzte sich. »Die Nacht hat tausend Augen und so weiter.«

»Es ist heller Tag«, wandte Harkness ein.

»Außerdem hat sie mit ihren Augen sicher Angenehmeres zu

tun, als dich anzustarren«, meinte Laidlaw und machte die beiden miteinander bekannt.

»Cleverer Bursche«, sagte Eck zu Harkness. Seine Augen waren wach und erstaunlich beweglich. Keine Falkenaugen, sie erinnerten eher an einen Starenschwarm. »Wirklich clever. Scharf wie 'ne Rasierklinge. Nicht umsonst nennen sie ihn Gillette. Unter uns, sie nennen ihn gar nicht Gillette. Aber immerhin. Na ja. Man kann nie wissen. Rauhe Stadt, in der wir leben, Junge. Da muß man sehen, wo man bleibt. Wer nicht so groß und stark ist wie ihr, einer wie ich zum Beispiel, der muß hellwach bleiben. Aber ich komme schon zurecht. Ich kenne die Großstadt. Eck schwimmt immer oben. Wie 'n Korken.«

Eck hatte entschieden eine romantische Ader.

Laidlaw nahm sich Zeit mit ihm, fragte geduldig Namen ab wie ein Lehrer, der möchte, daß sein Schüler im Mündlichen gut abschneidet, und deshalb versucht, die Fragen zu erwischen, auf die er die Antworten weiß. Bud Lawson, Jennifer Lawson, Airchie Stanley, ein Katholik namens Tommy. Aber der Prüfling reagierte nicht. Nur seine Lippen waren trocken geworden, und sein Blick wanderte immer wieder zur Weinflasche. Harkness lächelte.

»Eck«, sagte Laidlaw. Er drehte das leere Glas um und schenkte ein. Ecks Blick wurde etwas weniger ablehnend.

»Mal den Namen Harry Rayburn gehört?«

»Was für 'n Rayburn soll das sein?«

»Poppies Disco.«

»Richtig, an der Fußgängerzone. Big Harry. Ich hab bloß wegen dem Nachnamen nicht gleich geschaltet. Ich kenn ihn bloß als Big Harry. Klar, Big Harry. Na und ob. Big Harry. Ja, den kenn ich.«

Laidlaw schob ihm das Glas zu, Eck hielt es mit beiden Händen fest.

»Ja. Harter Bursche, der Big Harry. *Poppies* gehört ihm. Krawall gibt's da nicht. Nee, nicht in *Poppies Disco.* Ja, klar. Okay?«

Eck hob das Glas an den Mund, aber ehe er trinken konnte, deckte es Laidlaw mit der Handfläche zu, nahm es ihm weg, goß den Wein sorgfältig in die Flasche zurück, schwenkte das Glas hin und her, bis die letzten Tropfen heraus waren, stellte es wieder umgekehrt auf den Tisch, wischte seine Handfläche, die ein bißchen naß geworden war, gründlich an Ecks Ärmel ab und sagte: »Verpiß dich.«

»Was ist los? Das gibste 'ne höfliche Antwort auf 'ne höfliche Frage, und das ist der Dank. Na, hör mal. Was soll das?«

»Verpiß dich«, wiederholte Laidlaw. »Den Clown kannst du von mir aus woanders spielen. Wenn ich ein Echo brauche, kann ich mir eins holen, das nicht säuft. Du hast nur die Platte ablaufen lassen, die ich dir aufgelegt hatte. Für wie dumm hältst du mich eigentlich? Nächstens verkaufst du mir ein Glas Wein aus meiner eigenen Flasche.«

Laidlaw nahm einen Schluck und ließ Eck zuschauen.

»Na schön, dann eben nicht. Hab nur gedacht, auf die Tour läßt sich vielleicht mehr rausholen. Aber ehrlich, ich kenn ihn. Und ich weiß was über ihn, was manche nicht wissen. Aber da muß ich mir erst die Kehle zu befeuchten.«

Laidlaw griff nach dem dritten Glas, schenkte ein und stellte es vor ihn hin. Aber er hielt es noch einen Augenblick fest.

»Wenn du mich anschwindelst, steck ich dir die Finger in den Hals und hol's dir wieder raus.«

Eck trank so gierig, daß seine Zähne an das Glas schlugen. Laidlaw schenkte ihm nach.

»So. Das erste, was ihr vielleicht nicht wißt: Der ist so warm, daß er im Winter 'ne Menge Heizkosten spart.«

»Der und schwul?« sagte Harkness verächtlich. »Also wirklich, was manche Leute für einen Schluck Wein erzählen ...«

»Weißt du's etwa besser?«

»Ehrlich, Eck?«

»Der hat sich so oft ficken lassen, daß er hinten schon 'n Schraubgewinde hat.«

»Weiter«, verlangte Laidlaw.

»Na ja, so haarklein weiß ich ja auch nicht alles, aber so 'n Typ trifft alle möglichen Leute, nicht? Leute von weiter unten, mein ich. Er hat so seine Beziehungen, mein ich. Logisch, nicht?«

»Was für Beziehungen?« wollte Laidlaw wissen.

»Woher soll ich das wissen?«

Laidlaw schob Eck die Flasche hinüber.

»Lang mal kräftig zu.«

Harkness war enttäuscht. Nach der ersten Überraschung war ihm Laidlaws Bemerkung wieder eingefallen: »Mary Poppins mit behaarter Brust.« Laidlaws unablässiges Predigen über die Wechselbeziehung aller Dinge hatte ihn schon fast überzeugt. Verschiedene Fakten – die immer wieder auftauchende Disko, Harry Rayburns Homosexualität, die Tatsache, daß Jennifer anal mißbraucht worden war – begannen sich zu einem Muster zu fügen. Er hatte das Gefühl gehabt, daß sie drauf und dran waren, aus Laidlaws Müllkippe genau das herauszuangeln, was sie brauchten. Und jetzt, da nur noch ein Zeichen fehlte, um seine Bekehrung komplett zu machen, war plötzlich Schluß. Laidlaw stand auf.

»Wird nicht weit reichen«, sagte Eck zu der Flasche.

»Deine Informationen auch nicht.«

»Vielleicht kann ich euch doch helfen.« Er ließ Laidlaw warten. »Ich könnt 'nen Namen nennen.«

»So wie ich dich kenne, Eck, kauf ich damit wahrscheinlich nur blauen Dunst«, sagte Laidlaw. »Da ist mir frische Luft schon lieber, und die kriege ich umsonst.«

»Ich kann euch sogar zwei Namen nennen. Einen großen. Und einen nicht so großen.«

»Ein Pfund pro Name.«

»Nicht mehr? Geben Sie Ihrem Herzen 'nen Stoß, Chef.«

»Kannst sie ja woanders verkaufen.«

»Matt Mason. Er ist …«

»Ich weiß, wer Matt Mason ist. Was hat er mit Rayburn zu tun?«

»Sie haben zusammengearbeitet.«

Laidlaw steckte ihm unter dem Tisch eine Pfundnote zu. Eck rollte sie mit der Hand zu einem Ball zusammen.

»Harry Rayburn. Es is da was geredet worden, von einem Jungen und von ihm. Ich glaube, Bryson hat er geheißen. Bryson, ja, das war's.«

»Wie hieß er mit Vornamen?«

»Weiß nicht.«

»Sagt dir ›Tommy‹ was?«

»Da hat's mal 'nen Film gegeben, nicht?«

»Danke, Eck.« Laidlaw gab Eck die zweite Pfundnote. »Besser als nichts.«

Eck steckte sein Geld weg. Laidlaw gab Harkness das Zeichen zum Aufbruch, aber da war Eck offenbar noch etwas eingefallen.

»Muß 'n hübscher Bengel sein. Arbeitet bei *Poppies.*«

Es gab eine Pause. Laidlaw und Harkness waren zu Bildsäulen erstarrt, ehe sie begriffen hatten, weshalb. Ein scheinbar ganz gewöhnlicher Gegenstand blinkte dort unter dem Müll, und sie starrten ihn an und zerbrachen sich den Kopf darüber, weshalb er wohl so kostbar war. Harkness sah, daß bei Laidlaw der Groschen gefallen war. Laidlaw lächelte.

»Weißt du's?«

Harkness kam einfach nicht drauf. Er schüttelte den Kopf. »Auf Milligans Liste stand kein Bryson.«

»Die Kunst bei der Schatzsuche«, dozierte Laidlaw, »besteht darin, zu wissen, wann man einen gefunden hat. Ich glaube, wir haben ihn, Eck. Wo wohnt der Junge?«

»Keine Ahnung.«

Laidlaw steckte ihm noch ein Pfund zu.

»Macht nichts. Ich weiß schon, wen ich fragen muß. Kauf dir ein ganzes Faß, Eck. Und – das mit dem Ärmel tut mir leid. Damit war jemand anders gemeint.«

Laidlaw zwinkerte Harkness zu und hob sein Glas, Harkness folgte seinem Beispiel.

»Auf Sherlock Adamson, Wohltäter der Menschheit«, sagte Laidlaw.

Sie tranken echt, aber sparsam.

»Jetzt haben wir's fast geschafft«, sagte Laidlaw, als sie hinausgingen.

Eck war wie hypnotisiert von der dritten Pfundnote. Die Freude an seinem Erfolg wurde – das haben Erfolge meist so an sich – dadurch getrübt, daß er sich vergeblich überlegte, wie er ihn wiederholen könnte. Doch seine Verwirrung währte nicht lange. Er verstaute sein Geld und zog die beiden Gläser zu sich heran. Für Wee Eck war schon Weihnachten. Einem Romantiker ist das Unbegreifliche eine Selbstverständlichkeit.

41

Renn nur schnell zu dir nach Haus,
dem Krebsmann kommst du doch nicht aus.

Michelangelo in der Sixtinischen Kapelle hätte nicht konzentrierter arbeiten können als Lennie in seiner Zelle. Die Toilettenwand war aus weißem Rauhputz, der den Kugelschreiber nur schwer annahm. Wenn man zu fest draufdrückte, kam keine Farbe. Man mußte viele leichte Striche machen, einen über dem anderen, damit die Schrift auf der Oberfläche haftete. Er mußte sich doch mal einen Filzschreiber anschaffen.

Stolz verglich er sein Werk mit anderen Erscheinungsformen dieser Kunstgattung, mit den primitiven Zeichnungen, den Einladungen, den Uralt-Witzen (›Zwecklos, auf die Klobrille zu steigen, die Krebse hier drin können drei Meter hoch springen‹). Schwachsinn. Früher hatte er selbst so was verzapft, aber damit war es jetzt vorbei.

Er dachte daran, was das für ein riesiges Gefühl gewesen war, mit Minty McGregor durch die Straßen zu gehen. Es war eine wahnsinnige Vorstellung, daß es tatsächlich diesen Mann gab, der um Geld tötete, der in der Stadt umging wie eine Krankheit, die zuschlägt, wo sie will, der nichts zu verlieren hatte und deshalb ohne Angst war. Es war auf so überwältigende Weise das, was er für sich selbst erträumte, daß er würde aufpassen müssen. Er war schon zu weit gegangen.

Gestern abend war es gewesen, in der Pinte. Er hatte mit zwei seiner Spezies zusammengesessen und hatte der Versuchung nicht widerstehen können, geheimnisvolle Andeutungen über den »Krebsmann« zu machen. Und schließlich hatten sie alle drei im Chor gesagt: »Paß auf, sonst kommt der Krebsmann und holt dich!« Lennie sah noch den Mann mit der Narbe vor sich, der sie wütend angefunkelt hatte. Hoffentlich bekam Matt Mason nicht Wind von der Sache.

Aber im Augenblick konnte ihm nichts den Spaß verderben. Die Bedenkenlosigkeit, die er empfand, verband sich mit einem beruhigenden Gefühl der Sicherheit. Während seine Phantasie Amok lief, brauchte er sich in der Realität nur mit ein paar Worten an einer Wand abzumühen.

Der Krebsmann nimmt dir ab die Sorgen,
du bist sie los, und das schon morgen.

So, jetzt war er zufrieden. Er spülte und öffnete die Tür. Sekundenlang wußte er nicht, ob das, was er sah, Wirklichkeit oder noch Phantasie war. Vor ihm stand der Mann mit der Narbe. Während sein Magen sich benahm wie ein Fahrstuhl, hörte Lennie aus der Bar Musik. Sie klang sehr weit weg. Der Mann nickte, als wollte er Lennies Befürchtungen bestätigen.

Lennies erster Impuls war, die Tür schnell wieder zuzumachen. Aber ehe er dazu kam, hatte der Mann ihr mit dem Fuß einen Tritt gegeben, so daß sie sich weit öffnete, an der Wand anschlug und Lennies Arm einquetschte. Lennie schrie auf.

»Was haste da drin gemacht?« fragte der Mann.

Er lehnte sich mit dem Rücken gegen den Türpfosten, um möglichst viel Druck für seinen Fuß zu haben. Was war das für ein Bursche – ein Toilettenkontrolleur?

»Was soll das?« brachte Lennie heraus.

»Hast dir da drin einen abgewichst, was?« sagte der Mann. »So was ist nicht fein in 'nem öffentlichen Lokal.«

»Wer sind Sie?« fragte Lennie.

»Der Mann, der deinen Arm in der Tür eingeklemmt hat. Es will dich jemand sprechen. Wenn ich den Fuß da wegnehme von der Tür, kommste mit mir. Und wenn du Ärger machst, auch nur 'n bißchen, probier ich mal aus, ob dein Kopf zum Türpuffer taugt. Klar?«

Lennie nickte mechanisch. Draußen, in dem kleinen Raum vor dem Waschbecken, wartete ein zweiter Mann.

»Nun mal sachte«, sagte er zu dem mit der Narbe. »Du tust ja, als wenn der Junge sonstwas verbrochen hat. Keine Bange, mein Sohn. Ein Freund von uns will mit dir reden, das ist alles. Ganz einfach. Aber den Willen muß man ihm tun. So ist er nun mal. Wenn du jetzt ganz brav mitkommst, fahren wir dich hin. Falls du Ärger machst, zum Beispiel, wenn wir jetzt durch die Pinte gehen, kannst du deine Knochen hinterher einzeln zusammenlesen. Die Entscheidung liegt bei dir. Klar?«

Das hörte sich an, als versuchte er einem Kind klarzumachen, weshalb man sich auch hinter den Ohren waschen muß. Er trug einen anständigen Anzug und hatte gepflegtes, welliges Haar. Die unterschiedlichen Methoden – auf der einen Seite unverhohlene, rohe Brutalität, auf der anderen Seite die in väterlichem Ton vorgebrachte Androhung von Mord und Totschlag – waren für Lennie nur verschiedene Windungen derselben Daumenschrauben, und die Angst vor der nächsten Drehung lähmte ihn derart, daß er mit den beiden durch das Pub ging und in den Wagen stieg, ohne einen Laut von sich zu geben.

Der Mann mit der Narbe setzte sich ans Steuer, der andere stieg mit Lennie hinten ein und befahl ihm, sich auf den Boden zu kauern. »Daß du mir kein Auge riskierst, Junge. Ist zu deinem eigenen

Besten. Was ich nicht weiß, macht mich nicht heiß. Und was dich nicht heiß macht, dafür kann dir niemand den Schädel einschlagen. Klar?«

Einer der beiden glaubte auf der Straße einen Rangers-Spieler zu erkennen, und sie begannen über Fußball zu reden. Lennie hatte das Gefühl, als hätte er den größten Teil seines Ichs in der Pinte zurückgelassen wie einen Koffer. Erfahrungen, die auf diesen Fall gepaßt hätten, besaß er nicht. Mit einiger Verspätung besann er sich auf eine Frage, die er wohl schon längst hätte stellen sollen.

»Was ist denn das für einer, der mich sprechen will?«

Der mit dem Wellenhaar sah zu ihm hinunter, er wirkte freudig überrascht, als hätte er nicht gewußt, daß Lennie auch sprechen konnte.

»Jedenfalls nicht der Weihnachtsmann, Junge.«

Aber zumindest hatte er reagiert. Lennie versuchte, sich an der alltäglichen Unterhaltung der beiden aufzurichten. Vielleicht war es gar nicht so schlimm. Sie schienen die Sache nicht übermäßig ernst zu nehmen. Vielleicht kam er mit Frechheit durch.

Als der Wagen hielt, hatte er sich eine entsprechende Haltung zurechtgelegt. Er stieg betont gelassen aus, ja, er beugte und streckte sogar das rechte Bein, das während der Fahrt eingeschlafen war. Sie befanden sich in einem Raum mit gewölbtem Wellblechdach – es schien ein Lagerhaus zu sein –, in dem der Wagen nicht viel Platz einnahm.

»Immer schön antworten, wenn du was gefragt wirst, Junge, und es passiert dir nichts«, sagte der mit dem Wellenhaar.

Das große, zweiflügelige Tor war geschlossen worden, ehe sie ausgestiegen waren, und die beiden Männer verließen den Schuppen durch die kleine, mannshohe Tür in der Wand. Lennie war allein. Bis auf zwei Kisten war der Raum völlig leer. Der Boden war voller Ölflecken. Draußen hörte er Verkehrslärm.

Er begann die Zeit zu nutzen, die ihm zur Verfügung stand. Das Dramatische der Situation forderte ihn heraus. Er steckte in der Klemme. Jetzt hieß es Farbe bekennen. Er war schließlich wer, das würde er ihnen schon zeigen. Keine Kapitulation.

Die kleine Tür ging auf, man hatte den Eindruck, daß der Mann, der eintrat, sich hindurchfädeln mußte. Er war groß und blond, die Augen waren von jenem besonderen hellen Blau, das manchmal versteckten Wahnsinn signalisiert. Aber der Computer in Lennies Kopf spuckte noch immer automatische Reaktionen aus, drängende Abstraktionen in jahrelangen Wachträumen gespeichert. Jetzt geht's ums Ganze. Mann gegen Mann. Farbe bekennen. Wetten, du traust dich nicht?

»Guten Tag«, sagte der Mann ganz freundlich. »Du bist Lennie, nicht?«

Lennie nickte. Ganz kurz, einmal nur. Soso, du hast also von mir gehört.

»Weißt du, wer ich bin?«

Lennie schüttelte den Kopf. Sollte ich? Er ließ die Augen nicht von dem Großen. Keine Kapitulation.

»Ich möchte, daß du mir ein paar Sachen erzählst, Junge. Klar?«

Lennie lächelte, eigentlich war's nur mit der Lupe zu erkennen, ein Zucken im Mundwinkel.

»Und wenn ich nicht will?«

Der Mann wandte den Blick ab. Eins zu null, dachte Lennie. Der Mann sah sich unentschlossen um, als müsse er über das Problem Lennie nachdenken. Bin gespannt, was er jetzt macht, dachte Lennie.

»Tja, dann hilft das wohl nichts«, sagte der Mann und packte Lennie am Kragen.

Dem war, als würde er von einer gewaltigen Düse angesaugt. Der Mann hob das Knie und stieß es ihm zwischen die Beine, und während er in der Luft hing und sich vor Schmerzen krümmte, schlug er ihm mit der Rechten ins Gesicht und ließ ihn gleichzeitig los. Lennie fiel zu Boden, rollte herum und schlug mit dem Gesicht hart auf dem Zementboden auf. Es war, als wenn man einen Schaufelrücken ins Gesicht bekommt. Lennie, den die Legenden von der Glasgower Gewalttätigkeit durch seine Kindheit und Jugend begleitet hatten, war es, als sei ihm die ganze Stadt auf den Kopf gefallen.

In die Übelkeit, die ihn überwältigte, mischte sich der Ölgestank, der Schmerz dröhnte in seinem Kopf. Bewußt nahm er erst wieder wahr, daß er mit dem Gesicht in einer Öllache lag. Er versuchte, den Kopf zu heben, aber das Lagerhaus fuhr mit ihm Karussell.

»Das war nur zum Kennenlernen«, sagte eine Stimme.

Das Lagerhaus rollte langsam aus.

»So, und jetzt raus mit der Sprache, Junge: Was hast du mit Minty McGregor zu schaffen?«

Lennie hatte das Gefühl, daß er sich am Fußboden festhalten mußte, um nicht herunterzurutschen. Er bekam beim besten Willen den Kopf nicht hoch, und beim Sprechen schrammte der rauhe Boden gegen seinen Kieferknochen.

»Überhaupt nichts.«

Der Zementboden schurrte an seinem Gesicht entlang, und erst als das aufhörte, begriff er, daß sein Körper ein Stück vorgeschnellt war, weil der Mann ihm in die Rippen getreten hatte.

»Ich arbeite für Matt Mason. Minty, das war ein Job für Matt.«

»Sehr gut, Junge. Sehr gut.«

Lennie wurde hochgehievt wie ein Sack, ein Sack voller Schmerzen, und auf eine der Kisten gesetzt. Er wäre heruntergerutscht, wenn der Mann ihn nicht mit einem Fuß abgestützt hätte.

»So, bleib schön da sitzen auf deiner Kiste. Das ist die Belohnung, weil du die Wahrheit gesagt hast. Wir sind gar nicht so.«

Die Angst machte es Lennie irgendwie möglich, auf der Kiste sitzen zu bleiben, während sein Körper herunterfallen wollte. »Du hast heut mit Minty 'n kleinen Spaziergang gemacht. Was gab's denn in der Bridgegate Besonderes zu sehen?«

»In der Bridgegate?«

Ein Tritt – und die Kiste flog unter ihm weg. Als er, Arme und Beine von sich gestreckt, der Länge nach auf dem Boden lag, setzte der Mann ihm einen Fuß auf den Hals. Lennie rang würgend nach Atem und zuckte wie ein Fisch auf dem Trockenen.

»Ich seh schon, so komm ich nicht weiter. Wenn du mir nicht alles sagst, und zwar auf der Stelle, bring ich dich um. Ich heiße John Rhodes.«

Es klang wie ein Schlachtruf, der Lennie vollends zerschmetterte. Er war jetzt nur noch ein Bündel Angst, das verzweifelt zu reden versuchte. Aber John Rhodes machte es ihm nicht leicht. Der Druck auf Lennies Hals hielt unvermindert an, jedes Wort war eine Qual.

»Das Mädchen aus der Zeitung. Der Typ, der sie umgebracht hat. In einem Haus dort. Obergeschoß. Minty will ihn umlegen. Heut nacht. Minty hat Krebs.«

John Rhodes drückte auf Lennies Adamsapfel, als spiele er mit dem Auslöser seiner persönlichen Wasserstoffbombe; dann gab er ihn frei. Luft strömte schmerzhaft in Lennies Lungen. Er lag keuchend und würgend da, nur langsam begreifend, daß er noch am Leben war.

»Wann?«

Lennie sah nicht auf. Die Lüge ängstigte ihn, noch während sie in ihm entstand, aber die furchteinflößende Gestalt von John Rhodes, die Erinnerung an Matt Masons Drohungen trieben ihn zu einem kläglichen Kompromiß, an den er sich klammerte wie an ein Rettungsfloß.

»Kurz vor zehn. Das ist 'ne ruhige Zeit, sagt er.«

»Steh auf.«

Das war für Lennie ein qualvolles Unterfangen. Unendlich mühselig, unter Einsatz seiner ganzen Willenskraft, setzte er sich zusammen wie ein Stabilbaukasten-Set, dem ein paar Teile fehlen. Da er sich nicht ganz aufrichten konnte, gab er sich mit einer leichten Schräglage zufrieden. Langsam begannen sich verschiedene Schmerzzentren herauszukristallisieren. Sein Kopf fühlte sich an wie zerschlagen, ein Auge war geschlossen, eine Wange angeschwollen. Mindestens eine Rippe war kaputt. Seine Hüfte tat weh, und er hatte Prellungen am ganzen Körper. Sein Atem kam stöhnend und stoßweise.

Mit seinem heilen Auge sah er John Rhodes an – eine Legende, die für ihn zur Wirklichkeit geworden war. Für Lennie verbanden sich keine Tagträume mit diesem Namen, nur entsetzliche Angst – und der Wunsch, sich fortzumachen.

John Rhodes stand da, sichtlich um Beherrschung ringend, Lennie wartete, blutend und zerschlagen.

»Du!« sagte John Rhodes. »Wenn du quatschst, und wenn's zu deinem Spiegel ist, bist du mausetot. Klar?«

»Klar«, brachte Lennie heraus.

»Schön.« Eine Pause. »Jetzt schau dir das an, das warst du!«

Er streckte den rechten Arm aus; an einem Jackenaufschlag war ein Blutfleck.

»So, wegen der Sauerei da! Und als letzte Warnung!«

Lennie sah wie durch ein Fernrohr, wie die Hand am Ende des ausgestreckten Arms sich zur Faust ballte und ausholte. Lennies Kopf prallte gegen die Wand, er rutschte daran herab wie ein nutzloser weggeworfener Gegenstand und verlor das Bewußtsein. John Rhodes befeuchtete seinen Daumen und rieb damit an seinem Jakkenärmel herum. Dann ging er zum Wagen, griff durchs Fenster und hupte.

Die kleine Tür ging auf, und die anderen beiden kamen herein. Rhodes deutete auf Lennie und dann auf den Wagen. Der mit dem welligen Haar schleifte Lennie hin. Der Mann mit der Narbe machte die Wagentüren zu.

»Minty soll den Hinterlader umbringen«, sagte John Rhodes. »Stellt euch das vor. Diese halbe Portion! Wenn der ein Ei aufschlagen will, muß er erst 'ne Bande gründen.«

»Er nimmt uns die Arbeit ab.«

»Ich hab mein Wort gegeben.«

»Wer's macht, ist doch egal, John.«

»Wie's gemacht wird, das entscheide ich.«

Der Mann mit der Narbe sah ihn an und sah schnell wieder weg. Es war wie ein Blick in einen glühenden Hochofen.

Der Wellenhaarige hielt in einer ruhigen Sackgasse. Lennie, dessen Kopf auf einer Zeitung lag, um das Polster zu schützen, war zu sich gekommen. Er war froh, daß sie anhielten. Ihm war furchtbar schlecht, und er hatte Angst vor den Folgen, wenn er sich im

Wagen übergab. Der Fahrer überzeugte sich mit einem kurzen Blick, daß die Straße leer war, und machte die Tür auf.

»Endstation«, sagte er munter.

Lennie kroch hinaus und blieb schwankend auf dem Gehsteig stehen.

»Jetzt troll dich zu deinen Spielsoldaten, Junge.«

Er holte die mit Lennies Blut beschmierte Zeitung heraus, warf sie in den Rinnstein und fuhr davon, Lennie wie einen vorverpackten Verkehrsunfall zurücklassend. Lennie lehnte sich kraftlos an das Absperrgitter. Er wußte nicht, wohin. Er wußte nur, daß er wegwollte.

42

Sie hatten es noch lange nicht geschafft, stellte Harkness fest. Der Rest des Tages war wie Radfahren auf einer Tonne. Trotz aller Anstrengungen kamen sie nicht vom Fleck.

Harry Rayburn war weder in der Diskothek noch daheim noch sonstwo aufzutreiben. Die Fahndung nach einem Tommy Bryson war bisher ergebnislos verlaufen. Sie wußten jetzt, was sie suchten, und sie wußten, daß sie ihr Ziel erreichen würden. Aber das Wann machte Laidlaw Sorgen. Im Laufe des Nachmittags geschah etwas, was Laidlaw zu der Bemerkung veranlaßte: »Der Fall kommt mir vor wie ein Stundenglas, aber eines, das man nicht umdrehen kann.«

Er hatte sich im *Burleigh* erkundigt, ob etwas für ihn vorlag. Ein kleiner Junge war mit einem verschlossenen Briefumschlag von der Straße hereingekommen, den er beim Empfang abgegeben hatte. Laidlaws Name stand darauf. Ein Passant habe ihm zehn Pence fürs Abgeben spendiert, erklärte er. Laidlaw bat Jan, ihm den Brief vorzulesen. Auf dem Zettel stand, mit Bleistift in Druckbuchstaben geschrieben: »Minty McGregor hat Krebs. Wenn er abkratzt, will er jemanden mitnehmen, den Sie suchen.«

Aber auch Minty war nicht daheim. Laidlaw und Harkness gingen zu Mintys Haus in Yoker, sahen die abgearbeitete Frau, die fünf Kinder, sogar den Hühnerstall hinter dem Haus. Aber Minty sahen sie nicht. Und sie sahen auch nicht, wie Mintys Vierzehnjähriger nach ihnen das Haus verließ und ein paar Straßen weiter ein anderes Haus betrat.

Sein Vater und der Mann, den der Junge Onkel James nannte, waren dort allein. Bei seinem Eintreten hüllten sie sich in ein Erwachsenenschweigen, das ihn ausschloß. Die Nachricht, daß die Polizei bei ihnen gewesen war, schien seinen Vater nicht weiter zu berühren. Lächelnd nickte er Onkel James zu. »Sag der Mutter, ich komm heut abend erst spät«, meinte er nur.

Es wurde schon dunkel, als die beiden in der Diskothek postierten Polizisten meldeten, daß Harry Rayburn eingetroffen war. Die Nachricht war für Harkness besonders ermutigend, weil sie Laidlaw dazu veranlaßte, einen Wagen zu nehmen.

43

Nachdem er getan hatte, was notwendig war, stieg Minty langsam die U-Bahn-Treppen hinauf; als er oben am St. Enoch's Square angekommen war, legte er eine Minute Rast ein, ehe er sich daranmachte, die ansteigende Rampe zum Fußgängereingang des Parkplatzes zu bewältigen.

Moralisch berührte ihn seine Tat nicht. Das Unternehmen war lästig und anstrengend gewesen, aber es hatte sich gelohnt.

St. Enoch's Station war ein Teil des ihm vertrauten Glasgow gewesen. Jetzt sah der Himmel durch das hohe, gewölbte Glasdach, das ihn als Junge fasziniert hatte. Was früher unvorstellbar weit weg erschienen war, diente jetzt nur dazu, die Weite dahinter zu vertiefen. Die quadratischen Himmelsausschnitte, mit Sternen bestückt, waren eine Bodenlosigkeit, in die er fiel. Wo die Gleise gelegen hatten, erstreckte sich jetzt eine Asphaltwüste. Hier ging kein Zug mehr für ihn.

Zwischen den Wagen rührte sich nichts. Dann sah er, wie weit hinten, dort, wo das Dach aufhörte, ein Scheinwerferpaar kurz aufblinkte und wieder erlosch. Während er auf das Fahrzeug zuging, öffnete sich die vordere Tür auf der Beifahrerseite.

Am Steuer saß Matt Mason. Hinter Minty saß noch jemand, aber er mochte sich nicht extra umdrehen, um nachzusehen, wer das war. Er starrte auf die Windschutzscheibe. Die Fenster waren beschlagen von ihrem Atem. Der Alkoholgeruch, der im Wagen hing, verursachte Minty Übelkeit.

»Ja?«

»Der Job ist erledigt.«

Minty hörte einen leisen Laut hinter sich und wußte – der auf dem Rücksitz lächelte.

»Wie ist es gelaufen?«

»Kein Problem. Als wenn man 'ne Katze ertränkt. Richtig rührend, der Kleine.«

»Wie bist du an ihn herangekommen, ohne ihn mißtrauisch zu machen?«

»Ich hab geklopft.«

Vom Rücksitz erklang leises Lachen. Mason verzog keine Miene.

»Erzähl mir keine Märchen.«

»Ehrlich wahr. Ich hab geklopft.«

»Was hat er sich denn dabei gedacht? Avon bringt Schönheit direkt ins Haus, was?«

»Lennie hat mir doch von Harry Rayburn erzählt. Der schickt mich, hab ich gesagt, ich soll ihm was ausrichten. Er kann nicht weg, hab ich gesagt, und es ist dringend. Und ich hab ihm Bratfisch und Fritten mitgebracht. Geht das auf Spesen?«

Mason starrte ihn an. »Wie hast du's gemacht?«

»Mit 'nem Stück Schnur. Dazu braucht man nicht allzuviel Kraft. Ich hab noch gewartet, bis er mit dem Essen fast fertig war. Waren nur noch 'n paar Fritten übrig, wie ich ihn erledigt hab. Hoffentlich hat er sich nicht die besten Fritten für zuletzt aufgehoben. Manche machen das ja.«

Die anderen waren wider Willen beeindruckt.

»War ein furchtbar schneller Esser, der Junge. Der hätte sich schrecklich den Magen verdorben, aber ehrlich.«

Mason erholte sich zuerst wieder.

»Woher weiß ich, daß du es gemacht hast?«

»Wollense 'ne Quittung?« fragte Minty.

Er steckte die Hand in die Manteltasche und warf Mason etwas in den Schoß. Mason schaltete die Innenbeleuchtung ein. Er hielt einen gelben Spitzenslip in der Hand, nur wenig zerrissen und an manchen Stellen hart von geronnenem Blut. Er knipste das Licht aus und wollte ihn zurückgeben.

»Gehört Ihnen«, sagte Minty. »Ich brauch ihn nicht. Aber das Geld dafür will ich. Fünfhundert Pfund, der teuerste Slip auf dem Markt.«

Mason überlegte einen Augenblick. »Wenn das Ding nicht echt ist, kommt es dich teuer zu stehen, das kannst du mir glauben.« Dann gab er Minty das Geld.

»Danke, Mr. Mason«, sagte Minty. »Ich leg beim Chef ein gutes Wort für Sie ein, wenn ich hinkomm.«

Er stand auf und verließ langsam den Parkplatz. Lennie blieb im Schatten der Säule stehen, hinter der er sich versteckt hatte, und sah ihm nach. Er wartete, bis Matt Mason den Wagen aus der Parkbucht manövriert, die Parkgebühr bezahlt hatte und weggefahren war. Dann machte er sich auf den Weg zur Gepäckaufbewahrung in der Central Station, wo seine Reisetasche stand.

In der Argyle Street bat Minty einen Mann an einer Bushaltestelle um Feuer und gab ihm fünfhundert Pfund dafür. Dann begab er sich zur nächstgelegenen Polizeistation in der St. Andrew's Street.

44

Harry Rayburn ärgerte sich. Am frühen Nachmittag war es ihm endlich gelungen, Tommy so weit zu bringen, daß er sich nicht mehr sträubte, aus dem Abbruchhaus herausgebracht zu werden. Er hatte nicht zugestimmt, aber mit dieser Passivität wollte Harry schon zufrieden sein. Tommy war so still, daß er praktisch Teil der Einrichtung geworden war. Und Einrichtungsgegenstände ließen sich fortschaffen, sie wehrten sich nicht.

Seither versuchte Harry, Matt Mason zu erreichen. Er hatte alle seine Anlaufstellen, die ihm einfielen, abtelefoniert, war in seinem Buchmacherlokal gewesen, war in seiner Verzweiflung sogar nach Bearsden hinausgefahren, wo ihn eine ältliche Ziege abwimmelte, die sich mit vornehm verzogenem Mund als Haushälterin vorstellte und die Schloßherrin spielte. Parvenus aus der Arbeiterklasse waren die schlimmsten. »Bedaure, aber die Herrschaften sind beide ausgegangen. Vielleicht könnten Sie noch mal vorbeikommen? Nein, ich weiß wirklich nicht, wann Mr. Mason wiederkommt. Soll ich ihm was ausrichten?« – »Ja«, sagte Harry. »Er soll mich am Arsch lecken.«

Schwitzend und nervös kehrte er in die Diskothek zurück, um weiterzutelefonieren – und stellte fest, daß die Falle zugeschnappt war. Die Polizisten waren sehr höflich, bestanden aber darauf, daß er im Büro wartete, bis jemand sich mit ihm befassen konnte. Er schäumte vor Wut, gab es aber bald auf, seine Empörung an ihnen auszulassen. Ebensogut konnte man versuchen, zwei Gartenzwerge zu einer Reaktion zu bewegen. »Wir haben unsere Anweisungen, Sir.«

Er lief ruhelos im Büro hin und her, verfluchte Mason und verklagte im Geist die Polizei, bis sie ihn auf Knien um Verzeihung bat. Die Bedrohung, die ihre Anwesenheit für ihn darstellte, war nichts im Vergleich zu der Gefahr, die der Verzug für Tommy bedeutete. Stunden, viele Stunden, waren vergangen, seit er ihn gesprochen hatte. Inzwischen konnte Gott weiß was passiert sein. Tommy wartete doch sicher darauf, daß er, Harry, sein Versprechen einlöste. Wenn er nun den Kopf verlor, auf eigene Faust ausbrach? Dann war alles aus. In seinem Zustand würde er nicht eine Stunde draußen aushalten, ohne etwas Verdrehtes zu tun. Am Ende kam er gar hierher …

Das Gefühl der Frustration war grausam, und der Eindruck des Eingekreistwerdens ließ in Harry den ganzen Frust der Vergangenheit wieder wach werden, der ja fast sein ganzes Leben beherrscht hatte. Die Ungerechtigkeit dieses Augenblicks war nur eine Fortsetzung all jener anderen Ungerechtigkeiten, die er über sich hatte ergehen lassen müssen – höhnisch verzogene Lippen, verächtliche Blicke, drei Männer, die ihm in einer Kneipe auf die Toilette gefolgt waren und ihn zusammengeschlagen hatten, nur weil er er selbst gewesen war.

Die Wirkung, die diese neueste Kränkung auf ihn hatte, stand in keinem Verhältnis zu dem Anlaß. Er reagierte darauf wie ein Alkoholiker auf ein Glas Whisky. Sie traf ihn so tief, daß er sich in eine fast hysterische Wut hineingesteigert hatte, als sie bei ihm klopften. Es waren die beiden von gestern vormittag.

»Das darf doch nicht wahr sein! Was wollen Sie schon wieder? Wenn Sie einen Anwalt haben, holen Sie ihn. Das kommt Sie noch teuer zu stehen.«

»Aber, aber! Wer wird sich denn gleich so aufregen«, sagte Laidlaw.

»Ich warne Sie. Ihr Eindringen ist dienstlich durch nichts gerechtfertigt. Ich bestehe auf meinen Rechten. Bei mir haben Sie nichts zu suchen. Raus, ehe ich Sie vor die Tür setze.«

»Wenn Sie nicht aufhören, mir angst zu machen, Mr. Rayburn«, sagte Laidlaw sehr leise, »muß ich was dagegen tun. Nein, keine Angst, ich schlage nicht zu. Aber – ich könnte es mal mit Liebe versuchen.«

Harkness sah, wie Rayburn in sich zusammenfiel. Der Zorn der sein Gesicht geprägt hatte, verlor die Konturen, die Züge verwischten sich. Der Schwerpunkt hatte sich verlagert. Das Zimmer gehörte jetzt Laidlaw. Als er eintrat, wich Rayburn schwerfällig zurück. Laidlaw winkte Harkness, der nachkam und die Tür hinter sich zumachte.

»So, jetzt schminken Sie sich mal den Superman ab, Mr. Rayburn, und setzen Sie sich.«

Rayburn sackte in den Sessel, den Laidlaw ihm anbot.

Der Kriminalbeamte lehnte sich vor. Seine Stimme war fast ein Flüstern.

»Ich hab mir Ihre Show lange genug angesehen, Mr. Rayburn.

Es ist mieses Schmierentheater. Und jetzt will ich mein Geld zurückhaben. Ich könnte Sie auspusten, wie man eine Kerze auspustet. Aber das ist nicht unser Thema. Wir sind hier, um über Tommy zu reden.«

Rayburn sah auf und schnell wieder weg.

»Ich kenne keinen Tommy.«

»Ich glaube, Sie haben noch nicht begriffen, worum es geht, Mr. Rayburn. Wenn Sie die Fragen, die ich Ihnen stellen werde, nicht beantworten, wandern Sie in den Knast. Auf der Stelle. Wenn Sie mir nämlich keine Antwort geben, muß ich davon ausgehen, daß Sie in einem Mord mit drinhängen.«

Rayburn versucht es mit einem ungläubigen Gesicht, aber er fand bei Laidlaw keine Reaktion.

»Sie sind homosexuell, Mr. Rayburn, und pflegen seit einiger Zeit eine gleichgeschlechtliche Beziehung zu einem gewissen Tommy Bryson. Trifft das zu?«

In der folgenden Pause begriff Harry Rayburn, daß seine letzte Hoffnung sich nie erfüllen würde.

»Ja.«

Es war das kürzeste Wort, das Harkness je gehört hatte.

»Sein Name taucht nicht auf der Liste Ihrer Mitarbeiter auf. Aber er arbeitet für Sie. Trifft *das* zu?«

»Nein. Nein, ich meine ...«

»Mr. Rayburn!«

»Er hat für mich gearbeitet, aber jetzt nicht mehr.«

»Seit wann nicht mehr?«

»Seit zwei oder drei Wochen. Er hat Schluß gemacht. Wir ... haben uns getrennt.«

»Weshalb?«

»Geht Sie nichts an.«

»Mr. Rayburn, ich interessiere mich nicht für Einzelheiten aus Ihrem Privatleben, das dürfen Sie mir glauben. Mich interessieren lediglich die Fakten.«

Rayburn schloß die Augen und redete in seine Verzweiflung hinein.

»Er hat sich nicht endgültig entscheiden können. Das geht vielen so. Er wollte ein normales Leben führen, trotz allem. Heterosexuell.« Er haßte das Wort. »Er wollte es mit Mädchen versuchen.«

»Und seitdem haben Sie ihn nicht mehr gesehen?«

Rayburn öffnete die Augen. Sie sahen aus wie Wunden.

»Nein.«

»Das ist nicht leicht zu glauben, Mr. Rayburn.«

Harry Rayburn sah Laidlaw unbewegt an. In seinen Augen stand die Ruhe auswegsloser Verzweiflung.

»Das läßt sich von fast allem sagen, was mir widerfahren ist«, erklärte er. »Mir jedenfalls kommt das so vor.«

Laidlaw sah ihn an und gab sich notgedrungen zufrieden.

»Wo wohnt er?«

»Ich weiß nicht genau ...«

»Dann würde ich Ihnen dringend raten, Ihr Gedächtnis zu aktivieren, Mr. Rayburn. Und zwar ein bißchen plötzlich.«

»Manley Gardens – aber die Nummer weiß ich nicht. Irgendwo in den Fünfzigern, glaube ich, ein alter Kasten.«

»Schon gut, ich weiß Bescheid.«

»Aber dort wird er nicht sein.«

»Woher wissen Sie das?«

»Er wollte nach England. Um sich selbst zu finden, wie er sagte.

Im Haus ist nur seine Mutter. Sein Vater hat vor Jahren das Weite gesucht.«

»Danke, Mr. Rayburn«, sagte Laidlaw. »Und das ist alles, was Sie wissen?«

Rayburn nickte.

»Hoffen wir's«, meinte Laidlaw. »Wir kommen wieder. Um inzwischen Ihre Bürgerrechte nicht noch mehr zu verletzen, ziehe ich meine Leute ab.«

Als Harkness sich noch einmal umdrehte, um die Tür zu schließen, sah er, wie Harry Rayburn sich zusammengekauert hatte, den Kopf in den Händen vergraben, wie bei einem Fliegerangriff.

Die beiden Polizisten postierte Laidlaw vor der Diskothek.

»Man muß es zumindest mal versuchen«, sagte er, als sie im Wagen saßen.

»Das nimmt er dir nie ab«, meinte Harkness. »Er weiß, daß du die Männer draußen hingestellt hast und daß sie nur darauf warten, ihm nachzugehen.«

»Wissen bedeutet noch nicht akzeptieren«, sagte Laidlaw. »In seiner Verzweiflung wird sogar ein Elefant versuchen, durch ein Nadelöhr zu schlüpfen.«

45

Die Türglocke hatte einen süßlich-schmalzigen Klang. Die gefühlvolle Note war wie geschaffen als Einlaßparole zu einem Land, das auf keiner Landkarte verzeichnet ist, einem Land, in dem häuslicher Spießbürgergeist alles in einen Dornröschenschlaf versetzt hatte. Innen war das Haus eine sorgsam gereinigte Negation seines Äußeren. Harkness kannte Häuser dieser Art – allerdings nur wenige. Er mutmaßte, daß es das war, was

Marys Eltern anstrebten. Aber sie waren erst am Anfang ihres Weges.

Wer hier die Schwelle überschritt, betrat eine Welt provokanter Unwandelbarkeit. Daß sie einen an eine Weihestätte denken ließ, lag nicht nur an dem Kruzifix in der Diele, sondern an der gedämpften Atmosphäre, in der sich jedes laute Wort wie eine Gotteslästerung ausgenommen hätte, an der geradezu unbewohnten Aufgeräumtheit, in der alle Dinge ihren festen Platz hatten, fast als wären sie in Fundamente eingelassen. Grobheit, Ärger, Schlamperei waren hier undenkbar, Bewegung war wohl nur beim Umrühren des Tees in der Tasse vorstellbar.

Die Hüterin des Grals war älter, als sie erwartet hatten, wohlfrisiertes graues Haar, Brille, dunkelbrauner Twinset, falsche Perlen. Ja, bestätigte sie, sie sei Mrs. Bryson. Als Laidlaw erklärte, es handele sich um Tommy, bat sie die beiden Polizisten herein, nach einem prüfenden Blick auf ihre möglicherweise schmutzigen Schuhe. Im Wohnzimmer setzte sich Harkness auf den äußersten Rand seines Kissens, aus lauter Angst, die Blumen zu zerdrükken.

»Es ist doch nichts passiert?«

Die Sanftheit ihrer Stimme war wie ein Amulett, das einen vor derartigen Möglichkeiten schützen soll.

»Wir wissen es noch nicht, Mrs. Bryson«, sagte Laidlaw. »Wir wollten nur mal mit Tommy sprechen. Er ist nicht zu Hause?«

»Aber – Tommy ist in London.«

»Bestimmt?«

Ihr Blick war ein sanfter Tadel, weil er es gewagt hatte, ihre Mutterwürde anzutasten.

»Jedenfalls irgendwo in der Ecke. Er hat noch nicht geschrieben. Sie wissen ja, wie die jungen Leute heute sind. Gesagt hat er, daß er nach London wollte.«

»Wann ist er abgereist?«

»Warten Sie mal … vor zwei oder drei Wochen. Aber was ist denn geschehen? Ist er in Schwierigkeiten?«

»Vielleicht ist überhaupt nichts passiert. Höchstwahrscheinlich nicht. Was ist mit Tommys Vater?«

»Was soll mit ihm sein?«

»Wo ist er, Mrs. Bryson?«

Es war gleich wieder vorbei. Sekundenlang hatte ihr Blick geflackert, und als ihre Augen wieder sanft und freundlich blickten, fragte sich Harkness verblüfft, ob er sich den grenzenlosen Haß, den er meinte, in ihnen gesehen zu haben, vielleicht nur eingebildet hatte. Außer den nahrhaften Mahlzeiten, die ein Heranwachsender brauchte, schien in diesem Hause auch noch anderes gebrodelt zu haben.

»Ich weiß seit zwanzig Jahren nicht, wo er ist.«

»Er hat Sie verlassen?«

»Er hat *uns* verlassen.«

»Dann kannte Tommy ihn.«

»Tommy war fünf Monate alt, als sein Vater verschwand. Er konnte Tommy nicht schreien hören. Deshalb ist er gegangen.«

»Und Sie wissen nicht, wo er ist? Und Tommy auch nicht?«

»Ich weiß, wo er mal hinkommt. Wenn er nicht schon da ist. R. i. F. Röste in Frieden.«

Es war ein sorgsam konservierter Scherz, gallebitteres Gebräu, in einen Satz gegossen wie in eine handliche kleine Flasche. Aus ihrem sanften Mund wirkte es wie ein Schock.

»Mrs. Bryson, kennen Sie Harry Rayburn?«

»Rayburn, Rayburn … Das war doch der Herr, für den Tommy gearbeitet hat, nicht wahr?«

»Ganz recht.«

»Ich habe von ihm gehört, das ist alles.«

Laidlaw sah sie scharf an. »Na schön. Können wir uns Tommys Zimmer ansehen?«

Sie zögerte.

»Warum? Ich glaube, Sie sollten mir sagen, was wirklich los ist. Wirft man Tommy irgend etwas vor? Was ist passiert?«

»Ich weiß nicht, was passiert ist, Mrs. Bryson. Aber ich versuche, Tommy auf die Spur zu kommen, weil wir ihm einige Fragen stellen müssen. Alles, was ich über ihn in Erfahrung bringen kann, könnte mir bei der Suche nach ihm helfen. Aber ich spreche nur eine Bitte aus, ich habe keine Handhabe, Zwang auf Sie auszuüben. Die Entscheidung liegt bei Ihnen, das möchte ich betonen.«

Sie zögerte noch einen Augenblick. Dann stand sie auf, und die Polizisten folgten ihr. Es war ein kleines Zimmer. Weiße, leere Wände, kein Spiegel, kein Poster, keine Bilder. Harkness kam es vor wie eine Mönchszelle, das Zimmer eines Asketen. Kennzeichnend war das, was nicht darin war. Es bestand einfach aus Wänden und Möbeln. Keine Spur von Hobbys, eines Interesses. Es verriet niemandem, was für ein Mensch hier wohnte.

Laidlaw bückte sich unvermittelt, zog zwei Schubladen auf und schloß sie sofort wieder.

»Was machen Sie denn da? Das sind Tommys Privatsachen.«

»Schon gut, Mrs. Bryson, entschuldigen Sie bitte. Vielen Dank für Ihre Hilfe. Mehr können Sie uns nicht sagen?«

»Ich habe Ihnen alles gesagt.«

Laidlaw und Harkness betrachteten sie. Es war ihr anzusehen, daß von ihr nichts mehr zu erwarten war. Ihre gezierte Sanftmut war unangreifbar.

»Danke«, sagte Laidlaw.

Sie saßen schon wieder im Wagen, als er bemerkte: »Gibt es etwas Schrecklicheres als Wohlanständigkeit?«

»Ob sie weiß, wo er ist?«

»Unwichtig. Wir bekämen es nicht mal auf der Folter aus ihr heraus.«

»Und was bringt uns das alles?«

»Hast du nicht zugehört?«

Harkness schaltete in den nächsten Gang. »Ich bin ganz Ohr.«

»Bud Lawson ist ein querköpfiger Protestant. Tommy ist Katholik. Zwischen beiden steht Jennifer und wird zu einer Entscheidung gezwungen. Es scheint, als wäre diese Entscheidung gefallen, aber nach den Lügengeschichten, die sie erzählt, sieht's so aus, als hätte sie es sich hinterher wieder anders überlegt. Wenn wir es Harry Rayburn abnehmen wollen, daß Tommy versucht hat, gegen seine Abnormität anzugehen, liegt der Gedanke nahe, daß er damit bei seiner ersten Liebe anfangen wollte. Also tut er sich wieder mit Jennifer zusammen.«

»Riecht ein bißchen nach Spekulation«, wandte Harkness ein.

»Ein bißchen, ja. Punkt zwei. Mrs. Bryson zeigt keinerlei Neugier. Manche Leute fallen in Ohnmacht, wenn die Polizei vor der Tür steht. Mrs. Bryson war relativ ungerührt. Weil sie uns erwartet hat. Sie hatte schon geübt. Sooft sie auch fragte, was eigentlich passiert sei, von mir hat sie keine Antwort bekommen. Aber das hat sie nicht etwa noch nervöser gemacht. Im Gegenteil, ihre Reaktionen wurden immer mechanischer. Denn als feststand, daß wir ihn noch nicht haben, erübrigte sich eigentlich für sie jede Frage. Entweder sie weiß, was passiert ist, oder es ist ihr egal.«

»Mein Gott, Sie meinen, sie würde einen Sexualmörder dekken? Tja, manche Söhne haben solche Mütter.«

»Ich würde von meiner Mutter dasselbe erwarten. Zu Hause bist du dort, wo sie dich vor der Polizei verstecken.«

»Noch was?« fragte Harkness.

»Vor zwei, drei Wochen wäre er abgereist, sagt sie ... Bei ihrem Einzigen weiß jede Mutter auf die Stunde genau anzugeben, wann er sich von ihr getrennt hat. Mrs. Bryson weiß es deshalb nicht, weil Tommy gar nicht weg ist, sein Zeug war noch in der Schublade. Wer macht sich auf zum großen Abenteuer England, ohne sich frische Socken einzustecken?«

»Und?«

»Tommy Bryson hat Jennifer Lawson umgebracht. Er ist noch in Glasgow. Harry Rayburn weiß, wo er steckt. Wir werden deshalb jetzt zurückfahren und Mr. Rayburn etwas härter anfassen.«

Harkness fuhr einen Augenblick schweigend weiter. Dann fragte er: »Haben Sie die Bilder in seinem Büro gesehen? Männliche Pin-ups. Richtig schlecht werden konnte einem dabei.«

»Du würdest einen guten Entlastungszeugen abgeben. Wenn man bedenkt, wie oft er es mit solchen Spießerreaktionen zu tun hatte, hat er sich bisher ganz gut gehalten. Man kann ihn fast bewundern.«

»Tut mir leid, Homos sind mir einfach widerlich.«

»Na und? Marlowe war auch schwul. Und der hat mit einem Furz mehr ausgesagt als andere mit dem Mund.«

Sie hielten an einer Ampel. Draußen überquerten Leute, die aus einem Kino kamen, die Straße: ein Junge und ein Mädchen, die miteinander herumalberten, zwei Männer, die sich unterhielten, zwei Paare, die nur mit sich beschäftigt waren.

»Vielleicht«, sagte Laidlaw, »hat er sie nur umgebracht, weil er seinem Daddy imponieren wollte.«

46

Was dann geschah, war für Harkness unerwartet. Nicht nur weil es so plötzlich kam, sondern weil es ihm das wahre Wesen dessen enthüllte, womit sie es zu tun hatten. Wenn er hinterher an den Fall dachte, begann der Film, den er am häufigsten vor sich abspulen ließ, in dem Augenblick, als er und Laidlaw an der Diskothek aus dem Wagen stiegen.

Die Rückkehr von Mrs. Bryson unterschied sich kaum von all den anderen Dingen, die sie unternommen hatten. Aber plötzlich war diese einfache Handlung – nach den langen Fußmärschen, den Verhören, den Kneipenbesuchen, den nachdenklichen Gesprächen – wie der letzte Akt einer Beschwörung. Mit aller Kunst, die ihnen zu Gebote stand, hatten sie Zugang zu einem Geheimnis gefordert. Der Haken dabei ist nur – und das sollte Harkness jetzt klarwerden –, daß du dem Geheimnis auch Zugang zu dir selbst gewähren mußt.

Der Hof war dunkel, nur aus dem *Maverick* schimmerte Licht. Im Widerschein von anderer Leute Freizeitvergnügen kam einer der Polizisten, die sie zur Beobachtung zurückgelassen hatten, aus dem Schatten auf sie zu. Er war der größere. Vor der Geräuschkulisse der mit sich selbst beschäftigten Stimmen aus dem Pub redeten sie miteinander wie Verschwörer. »Harry Rayburn war einmal weg, Sir. Aber gerade vor einer Minute ist er wiedergekommen.«

»Wo war er?«

»In der Bridgegate. Es ist ein Abrißhaus. Nummer 17. Don ist dageblieben und behält es im Auge.«

»Zu Fuß sind wir schneller da. Sie bleiben bei Rayburn. Rufen Sie bei der Central Division an. Aber geben Sie uns einen kleinen Vorsprung. Er darf nichts wittern.«

Die letzten Wörter sagte er schon im Laufen. Harkness holte ihn ein. Eine alte Frau vor ihnen wandte sich erschrocken um und duckte sich in einen Hauseingang. Mühsam stieß Laidlaw hervor: »Hat gewußt, daß wir kommen ... Tip gegeben ... und reden lassen ...«

Harkness, der sich ganz aufs Luftholen konzentrierte, dachte, daß das Mundwerk bei Laidlaw wohl zuletzt sterben würde. Passanten blieben stehen und sahen sie fragend an, mit typisch Glasgower Bürgerbewußtsein, als hätten sie jetzt eigentlich anhalten und ihnen erklären müssen, was los war. Sie liefen die Argyle Street hinunter, bogen in die Stockwell Street ein und schnitten von dort aus ab zur Bridgegate. Im Laufen sah Harkness sich aus einer anderen Sicht, die körperliche Belastung löste ihn aus seinen vorgefaßten Meinungen über sich selbst. Seine sachlich-nüchterne Ermittlerrolle fiel in sich zusammen. Er war nicht mehr ein kühler Kopf auf Beinen, er war ein rastloses Bündel aus Streß und Spannung, das sich um Atem mühte, den Boden unter den Füßen, die Müdigkeit in den Beinen spürte. Er registrierte seine Wahrnehmungen nicht mehr genau in einer geordneten Abfolge, sondern als regellose Splitter, die auf ihn einhämmerten wie Flakgeschosse. Ein Wagen, der am Ende der Bridgegate wendete. Der andere Polizist, der im Laufen auf sie zukam. Eine Gestalt, die in der Tür eines Abbruchhauses auftauchte. Eine andere Gestalt, die sich vom Ende der Bridgegate her näherte. Laidlaws Ruf: »He, Sie! Bud Lawson!« Die

Gestalt in der Tür, die wieder im Haus verschwand. Laidlaws Befehl an den Polizisten: »Sie beobachten die Haustür.«

Der Hausflur löschte die Stadt aus. Für Harkness, schwindlig vor Anstrengung, war es wie ein Sturz in einen Schacht. Die Plötzlichkeit war überwältigend: Mit einem Schlag gab es nur noch diesen ekelerregenden Gestank und die Schritte von vier Menschen, die durch die Dunkelheit hasteten.

Japsend und stöhnend lief er hinter Laidlaw her. Die Treppenstufen spürte er als Stöße bis in die Schenkel. In seine Lungen schienen sich spitze Dornen zu bohren. Ein Stück Geländer splitterte unter seinem Griff. Sie schienen sich zu viert eine abwärts führende Wendeltreppe hinaufzukämpfen – ein mörderisches Unterfangen, das unvermittelt und grotesk im Verhängnis endete.

Die Treppe brach zusammen. Der Junge und Bud Lawson hatten den obersten Treppenabsatz erreicht. Hinter ihnen polterten die Stufen mit ohrenbetäubendem Krach nach unten. Laidlaw und Harkness zuckten wie bei einem Naturereignis. Nach dem hallenden Fall der Trümmer konnten sie ermessen, wie tief sie hätten stürzen können. Der Staub legte sich auf sie wie eine Segnung und würgte sie in der Kehle. Zwischen ihnen und dem Treppenabsatz gähnte ein etwa drei Meter langes schwarzes Loch. Der Treppenabsatz selbst lag im Dunkel. Aber sie wußten, was dort geschehen würde. Sie hörten ein Wimmern wie von einem gefangenen Hasen.

»Zu spät, Bulle«, sagte Lawson. »Er gehört mir.«

Die Stimme erschreckte Harkness zutiefst. Sie kam brutal und unausweichlich aus der Finsternis. Die Kluft schien unüberbrückbar. Die Erschöpfung, die Harkness empfand, war nicht nur körperlich. Sie griff tief in sein Wesen ein und lehrte ihn Vergeblichkeit. Daß es eine schwierige Aufgabe war, die sie sich vorgenommen hatten, war ihm von Anfang an klar gewesen. Sie bestand darin, den Träger jener brutalen Gewalt, der Jennifer Lawson zum Opfer gefallen war, aufzuspüren und zu isolieren. Jetzt schien sie ihm vollends undurchführbar. Denn diese Gewalt stand nicht mehr allein. Jenes Moment rasender Zerstörung, das in den beiden dort oben lag, hatte sich bereits sein Doppel geschaffen.

»Bud Lawson!« Laidlaw warf seine Stimme über den Abgrund wie ein Lasso. »Rühren Sie den Jungen nicht an.«

Die Stimme war ein Atavismus, wie die von Lawson. Die Gewalttätigkeit in Laidlaws Tonfall war Teil von Harkness, so wie er auch Bud Lawsons Wut teilte. In der Stille spürte er sich gefangen in ihrem animalischen Atem, das jammervolle Wimmern des Jungen war wie ein Flehen um Gnade vor dem, was Harkness selbst war.

»Ich bring ihn um.«

»Wag es – und ich bring *dich* um. Kannst dich drauf verlassen.«

»Wegen so 'ner Ratte?«

Harkness begriff, daß es eine Frage war, Anzeichen einer menschlichen Regung. Wäre Lawson so sicher gewesen, wie er behauptete, wäre der Junge jetzt schon tot. Er brauchte ihn nur in die Tiefe fallen zu lassen wie wertlosen Ausschuß – wenn er ihn für Ausschuß hielt. Unsicherheit hatte sich gezeigt und damit Hoffnung. Laidlaw versuchte, sie zum Zweifel auszuweiten.

»Was gibt dir das Recht dazu?«

»Ich bin ihr Vater.«

»Du hast sie ja nicht mal richtig gekannt.«

»Halt's Maul, Bulle!«

»Ich denk nicht dran. Du hast sie überhaupt nicht gekannt. Sie hat dich gehaßt.«

Die Pause erschreckte Harkness, denn sie konnte bedeuten, daß Laidlaw sich verrechnet hatte. Und das war für den Jungen der Tod. Aber da erklang plötzlich wieder Bud Lawsons Stimme, vom Schmerz vermenschlicht.

»Woher willste das wissen?«

»Ich hab eine Menge Fragen stellen müssen. Nicht alle Antworten belasten den Jungen. Mach dir nichts vor, Bud, sie hat dich gehaßt. Und recht hatte sie. Vater sein bedeutet mehr, als eine Frau zu schwängern. Vater – das ist mehr, als du je gewesen bist.«

»Ich habe meine Tochter geliebt.«

»Davon habe ich nichts gehört. Sie hat dich belogen, sie hat sich vor dir versteckt. Sie hat dir nicht über den Weg getraut, weil du ihr kein Vertrauen entgegengebracht hast. Du hast ihr nicht erlaubt, sie selbst zu sein. Du hast Beihilfe geleistet.«

»Nein.«

»Doch. Beihilfe – mehr sag ich nicht. Wo ist dein Recht? Wo ist das Recht eines Menschen, Hand an den Jungen zu legen?«

»Halt's Maul.«

»Das könnte dir so passen. Wenn du nicht ertragen kannst, was ich dir zu sagen habe, brauchst du ja nicht zuzuhören. Dein ganzes Leben lang hast du dich versteckt. Immer. Vor allem. Daß deine Tochter eine eigene Persönlichkeit war, damit hast du dich nicht abfinden können. Sie wurde zur Frau, sie sehnte sich nach einem Mann. Und du – dir ging's ja gar nicht darum, daß der Junge Katholik war. Nicht auf die Katholiken hast du einen Haß, sondern auf die Menschen schlechthin. Was du nicht ertragen konntest, war die Tatsache, daß sie jemand anders hatte. Das war der Grund. Hast du sie vielleicht selber haben wollen?«

»Mau halten, sag ich.«

»Ist ja nur 'ne Frage. Die Antwort kenne ich nicht. Kennst du sie? Schön, wenn ja, dann bring ihn um. Er ist in deiner Hand, er ist hilflos. Du bist ein harter Brocken, nicht? Nur – du weißt ganz genau, daß du dich versteckst. Bring ihn um. Dann brauchst du dich nicht mit dem auseinanderzusetzen, was wirklich passiert ist. Bring ihn um, wenn du nicht riskieren willst, ihn am Leben zu lassen.«

Stille. Die Stille verdichtete sich allmählich zu einem furchtbaren Schrei und zerbarst mit einem gewaltigen Schlag und dem Geräusch von splitternden Knochen. Laidlaw machte einen Satz. Das Geländer, das er gepackt hatte, brach weg, hielt aber noch so lange, daß er auf dem Treppenabsatz landen konnte.

Harkness horchte dem ins Treppenhaus hinunterklappernden Eisen nach, das die Tiefe seiner Beklommenheit bemaß. Dann sagte eine überraschte Stimme: »Dunnerlittchen.« Es war ein Besuch aus der normalen, Harkness meilenweit entfernt scheinenden Welt. Die anderen Polizisten waren eingetroffen.

Harkness bat um eine Taschenlampe und knipste sie an. Sie schnitt eine Lichtinsel aus der totalen Finsternis. Als ihr Mittelpunkt erschien Laidlaw. Links von ihm hockte Tommy Bryson, ein hübscher, blasser Junge mit einem dunklen Fleck vorn an der hellblauen Hose, wo er sich naß gemacht hatte. Links von Laidlaw war Bud Lawson zusammengesunken, die rechte Hand – ein Klumpen Blut und vorstehender Knochen – in den Schoß gelegt. Die grindige Wand, die den Hintergrund für die drei bildete und gegen die Lawson seine Hand geschmettert hatte, war blutbefleckt. Laidlaw, der Puffer, blinzelte in das künstliche Licht, den Mund, der einem Menschen das Leben gerettet hatte, verzogen, als ärgerte er sich über die Störung.

Nach kurzer Beratung wurde unten eine Tür ausgehängt und als

Brücke angelegt, um die drei herunterzuholen. Während die kleine Gruppe durch den Hausflur wieder in die Glasgower Straße hinaustrat, streifte die Taschenlampe, die ihnen den Weg wies, über eine Reihe von Schmierereien an der Wand, auf die keiner achtete. Einer der mit Kugelschreiber gekritzelten Ergüsse lautete:

Den Hampden Park in aller Hast
und seine Kumpels sperrt in'n Knast.
Doch hilft euch nichts der ganze Schmus,
der Krebsmann bleibt auf freiem Fuß.

47

So wie man aus einer Bombe, ist sie erst einmal entschärft, noch nützliche Haushaltsgeräte machen kann, wurden die Nachwehen auch dieses Falles zur Routine. Tommy Bryson machte eine konfuse Aussage, die nur einen klar verständlichen Satz enthielt: »Ich hab sie geliebt, ich hab sie geliebt, ich hab sie geliebt.« Irgendwo trieben sie Sachen zum Wechseln für ihn auf und sperrten ihn in eine Zelle. Bud Lawson leugnete, daß der Wagen, den sie in der Bridgegate gesehen hatten, irgend etwas mit ihm zu tun gehabt hatte. Er sei zu der Diskothek gegangen, erklärte er, und habe Harry Rayburn von dort aus verfolgt. Nachdem er herausbekommen hatte, wo Tommy Bryson steckte, habe er beschlossen, abzuwarten, bis es dunkel war, und ihn dann umzubringen. Er wurde ins Krankenhaus geschafft. Minty McGregor wurde entlassen. »Schöne Art, mit 'nem Sterbenden umzuspringen«, erklärte er. Als die Polizei Harry Rayburn in der Diskothek verhaften wollte, blieb ihr nur eine Leiche. Er war kurz hinausgegangen, um sich sein Jackett zu holen, und hatte sich die Kehle durchgeschnitten.

»Du mit deinem gesunden Empfinden«, sagte Laidlaw. »Hast du jemals so geliebt?«

Sie saßen in einem Büro der Central Division. Harkness schrieb an ihrem Bericht, Laidlaw trank Kaffee, rauchte und starrte die Decke an. Harkness hatte sich eigentlich das Ende anders vorgestellt, er vermißte die Euphorie, die er erwartet hatte. Es war, als wüßtest du: Irgendwo steigt eine Party, aber du hast die Adresse verlegt. Hier jedenfalls stieg sie nicht.

»Das muß Bud Lawson verdammt schwergefallen sein«, meinte er.

»Vielleicht macht das doch noch einen Menschen aus ihm. Er wird eine Weile aufs Zuschlagen verzichten und dafür nachdenken müssen.«

»Gut, daß du ihn davon überzeugen konntest, daß er unrecht hatte.«

»Na, ich weiß nicht … Ich weiß nicht mal so genau, ob er wirklich unrecht hatte.«

Wieder einmal stellte Harkness fest, daß das einzige, womit man bei Laidlaw fest rechnen konnte, seine Zweifel waren. Alles, selbst seine Entschlossenheit, ließ sich darauf reduzieren.

»Und worum ging's dann wirklich?« fragte er.

Laidlaw trank einen Schluck Kaffee.

»Was ich Typen wie Lawson vorwerfe, ist nicht, daß sie unrecht haben. Sondern, daß sie den Anspruch erheben, immer im Recht zu sein. Was ist denn Engstirnigkeit anderes als eine unverdiente Überzeugung?«

Harkness fing wieder an zu tippen. Das Telefon läutete, und Laidlaw hob ab. Er hörte eine Weile zu und schnitt unterdessen Harkness Gesichter.

»Danke«, sagte er schließlich. »Ich richte es ihm aus.«

Harkness wußte, was jetzt kam. Aber er wollte es hören.

»Die herzlichsten Glückwünsche vom großen Boß. Er ist sehr von dir beeindruckt. Das will er dir auch noch persönlich sagen.«

»Danke. Und was ist mit dir?«

»Er war sehr anständig. Nach so einer Glanznummer kann's eigentlich nur noch bergab gehen.«

Laidlaw starrte wieder die Wand an. Er fragte sich, wie weit seine Kraft noch reichte, um mit den wütigen Widersprüchen seines Lebens zurechtzukommen. Morgen – er sah auf die Uhr –, nein, heute würde er wieder heimgehen. Daß sich mit diesem Gedanken die Vorstellung einer unmittelbar bevorstehenden Katastrophe verband, deprimierte ihn.

»John Rhodes«, sagte er.

Harkness sah auf.

»Du meinst, er hat den Jungen über die Klinge springen lassen?«

»Es kann eigentlich gar nicht anders gewesen sein.«

»Das habe ich mir auch schon gedacht. Und den Hinweis auf Minty McGregor hat er uns zugespielt, um uns auf eine falsche Fährte zu locken.«

»Paßt zu ihm. Er ist sehr für den Kampf Mann gegen Mann. Auge um Auge, Sohn gegen Tochter. Jehova Rhodes. Na warte, mein Freund, wir haben uns nicht das letzte Mal gesprochen.«

»Würdest du ihn tatsächlich persönlich angehen?«

»Daran hatte ich eigentlich weniger gedacht. Aber wenn's drauf ankommt – warum nicht?«

»Ich denke, du siehst dich nicht als harten Burschen?«

»Tu ich auch nicht. Aber im Grunde habe ich was gegen harte

Burschen ganz allgemein. Ich hasse Gewalttätigkeit so sehr, daß niemand sich ungestraft an mir darin versuchen dürfte. Wenn's soweit käme, würde er mich beim erstenmal unterkriegen, das ist klar. Aber beim zweitenmal – vorausgesetzt, daß dann noch genug von mir übrig wäre – würde ich gewinnen. Dafür würde ich schon sorgen. Ich kämpfe nicht. Ich führe Kriege.«

Harkness fand es unnötig pessimistisch, schon von nächsten Malen zu sprechen, solange sie diesen Sieg noch nicht ausgekostet hatten.

»Aber so ein gelöster Fall ist doch ein gutes Gefühl«, sagte er.

Laidlaw zündete sich die nächste Zigarette an.

»Wir lösen keine Fälle«, erklärte er. »Wir begraben sie in Fakten.«

»Wie meinst du das?«

»Ein Verbrechen, das du zu lösen versuchst, ist ein Geheimnis auf Zeit. Einmal gelöst, verschließt es sich für immer. Was können die Gerichte mit diesem Fall machen? Wer weiß, wie es in Wirklichkeit war? Vielleicht haben wir es mit einer ganz gewöhnlichen Liebesgeschichte zu tun.«

»Na, hör mal! Ich möchte sehen, ob man dir das verkaufen könnte, wenn du der Vater wärst.«

»Sicher, wenn es eine meiner Töchter getroffen hätte, wäre ich auf Bud Lawsons Seite. Aber das bedeutet noch lange nicht, daß seine Einstellung in Ordnung ist. Ich halte ja die Justiz für eine recht fragwürdige Angelegenheit. Aber eines kann sie tun – die Angehörigen des Opfers vor Atavismen schützen, die primitiven Instinkte zügeln, indem sie die Verantwortung dafür übernimmt. Bis sich alles wieder eingependelt hat.«

»Eine Liebesgeschichte würde ich es trotzdem nicht nennen.«

»Nein? Ich finde, der Fall hat einen starken Beigeschmack von Romeo und Julia mit umgekehrten Vorzeichen. Sie mochte ihn wirklich gern. Und er hat sie geliebt. Das hat er selbst gesagt. Und ihr Vater hat ja wohl auch versucht, sie zu lieben, wie er's eben verstand. Und Harry Rayburn, der arme Kerl, hat ihn geliebt. Und seine Mutter.«

»Glaubst du das wirklich?«

»Ach, ich weiß nicht. Ich weiß nur, daß mehr als zwei Menschen bei diesem Mord mitgemacht haben. Aber wie sollst du die Anklage gegen die anderen formulieren? Bud Lawson hat ein Leben lang die Faust geballt, statt zu denken. Sadie Lawson ist unterwürfiger, als man es sich in dieser Welt leisten kann. John Rhodes spielt den Herrn über Leben und Tod. Und schau dich an, mit deinen keimfreien Ansichten, und mich, den feigen Vorortbürger. Sind wir wirklich so klug und weise, daß wir leichtfertig über andere Leute urteilen können? Wir haben unser Leben nur auf Pump, für eine bestimmte Zeit. Ab und zu wird die Rechnung aufgemacht, und dann geht's ans Zahlen. Den größten Teil der Zeche haben Jennifer Lawson und Tommy Bryson auf den Tisch legen müssen. Wissen wir denn, was wirklich dort im Park passiert ist?«

Harkness stieß langsam den Rauch aus. »Wenn man diesen Gedanken weiterspinnt, ist es eben alles höhere Gewalt, der Ratschluß Gottes, wenn du so willst.«

»Dann wär's wahrscheinlich am gescheitesten«, sagte Laidlaw, »wir würden feststellen, wo Er ist, und würden Ihm den Prozeß machen.« Er stand auf.

»Ich will mal nach dem Jungen sehen«, fügte er hinzu. »Vielleicht braucht er jemanden, mit dem er reden kann. Schreib du schön unseren Bericht zu Ende. Grabstein in dreifacher Ausfertigung.«

Harkness sah noch eine Weile blicklos vor sich hin, nachdem Laidlaw gegangen war. In seiner gedrückten Stimmung hielt ihn ein Gedanke aufrecht: Heute abend würde er in den *Muscular Arms* sein.

Er griff nach dem Zettel, den sie in Tommy Brysons Tasche gefunden hatten. Das Blatt war von oben bis unten beschrieben, aber fast alles war sorgfältig wieder ausgestrichen. Er hielt es gegen das Licht, versuchte, etwas zu erkennen. Es war praktisch unmöglich. Die Buchstabenfragmente kombinierend, glaubte er einen Satz entziffern zu können: »Ich denke mir, sie hat geglaubt, zu wissen, wer ich bin.« Aber er hätte es nicht beschwören können. Nur eine kurze Bemerkung am Ende der Seite war deutlich lesbar übriggeblieben: »Ich habe versucht, sie zu lieben.«

48

Matt Mason nahm sein Glas mit zum Telefon. Es war ein gutes Essen gewesen. Er war in glänzender Laune. Eine Stimme, die er nicht erkannte, frage: »Mr. Mason?«

»Wer spricht denn da?«

»Minty. Minty McGregor.«

»Ja?«

Mason war auf der Hut. Er konnte kaum glauben, daß Minty die Frechheit besitzen würde, ihn unter Druck zu setzen, aber ganz war der Gedanke nicht von der Hand zu weisen.

»Möcht mich nur bedanken für den Beitrag zu meinem Pensionsfonds.«

»Wie bitte?«

»Wo ich mein ganzes Leben ins Verbrechen gesteckt habe, ist's nur recht und billig, find ich, wenn ich aus dem Geschäft auch was rauskriege.«

»Was soll das heißen?«

»Daß sie diesen Bryson vor 'ner halben Stunde verhaftet haben, das soll's heißen. Und daß Sie Alleinbesitzer von einem Slip Marke C & A sind. Praktischer Laden, wirklich. Wenn Sie das Ding tragen wollen, kann ich Ihnen 'n gutes Waschpulver empfehlen. Hilft garantiert gegen Blutflecken.«

Es gab eine Pause. In Mason kochte es.

»Du Schwein«, zischte er. Dann nickte er lächelnd einem Gast zu, der über die Diele zur Toilette ging. »Du bist ein toter Mann!«

»Noch nicht ganz. Ein, zwei Wochen fehlen noch.«

»Zeit genug, um es dir zu besorgen.«

»Wie denken Sie sich das, Mr. Mason? Was wollen Sie denn auf meinen Krebs noch raufsetzen?«

Mason empfand seine Machtlosigkeit. Es war ein ungewohntes Gefühl. Die Stimme, die aus dem Hörer kam, klang, als käme sie schon aus einem Grab. Sie war ohne jeden Ausdruck, weder Angst noch Befriedigung lagen darin, nur eine frostige Leere, die ihn erschauern ließ.

»Du hast Familie«, brach es heraus.

»Stimmt. Und ich hab auch einen Freund. Klassetyp, wirklich. Mordskerl. Können Sie sich gar nicht vorstellen, wie gut der ist. Er hat ein Band von unserem Plausch neulich in der Bar. Mit Namen und Zahlen. Und 'ne schriftliche Aussage von mir. Und der ist nicht auf den Kopf gefallen, das sage ich Ihnen. Wenn meiner kleinen Tochter was passiert, und wenn sie sich nur das Knie aufschlägt, kann er sehr unangenehm werden. Aber er wird von dem Zeug natürlich keinen Gebrauch machen, oder?«

Mason mußte mühsam das Atmen wieder lernen.

»Also dann, alles Gute für die Zukunft.«

Mason hielt noch immer den Hörer in der Hand, aus dem monoton das Freizeichen ertönte.

Lennie, der in einem Zug nach Süden saß, schwitzend wie in einer Sauna, wußte noch nicht, daß er einen weiteren Fehler gemacht hatte.

49

Als Laidlaw zu der Zelle kam, stand die Tür einen Spaltbreit offen. Er blieb stehen, die Teetasse in der Hand, und horchte. Er erkannte Milligans Stimme.

»Nun komm schon, Junge, denk jetzt mal an dich. Geliefert bist du so und so. Dein Herzensfreund muß allerlei Dreck am Stecken haben. Spuck's schon aus. Ihm schadest du nicht mehr damit. Weißt du's noch nicht? Die Kehle hat er sich durchgeschnitten. Hat 'ne Mordsschweinerei auf dem Teppich gegeben.«

Vorsichtig, damit die Zuckerwürfel nicht herunterfielen, stellte Laidlaw die Tasse ab und stieß die Tür auf.

»Entschuldigung, Detective Inspector Milligan. Könnte ich Sie einen Augenblick sprechen?«

»Überleg dir das mal, Junge«, sagte Milligan noch. »Überleg's dir gründlich.«

Als Milligan auf den Gang herauskam, machte Laidlaw die Tür zu.

»Wie ich höre, seid ihr zu früh gekommen«, sagte Milligan.

Laidlaw packte ihn am Revers seiner Jacke und schleuderte ihn über den Gang. Milligan stieß gegen die Wand, prallte ab und brachte sich mühsam zum Stehen. Dann schien er sich auf Laidlaw stürzen zu wollen.

»Nur keine Hemmungen«, sagte Laidlaw.

Sie funkelten sich an. Milligan begriff, daß Laidlaw den Augenblick geschickt gewählt hatte. Der Gang war leer. Milligan mußte jetzt entweder etwas unternehmen oder den Vorfall vergessen. Mit einer Meldung hätte er sich selbst eine Blöße gegeben.

»Zum Rauskommen hätten Sie die Tür nicht aufzumachen brauchen«, sagte Laidlaw. »Sie hätten durch die Ritze kriechen können.«

Milligan setzte auf cool. Sein Ausdruck hielt etwa die Mitte zwischen Herausforderung und Rückzug.

»Sie sind wirklich eine verrückte Nummer, Laidlaw. Mit Ihnen wird's noch mal ein schlimmes Ende nehmen.«

»Da würde ich an Ihrer Stelle freiwillig ein bißchen nachhelfen …«

»Ich kann warten.«

»Sie meinen: Es bleibt Ihnen nichts anderes übrig.«

»Nein, ich meine genau das, was ich sage. Gehen Sie ruhig rein zu Ihrem Sunnyboy. Ich komme wieder. Ich habe viel Zeit.«

Laidlaw nickte erbittert. Der Blick, den sie wechselten, war wie ein Versprechen. Er nahm die Teetasse und betrat die Zelle.

Der Junge regte sich nicht, sah nicht auf. Er hatte sich ganz klein gemacht und zitterte ein bißchen, wie ein Kaninchen im gleißenden Licht des Scheinwerferkegels. Die Hose, die sie ihm gegeben hatten, war gürtellos und zu groß für ihn. Beim Aufstehen würde er sie verlieren. In den Schuhen waren keine Schnürsenkel.

Laidlaw setzte sich neben ihn aufs Bett.

»Hier, mein Junge.«

Tommy sah ihn an, ohne ihn wahrzunehmen.

»Ich hab dir eine Tasse Tee gebracht.«

Der Junge sah die Tasse an, sah Laidlaw an, als gäbe es zwischen diesen beiden eine Verbindung, die er nie würde begreifen können.

»Für mich?« fragte er, den Blick ernsthaft auf Laidlaw gerichtet. »Warum?«

Laidlaw sah die zahllosen Lichter, die in den Augen des Jungen schwammen, eine Galaxis unentdeckter Sterne.

»Du hast doch einen Mund, oder?« sagte Laidlaw.

Die Stimme Glasgows

von Martin Compart

Britische Kritiker nennen ihn »die Stimme des heutigen Schottlands«. Angesichts der traditionell vielen, großartigen Erzähler und Dichter, die dieses Land immer wieder hervorbringt, kein geringes Kompliment. Wahrscheinlich bezieht sich dieser Ehrentitel auch auf die vielen unterschiedlichen Genres, in denen es William McIlvanney zur Meisterschaft gebracht hat. Er hat als Lyriker, Kurzgeschichtenautor, Romancier und Noir-Schriftsteller höchste Anerkennung gefunden. Dem Regionalisten ist besonders die Stadt Glasgow (mit dem Photographen Oscar Marzaroli hat er den wunderbaren Band GLASGOW 1956–1989: SHADES OF GREY ... AND SOME LIGHT TOO herausgebracht) eine nicht versiegende Quelle seiner Inspiration. Das er besonders in seinen Noir-Romanen das genaue Bild dieser Stadt zeichnet, liegt in der Natur des Genres: die Noir-Literatur, die auf Poe, Beaudelaire, Fielding und Defoe zurückgeht, hat wie kein anderes Genre Schrecken und Faszination des urbanen Lebens thematisiert.

McIlvanney wurde am 25. November 1936 in Kilmarnock, Ayrshire in Schottland geboren. Er studierte an der Universität von Glasgow und schloß 1959 mit einem Master of Arts mit Auszeichnung ab. 1961 heiratete er Moira Watson, mit der er einen Sohn und eine Tochter hat. 1982 ließen sie sich scheiden. 1970 ging er als Englischlehrer für ein Jahr nach Grenoble und unterrichtete anschließend an verschiedenen Schulen und Universitäten in Schottland. Neben seiner Tätigkeit als Dozent schrieb er Romane und Gedichte. Sein erster Roman, REMEDY IS NONE, erhielt den Faber Memorial Preis. Sein zweiter, A GIFT FROM NESSUS, wurde mit dem Scottish Arts Counsil Award ausgezeichnet und sein dritter Mainstream-Roman, DOCHERTY, erhielt den Whitbread Award. Für LAIDLAW wurde er mit dem Silver Dagger der britischen Crime Writers Association ausgezeichnet (ebenso für THE PAPERS OF TONY VEITCH). Seine Lyrik erhielt ebenfalls zahlreiche Auszeichnungen.

William McIlvanney begann erst 1977 Kriminalliteratur zu schreiben und hat bisher lediglich vier Romane um den Glasgower Kriminalbeamten Jack Laidlaw vorgelegt (wobei Laidlaw in THE BIG MAN nur eine periphere Rolle spielt). Seine stilistische Brillanz, sein Gespür für Charaktere und Atmosphäre und die moralische Dimension seiner Kriminalromane, die weit über den Standards des Genres liegen, haben ihm nicht nur Vergleiche mit Chandler und Ross Macdonald eingebracht, sondern ihn auch zum Geheimtip als einem der besten lebenden Kriminalliteraten werden lassen. Allein seine geringe Produktivität im Genre hat ihn nach Ansicht der Spezialisten daran gehindert, als führender britischer Autor des Genres weltweit Anerkennung und Bestsellererfolg einzuheimsen. Es gibt wenige zeitgenössische Noir-Autoren, die ihr Material so vielschichtig anlegen und so souverän handhaben.

Heute kann man von einer neuen Welle von britischen Polizeiromanen sprechen. Es sind keine reinen *police procedurals*, wie sie die amerikanischen Vettern schreiben, sondern eine Mischform aus britischen Traditionen und amerikanischen Anregungen. Im Mittelpunkt stehen immer ein oder zwei Kriminalbeamte wie zum Beispiel John Harveys *Resnick*, Ian Rankins *Rebus*, Bill James' *Harpur* oder Frank Palmers *Jacko*. Die Autoren nehmen sich viel Raum, um ihre Persönlichkeiten zu beschreiben und haarklein vor dem Leser auszubreiten. Meistens machen diese Charaktere von Buch zu Buch Entwicklungen durch, die für den Leser von großem Reiz sind und ihn an die Serie binden. Auch die Polizeiarbeit wird genau und realistisch geschildert, aber anders als im *police procedural* ist sie im britischen Polizeiroman nicht der alleinige Motor, der zur Aufklärung des Verbrechens führt. Bei der Lösung des Problems und dem Engagement der Protagonisten klingt etwas von der Tradition der klassischen Polizeidetektivromane von A. E. W. Mason oder Freeman Wills Crofts nach. Zugegeben: nur wenig, da deren Rätselfixierung und Pappcharaktere die New Wave des britischen Polizeiromans eher abstößt. Einflußreicher war der Autor Maurice Procter, der in den 50er Jahren, inspiriert durch die amerikanischen *police procedurals*, den echten britischen Polizeiroman begründete, indem er die Traditionen des britischen Polizeidetektivs (wie Crofts *Inspector French*) mit den neuen, von Lawrence Treat, Ed McBain oder Jack Webbs TV-Serie DRAGNET entwickelten Perspektiven verschmolz. Eine besondere Position kommt dem 1921 in Leeds geborenen Ex-Polizisten John William Wainwright zu. Gemeinhin gilt er seit seinem ersten Buch, das 1965 erschien, als einer der herausragenden Autoren des britischen Polizeiromans. Im Gegensatz zu den amerikanischen *police procedural*-Autoren und Wainwrights Lieblingsautor Ed McBain behandelt Wainwright in seinen Polizeiromanen immer nur einen einzigen Fall. Bemerkenswert ist auch die frühe Betonung des organisierten Verbrechens. Seine Helden stehen in ihren Extremsituationen den schwarzen Thrillern näher als den sonst üblichen, durchschnittlichen Polizeiheroen. Beispielsweise scheut sich einer seiner Serienhelden, der ein Anhänger der Todesstrafe ist, nicht, einen jugendlichen Mörder sofort hinzurichten. Die Methoden der Polizei und die der Gangster sind bei Wainwright fast identisch. Er treibt die erstmals bei John Bingham auftauchende Negativdarstellung der britischen Polizei weiter. Das scheint angesichts der beruflichen Vergangenheit des Autors noch beängstigender. Seine überzeugendste Leistung im Schwarzen Roman war seine Tetralogie um den Ex-Polizisten Davis, der die Fronten wechselt. Stilistisch überzeugend zeigt Wainwright Intimes aus der Unterwelt und Charaktere, die der Leser so schnell nicht vergißt. Es würde zu weit führen, an dieser Stelle detailliert die Entwicklungsgeschichte des britischen Polizeiromans nachzuzeichnen (Interessierten sei der DuMont-Reader NOIR 2000, der als DuMont Noir Band 22 erscheint, empfohlen, in dem die britische Szene genauer beleuchtet wird). Es gab jedenfalls schon einige Traditionen, an die McIlvanney anknüpfen konnte – wenngleich auch mit höheren Ansprüchen.

Die Identität des Mörders ist in LAIDLAW von Anfang an bekannt: Tommy hat ein junges Mädchen ermordet, weil der Versuch, seine sexuelle Identität gegen Vorwürfe der Homosexualität zu beweisen, kläglich scheiterte. Verschiedene Gruppen jagen den Mörder, der viel von einem Opfer hat, aus unterschiedlichen Gründen, darunter auch der Vater des Opfers, ein handfester Proletarier, der Rache will. Für Inspector Laidlaw von der Polizei in Glasgow gibt es keine vorprogrammierten Schurken. Gegen den Widerstand der Glasgower Racheengel muß er Tommy schleunigst finden, um ihn der irdischen Gerechtigkeit zu überliefern und vor der Lynchjustiz zu retten.

Der Roman zieht einen Großteil seiner Spannung aus den philosophischen und moralischen Fragen, die im Zusammenhang mit der Mörderjagd entstehen. Damit macht er sich grundsätzliche Gedanken über unseren zivilisatorischen Stand und dessen schleichende Degeneration. In seinem Buch CRIME & MYSTERY: THE 100 BEST BOOKS (London: Xanadu, 1987) schrieb H. R. F. Keating über LAIDLAW: »Der Roman wurde von einem Dichter geschrieben. Es gibt Passagen, die diese edelsteinharte Konzentration von wahrer Poesie haben.« Keating wies darauf hin, daß man den Roman auf mehreren Ebenen lesen kann. Darunter auch als eine Studie über die »Philosophie der Exekutivkräfte«. Diese bildet sich in der sich durch den Roman ziehenden Diskussion zwischen Laidlaw und Milligan heraus. Für Milligan sind Gesetzesbrecher eine andere Spezies, mit der er und seinesgleichen keine Gemeinsamkeiten haben kann und gegen die er Krieg führen muß. Der grüblerische Laidlaw hingegen entläßt die Gesellschaft nicht aus der Verantwortung für Inhumanität und abweichendes Verhalten. Laidlaws ungewöhnliche Qualität ist seine Fähigkeit zum Mitfühlen. Fast Christus ähnlich sieht er das Böse in der Welt als Verstoß gegen die Nächstenliebe: »Es gibt keine Feen, keine Monster, nur Menschen.« Diese aufklärerische Position scheint im aktuellen Noir-Roman immer mehr aufgegeben zu werden, zugunsten von Dämonisierung abweichenden Verhaltens. Laidlaw und Milligan kämpfen mit ihren unterschiedlichen Überzeugungen um die Seele des jungen Polizisten Harkness und versuchen ihn von ihren jeweiligen Positionen zu überzeugen.

Vor allem ist das Buch ein Roman der Stadt Glasgow. Eine sterbende Stadt, die bei aller genauen Detailschilderung eine Metapher für unsere Zivilisation ist – ähnlich wie Kalifornien im Werk von Ross Macdonald. Laidlaw ist mit seinen harten Seiten ein Sohn Glasgows, das eine der brutalsten Städte der westlichen Welt ist. McIlvanney ist nicht der erste Kriminalliterat, den diese Stadt so fasziniert, daß er sie zum Handlungsort seiner Romane macht: Seit 1957 schreibt Bill Knox seine Serie über die Detektive *Colin Thane und Phil Moss* vom Glasgower CID. THE DARK NUMBER, der einzige Roman des besten Kriminalhörspielautors der Welt, Edward Boyd, spielt ebenfalls in Glasgow. 1981 begann Peter Turnbull mit seiner Serie über die *P-Division*, ein fiktives Polizeirevier im Zentrum von Glasgow. Als Ergänzung zu Reiseführern und als beste Unterhaltungsliteratur sind alle diese Romane vortrefflich. Aber an McIlvanney kommen sie nicht ran. So wie man Russell James den *Godfather* des neuen britischen Gangsterromans nennt, könnte man McIlvanney als Paten der neuen Welle britischer Polizeiromane bezeichnen. Ob John Harvey oder Ian Rankin: Die besseren Autoren dieses Genres verdanken McIlvanney einiges, da er die Genregrenzen aufgebrochen und neu abgesteckt hat. Man könnte sich noir ärgern, daß der Mann so wenig schreibt! Aber das ist wohl der Preis für die hohe Qualität seiner außergewöhnlichen Bücher.

NOIR 6 **George P. Pelecanos**
Das große Umlegen

Washington in den 40er und 50er Jahren: In den Gangs und unter den kleinen Leuten der griechischen Einwanderer spielt *Das große Umlegen*. In diesem ersten historischen Noir-Roman einer Trilogie zeigt Pelecanos überzeugend, wie damals die Weichen gestellt wurden für Entwicklungen im organisierten Verbrechen, wie wir es heute kennen.
Pelecanos' Romane beleuchten Washington D.C. und die Welt der Immigranten, die sich mehr schlecht als recht durchbeißen um ein Stück vom Kuchen des amerikanischen Traums herunterwürgen zu können.

NOIR 7 **James Sallis**
Deine Augen hat der Tod

Ein Mann ist auf der Suche nach seinem Doppelgänger. Eine plan- und ziellose Fahrt quer durch halb Amerika, ein Road-Movie in Worten, eine episodenhaft erzählte Odyssee durch schäbige Motels, Truckstops und miese Bars voller skuriller Hinterwäldler und paranoider Kleinstadt-Sheriffs. *Deine Augen hat der Tod* ist ein Noir-Thriller als Bildungsroman, in dem der Held entscheidende Wandlungen erfährt und am Ende seiner Reise das amerikanische Herz der Finsternis erlebt.

NOIR 9 **Russell James**
Payback
Floyd Carters Rückkehr

Albie Carter ist tot. War es Unfall oder Mord? Sein Bruder Floyd wird es herausfinden und kämpft sich durch den Londoner Untergrund.
Kultautor Russell James hat einen weiteren düsteren Gangsterroman vorgelegt. Ein Kritiker lobte seine bisherigen fünf Romane als ›eine Mischung aus David Goodis und Len Deighton‹ – aus dem schwärzesten Melancholiker des Noir-Romans und dem Großmeister des modernen Spionageromans.

NOIR 10 **J. Robert Janes**
Salamander

Zwei Tage vor Weihnachten 1942 in Lyon: In einem Kino haben sich 450 Menschen vesammelt, um Jean Renoirs Film ›Bestie Mensch‹ zu sehen; Feuer bricht aus und 183 Menschen verlieren ihr Leben. Zwei Kriminalbeamte aus Paris werden hinzugezogen – eines der ungewöhnlichsten Teams der Noir-Literatur: Jean-Louis St.-Cyr von der Sureté und Hermann Kohler von der Gestapo. Zwei unterschiedliche Männer, die der zweite Weltkrieg zusammengeführt hat. Die Spuren des Verbrechens führen zum Hotel Terminus, in dem der Schlächter Klaus Barbie sein Hauptquartier hat.

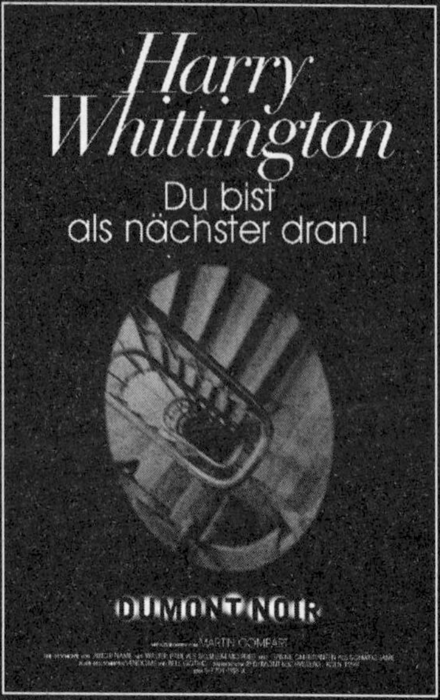

NOIR 12 **Harry Whittington**
Du bist als nächster dran!

Harry Wilson ist der typische Nachbar von nebenan. Er ist freundlich, geht seinem Job nach und liebt seine schöne Frau. Seine Welt ist in Ordnung und friedlich. Aber eines Tages klopft in Gestalt eines Fremden das Schicksal an seine Tür. Wilson stürzt in einen Alptraum und flieht durch eine unbekannte städtische Schauerwelt. Harry Whittington läßt seine Geschichte mit tödlicher Präzision abrollen.

»Bestes Storytelling« applaudiert Anthony Boucher in der *New York Times*.

NOIR 13 **Jonathan Gash**
Lovejoys Gral

»Antiquitäten, Frauen und mein persönliches Überleben – das sind die einzigen Interessen, die ich pflege. Klingt simpel, aber versuchen Sie doch mal, die richtige Reihenfolge zu finden.«
Nach *Lovejoys Duell* und *Lovejoys Gold* wieder eine neue Lovejoy-Geschichte: Reverend Swan, der stolze Besitzer des Heiligen Gralkelchs, bittet beim besten Experten um die Bestätigung der Echtheit dieser wertvollsten Antiquität der Welt. Doch bevor Lovejoy seiner Passion nachgehen kann, kommt es zu einem Mord. Lovejoy muß sich auf die gefährliche Suche nach dem Gral machen. Eine neue und typische Geschichte mit dem Chauvi und Zyniker Lovejoy, voller Dialogwitz und Ironie.

NOIR 14 **Armitage Trail**
Scarface

Der Klassiker des Gangsterromans – erstmals in deutscher Sprache. *Scarface* gehört zu den Büchern, die den Gangsterroman mitbegründeten. Ein Meisterwerk, das in der Verfilmung von Howard Hawks zum Klassiker auch der Filmkunst wurde und in Brian De Palmas Remake mit Al Pacino weiterlebt.

Tony Camonte, genannt Scarface, das Narbengesicht, ist achtzehn, als er sein erstes Verbrechen begeht. Es ist die Zeit vor dem ersten Weltkrieg. Skrupel sind diesem Mann fremd und so beginnt der unaufhaltsame Aufstieg von Scarface zum Boß der Unterwelt. Aber ganz oben angekommen, erkennt Tony Camonte nicht, daß es nur einen schlechten Tag braucht, um tausend gute zu zerstören.

NOIR 18 **J. Robert Janes**
Stonekiller

Stonekiller ist ein aufregender historischer Krimi aus der Nazizeit.

In der Dordogne im Juli 1942: Die Nazis haben Frankreich besetzt und begehen Verbrechen im großen Stil. Um die ›kleineren‹ müssen sich wieder der Franzose St.-Cyr von der Sûreté Nationale und der deutsche Gestapo-Mann Kohler kümmern. Eine tote Archäologin wird aufgefunden. Vor Jahren war sie an der Entdeckung einer prähistorischen Höhle beteiligt. Ein Film über ihre Funde ist geplant, der die berüchtigte Evolutionstheorie der Nazis bestätigen soll. Himmler ist begeistert, Goebbels finanziert und der Führer gibt der Sache äußerste Priorität. Nur St.-Cyr und Kohler wollen den Mörder fangen.

NOIR 19 **Russell James**
Schlachtmusik

Russell James ist der britische Kultautor einer existentialistischen Großstadt- und Kriminalliteratur. Und *Schlachtmusik* ist eine barocke Tragödie, inszeniert als moderner Gangsterroman.

Der junge Tim Hawk ist ein einsamer Wolf und Novize im Killergeschäft. Nach einem Mord weiß er, daß es Ärger geben wird. Aber er ahnt nicht, daß ausgerechnet Irena, die Braut des ukrainischen Gang-Bosses von Südost-London, ihm in die Quere kommt. Tim Hawk gerät in einen Abgrund, in den ihn ein schwarzer schottischer Söldner, ein weiblicher Bodyguard und eine rachsüchtige Witwe zerren ...

DUMONT NOIR

»Harte Zeiten brauchen harte Bücher«

NOIR 1 **Derek Raymond** Die verdeckten Dateien

NOIR 2 **Russell James** Underground

NOIR 3 **Jonathan Gash** Lovejoys Duell

NOIR 4 **Harry Whittington** Im Netz

NOIR 5 **Ulf Miehe** Puma

NOIR 6 **George P. Pelecanos** Das große Umlegen

NOIR 7 **James Sallis** Deine Augen hat der Tod

NOIR 8 **Jonathan Gash** Lovejoys Gold

NOIR 9 **Russell James** Payback

NOIR 10 **J. Robert Janes** Salamander

NOIR 11 **James Sallis** Die langbeinige Fliege

NOIR 12 **Harry Whittington** Du bist als nächster dran!

NOIR 13 **Jonathan Gash** Lovejoys Gral

NOIR 14 **Armitage Trail** Scarface

NOIR 15 **William McIlvanney** Laidlaw

NOIR 17 **Max Allan Collins** Blut und Donner

NOIR 18 **J. Robert Janes** Stonekiller

NOIR 19 **James Sallis** Schlachtmusik